我的满分男友

狐小妹 著

远方出版社

图书在版编目（CIP）数据

我的满分男友 / 狐小妹著 . -- 呼和浩特：远方出版社 , 2025.7. -- ISBN 978-7-5555-2141-9

Ⅰ . I247.5

中国国家版本馆 CIP 数据核字第 2025V6R176 号

我的满分男友
WODE MANFEN NANYOU

著　　者	狐小妹
责任编辑	武舒波
策划编辑	崔付建　秦国娟
封面设计	鸿儒文轩·末末美书
出版发行	远方出版社
社　　址	呼和浩特市乌兰察布东路 666 号　邮编 010010
电　　话	（0471）2236473 总编室　2236460 发行部
经　　销	新华书店
印　　刷	三河市华东印刷有限公司
开　　本	650 毫米 × 940 毫米　1/16
字　　数	260 千
印　　张	22.75
版　　次	2025 年 7 月第 1 版
印　　次	2025 年 7 月第 1 次印刷
标准书号	ISBN 978-7-5555-2141-9
定　　价	68.00 元

如发现印装质量问题，请与出版社联系调换

目录

第一章　男神到我身边来 / 001

第二章　黎总归来 / 035

第三章　总裁什么的最讨厌了 / 063

第四章　生气，这个女人变心了 / 095

第五章　每天都不一样 / 125

第六章　姐弟恋什么的最麻烦了 / 151

第七章　被总裁表白怎么办 / 181

第八章　黎总你的马甲掉了 / 211

第九章　总裁柔弱不能自理 / 243

第十章　你不是机器人 / 273

第十一章　演啊，你继续演啊 / 301

第十二章　和霸道总裁恋爱日常 / 335

第一章 男神到我身边来

1

当凌悦汐迷迷糊糊睁开眼睛,依稀感觉身边好像多了一个人的时候,她以为出现幻觉了。

她伸个懒腰,想翻个身继续睡,没想到嘴唇险些擦到那个男人的脸颊。这时一双手臂也环住了她。

凌悦汐愣住了。她瞪大眼睛,看着床上突然出现的这个庞然大物。

其实,用"庞然大物"形容并不合适,因为这个男人有着一张极其好看的面容。虽然他闭着眼睛,但是能看得出轮廓完美。

他薄薄的嘴唇轻轻抿着,长长的睫毛简直要扇到凌悦汐的面颊上。最让人诧异的是,他的头发是蓝色的,和她男神夏子鸣的头发是一样的颜色!

所以说……这是模仿夏子鸣的造型?我去,也太不要脸了吧!

凌悦汐只觉得一股火气涌上心头,这时男人身上掉下了一张纸条。凌悦汐捡起一看,上面写着:恭喜你,幸运的锦鲤少女!你得到了云上集团为你精心准备的恋爱机器人试用版!恋爱机器人将满足你对男友的所有需求,希望你开启幸福之旅!请阅读使用说明,祝您愉快!

恋爱机器人?

凌悦汐只觉得不可置信。

凌悦汐最近沉迷的"男神个个都爱我"游戏,采用了VR

技术，能让玩家在虚拟世界里和各个男神谈恋爱。而游戏的开发商云上集团，正在研发"男神个个都爱我"的相关手办。

可是，到底是什么时候研发出的真人机器人？还什么恋爱机器人？她在云上集团上班，都没听说啊。

说明书上还写明了，恋爱机器人可以根据游戏里的人物设定，调节不同的人物模式，目前默认的是夏子鸣模式。为了避免玩家太过"花心"，每72小时才能换新模式，调节成其他人物。而且，为了增加趣味性，恋爱机器人还分为"正常模式"和"个性模式"两种。

来都来了，要么试试看？

凌悦汐想着，鼓足勇气掀开了被子，那个男人健硕的身体也暴露在空气里。凌悦汐轻轻触碰他的肌肤，发现触感居然是温热的，简直和人类一样——这样的感觉太奇怪了。

当她解开男人的皮带想开启的时候，男人的身体好像动了一下，让凌悦汐吓了一跳。

刚才他动了吧……他真的动了吧！为什么机器人会动？

这时，男人睁开了眼睛。

凌悦汐看到一双好像大海一样湛蓝的眼睛，只觉得心猛地一跳。这么纯净的蓝色，还让她想起了天空，想起了宝石，想起了午后的微风——这是专属于夏子鸣的颜色。

凌悦汐愣愣地看着他，在他的眼中看到了自己的身影。这时，男人一个翻身压住了她，厉声说："你是谁？我怎么会在这里？"

这居然和说明书上写的一样——为了增加拟人感，机器人在醒来的时候会质问主人，如遇到这样的情况，只要恢复出厂设置就好。

凌悦汐看着男人腹部以下的部位，心想这种情况让她怎么动手恢复出厂设置啊！她的表情纠结了起来，看着说明书，严肃地对他说："你好，我要正常模式。"

"你有病吧！"

男人掀起被子就要离开，没想到头一阵眩晕，栽倒在地。他吃惊地发现，自己居然一点力气都没有，只好眼睁睁看着凌悦汐朝他走来。

凌悦汐看着说明书说："也可能存在电量不足，不足以让机器人行动的状况，需要先充电……咦，充电器居然是这个，好奇怪啊。"

男人认出来，凌悦汐手中的东西是电棒时，他从没有那么绝望过。他阴沉地说："你不许过来！如果你敢拿这个对我，我保证让你生……"

他没有把"生不如死"四个字说完，就被电棒电了一下，瞬间昏迷了过去。凌悦汐眨眨眼："他想说，他保证让我生活幸福吗？哇，我家男神还真是可爱。嘿嘿，这就是恋爱机器人呀，果然让人幸福感满满，简直太棒了！不过，他怎么会长得有点像那个家伙？"

凌悦汐想起她的老板黎渊，顿时恶心得一哆嗦。

黎渊是云上集团的 CEO，今年 26 岁。他是高学历海归，容貌俊美，再加上厉害的家世，照理说会是许多女人的梦中情人，但全集团硬生生没有一个人暗恋他。

因为，他是一个不折不扣的奇葩。

别的不说，就拿前不久的年会举例。他和业绩好的总经理亲切握手，谈笑风生，但是遇到业绩不好的经理，则直接轻哼一声从人家面前走开，让经理尴尬至极。

他对经理都是这样，更别说对小职员了。他看他们就好像在看空气，他们的关系简直就好像结婚五十年的夫妻一样，就算对方脱光了都不会产生任何涟漪。凌悦汐却没想到，她会和黎渊有了别样的交集。

"凌悦汐，快看视频！黎渊这个傻子，又被人泼咖啡了，哈哈！"

就在凌悦汐疑惑地看着倒在地上的男人时，手机收到了同事李倩发来的视频。视频里，黎渊和一个女人正面对面坐着。那个美女长得非常漂亮，皮肤白得发光，正是明星依彤。

她听到依彤愤怒到嗓子都变了调："你说什么，要我提供没整容的证明？"

"是啊。我爷爷对我说，找你这样的，可以生个漂亮的重孙子，我总要确定你是原装的。如果你愿意给我这个证明，我也愿意和你交往……"

"神经病！"

依彤拿起咖啡杯冲着黎渊泼了过去，黎渊顿时满头满脸都是咖啡。咖啡把他的衬衫都染成了棕色。黎渊淡定地拿起纸巾擦脸："真是的，为什么每次相亲都会有意外啊。我提出这要求，绝对没有羞辱你的意思。我有钱，你有貌，大家各取所需。如果你能提供相关证明，做我的女朋友后，我会给你好处。"

依彤一愣，表情和缓了下："你知道错就好。"

"这是我的号码，记得和我联系。"

依彤看着黎渊递给她的那张纸，有点怔然："6226……这是什么号码？手机号码有这样的吗？"

"这是我的银行卡号。衬衣五千元，请打在我卡上，谢谢。

还有，这顿饭我们Ａ……"

"去死吧！"

依彤怒气冲冲离开后，视频就结束了。

凌悦汐的心猛地一跳——这一幕她当时在咖啡馆正好目睹，她匆忙离开的时候，还被黎渊认出来了。现在，为什么这一幕被拍下来了？

天啊，黎渊会不会认为这是她做的？他那么小肚鸡肠，还不扒了她的皮？

"李倩，这视频是哪里来的？"

"我也不知道，早上在邮箱里看到的，大家人手一份。不过现在被删了，好可惜哦。黎渊真是个奇葩，什么事情都做得出来！要不是看在工资的份上，我早辞职了！"

凌悦汐也想辞职，但是她不可能这样做。她不在乎这份工作，但是她必须留在云上集团。因为，这里有她想要的东西啊。

凌悦汐想着，又看着面前的恋爱机器人，觉得有很多不对劲的地方。

为什么这个恋爱机器人和黎渊眉眼之间会那么像？除了发色和眸色之外，简直一模一样……玩游戏的时候，倒是没注意这个啊。

凌悦汐看着紧闭着双眼的男神，心中还是有点不可置信。她打开手机，看着自己前几天无聊转发的"男神个个都爱我"游戏的活动微博，简直不敢相信自己就这样中了奖。

"奇怪，游戏里只是说要抽出100名幸运玩家送手办，完全没说会送恋爱机器人啊。而且，中奖名单里也没有我……等等，说还有一个玩家会收到神秘大奖？难道我就是那个幸运玩家？"

凌悦汐怎么也想不明白，打算去公司了解情况。保险起见，她费力把恋爱机器人绑了起来，然后才出门。

她坐上地铁前往公司，脑中一直浮现着机器人的身体。那么有弹性的肌肉，那么强壮的腹部，一直在她脑中飘来飘去，她急忙摇头不让自己再想下去。

凌悦汐出地铁的时候，头发因为太过拥挤的关系早就变得蓬乱了起来，衣服也裂了一个口子，看起来狼狈无比。不过，她并不介意——反正她今天又不见人。同事对于她而言，根本不算人。

凌悦汐到了办公室，发现所有人都聚集在一个地方，她知道他们唯一的乐趣来了。

好无聊。凌悦汐撇嘴。

因为公司男性员工过多，女性员工也是一副男人样，所以公司特地聘请"程序员安慰师"——一帮萌妹，来不定时调剂大家的心情。这深受宅男欢迎。

凌悦汐看到，不远处打扮成各个动漫人物的模仿者正在跳热舞，她的男同事们则跟在她们身后跳舞打气。

凌悦汐看着一个个胖子在跳舞，只觉得是那么辣眼睛。

这时，李倩走过来说："啧啧，看到美女就这样，他们可真不要脸。你看那个叫什么姗姗的，胸都要弹出来了。悦汐，其实她们哪有你漂亮啊。你去年圣诞节穿黑色小裙子的时候，简直比明星还好看！你说你，明明可以靠脸吃饭，为什么非要靠才华啊！"

"低调。咱越是漂亮，就越要低调。"凌悦汐很不要脸地轻轻"嘘"了一声。

2

李倩没有说错，凌悦汐确实是一个非常漂亮的姑娘。

如果你摘掉她厚重的眼镜，把她杂乱的头发扎起，你会看到一个好像冰雪打造出来的玲珑剔透的女孩。

因为常年宅在家不晒太阳，她的皮肤好像白瓷一样，微微泛着光晕。她的眼角微微上挑，又大又妩媚，小巧的下巴弧度优美，只要稍微打扮绝对艳惊四座。

其实，在上大学期间，凌悦汐也是校花级别的。只可惜，因为周围都是糙汉子的关系，她也越来越漫不经心。眼下，她穿着破破烂烂的上衣，下面是运动裤，头发扎成了丸子头，还戴着厚厚的眼镜。

但她觉得这样很舒服。全公司没有任何值得她打扮的人，他们看她一眼，她都觉得要收费。

凌悦汐看了一眼程序员安慰师，坐到电脑前。她一直想着屋里突然多了一个男人的事情，还是觉得这件事很不对劲。

就算真的有恋爱机器人，为什么那么巧就给她了？默认模式居然是她最喜欢的夏子鸣？而且，他们没有她家的钥匙，怎么可能把机器人放在床上啊？如果说是恶作剧的话，谁会有那么大的手笔？

凌悦汐怎么也想不通，干脆拿出了手机，对着上面的手游发呆。

"男神个个都爱我"这款VR游戏是云上集团的主打产品。游戏画面做得实在太逼真，你会觉得城堡、花园等场景都是真实的，可以闻到空气中的花香，感受丝绸裙子的顺滑，男神也好像就在眼前。你甚至可以看到，男神脸上温柔的笑意和他长长的睫毛，满足自己的少女心。

这些男神中，凌悦汐最喜欢的就是身为庄园管家的夏子鸣了。

夏子鸣有着蓝色的头发、湛蓝色的眼睛，性格非常温柔，是个十项全能型的男人。他们曾经一起在花园里种花，一起看夕阳西下……当然，也有人和夏子鸣一起参加舞会，甚至共处一室，但这都需要氪金。凌悦汐氪不起，所以一直和他处于精神恋爱的状态。

现在，他居然实体化了，而且到了她的床上……

"李倩，你说我们公司的全智能AI机器人，真的会被研究出来吗？"在茶水间，凌悦汐忍不住问同事。

李倩推推眼镜说："虽然老板说已经到了最后阶段，但我觉得应该没那么快。现在智能机器人那么多，可要做到和人类毫无差别的全智能，还是很困难。机器人就是机器人，怎么可能像人类呢？"

"谁说的？AI机器人已经被研制出来了，而且很快就要投产。"

"董事长……董事长好！"

她们没想到，在茶水间休息的时候会遇到一年到头几乎不来公司的董事长，都愣住了。

黎老爷子是黎渊的爷爷，他有着一副和蔼的面容，此刻正笑眯眯地看着她们。没有人敢小看他，因为全公司都知道老爷子以前可是个心狠手辣的人物！

凌悦汐看着黎老爷子，没办法把面前这个慈祥的老头，和传闻中的黑道大哥联系起来。她急忙向黎老爷子问好，黎老爷子神秘地说："告诉你们一个秘密，但是你们不能告诉任何人——我们对AI机器人的研究已经有了很大进展，已经生产出和真人几乎没有区别的AI机器人，现在已经给客户试用了。试用期满，一切验收合格的话，就会量产。"

"哇，那么棒！"李倩配合地捧场。

而凌悦汐只觉得心猛地一跳。

黎老爷子继续说："对，就是超越一切同类产品！和其他机器人不同，我们的机器人是基于游戏的恋爱机器人，有着强大的粉丝群。恋爱机器人的外表和个性都会随着模式不同而改变，还有很多附加功能。到时候，你们可以买自己喜欢的男朋友，还能经常换，是不是很棒？不过，这是商业秘密，一个人也不要说。说的话，杀了你们哦。"

黎老爷子比画了一个砍头的动作，凌悦汐忙说："当然，当然。"

"我们把恋爱机器人随机投放到一户人家，连我都不知道是哪里。哎，好想知道，那个幸运儿是谁啊！"

黎老爷子离开茶水间后，李倩觉得不可置信，皱眉问："你说董事长是不是在骗我们？真的会有和人类没什么区别的机器人吗？"

"一百年前的人，还不相信人类会飞呢。也许，会是真的吧。"

凌悦汐看起来很平静，其实内心的小人儿已经开始撒花。按照黎老爷子说的，家里的那个家伙就是恋爱机器人，她就是那个得到眷顾的幸运儿！

天啊,她从小到大连纪念奖都没有中过,就是为了铆足劲儿中这个大奖吗?她居然是锦鲤少女,锦鲤少女!全世界只有她一个!

凌悦汐想起了家里的"夏子鸣",只觉得心痒难耐。

好不容易熬到了下班时间,她赶回家的时候发现他已经醒了,正一脸阴沉地看着她。

凌悦汐看到"包子"在他头顶,大叫一声:"'包子',你快给我下来!"

"包子"不是包子,而是一只肥到不可思议的橘猫。这只猫性格高傲,喜欢打架又经常打不过。它也不爱撒娇,好像身上长刺一样不让人碰,只有吃饭的时候才会跑得比谁都快。

它显然觉得"夏子鸣"的脑袋很舒服,饶有兴趣地挠了几下。"夏子鸣"阴沉地说:"立刻把它弄下去!不然,我要你生不如死!"

呀,怎么脾气那么暴躁?夏子鸣是最温柔的,从来不会发脾气,这个恋爱机器人是不是有缺陷?

"子鸣,你现在是个性模式,所以才会骂我吗?我不喜欢这样,我要正常模式。"凌悦汐说。

"脑残。""夏子鸣"不屑地说。

凌悦汐震惊了。

天啊,恋爱机器人不是该把女生当成小公主一样照顾吗?为什么会骂人?那个轻蔑的样子,真是让人看了就想打!

看来,恋爱机器人还是模式不对啊!

"身为机器人不能骂人哦。"凌悦汐好声好气地说。

"什么机器人?"

"你是恋爱机器人,你自己不知道吗?"

凌悦汐疑惑地问,然后很快了然——狗不知道自己是狗,猫不知道自己是猫,机器人不知道自己是机器人也很正常。算了,和个机器人有什么好计较的。

凌悦汐淡淡看了"夏子鸣"一眼,那目光就好像在看家具,让他心里很不爽,紧紧握拳。

从来没有人敢这样看他。从来没有!

他可是黎渊,云上集团的CEO,掌握着万名员工的生计和行业命脉!

现在看来,他好像被那个蠢女人当成了恋爱机器人——云上集团正在研制的那种。

这到底是怎么回事?

黎渊也不知道自己是怎么到凌悦汐家的。他最后的记忆是在酒吧喝酒,然后醒来就看到了她。

这到底是怎么回事?这其中有什么阴谋?她是真的误会了,还是假装的?

与生俱来的冷静,让黎渊心中惊涛骇浪,但是表面上看起来还是不动声色。这时,凌悦汐笑着对"包子"说:"吃饭了。"

凌悦汐刚拿出猫粮,"包子"就一下子跑了过去。"包子"开始猛吃起来,黎渊一直警觉地看着它。

他一向厌恶宠物,被猫骑在脑袋上简直是羞辱——不过,比起被那个家伙电击,也不算什么羞辱了。

黎渊在心里盘算从这里脱身后整治凌悦汐的100种办法,这时看到凌悦汐拿汉堡和可乐出来。

就算平时从不吃垃圾食品,饿了一天的黎渊也忍不住咽了下口水。

"那个,是什么啊?"黎渊高傲地问。

"你说这个吗？这是肥宅快乐餐、肥宅快乐水。不管遇到了什么，只要吃这个，就会超级超级幸福呢。"

凌悦汐说着，吃了一口汉堡，喝了一口可乐，还打了一个嗝。黎渊觉得，他就要被恶心死了——怎么会有女人当众做这种事情！女孩子不都应该是吃几口生菜就很饱的生物吗？

他不住地对自己说，不能发脾气，对付神经病只能智取不能硬来。

他按捺住性子说："你可以放了我，也给我吃点吗？"

"呀，你充电好了啊。"

凌悦汐好像刚想起，黎渊还被绑着，很爽快地给黎渊松绑。黎渊伸出手就想给她一拳，这时凌悦汐刚好回过头，黎渊浑身一凛，只好讪讪放下了拳头。

凌悦汐看着他的拳头，感动地问："子鸣，你是打算给我按摩吗？真不愧是世界上最好的管家！"

"按摩你妹。"黎渊冷笑。

黎渊的回答，让凌悦汐觉得自己耳朵出了问题。她不可置信地说："你说什么？"

"按摩你妹！你等我怎么收拾你！"

黎渊说着，突然朝着门口跑过去。他的速度很快，但凌悦汐的速度更快。凌悦汐瞬间想到了丢失恋爱机器人要付出的巨额赔偿，飞速拿出了电棒。

"滋……"

当黎渊再次被电的时候，他已经出离愤怒了。他用最阴冷的目光看着凌悦汐，要永远记住她。他在心里发誓，他不会忘记这张脸，因为他会让她付出代价！他发誓！

其实，他完全没有必要这样，他根本不可能忘掉。因为当他再次醒来的时候，又看到了凌悦汐。

怎么又是她？！

黎渊的眼神微妙地变幻了下，听到凌悦汐在自言自语。

"因为是试用品的关系吗，怎么经常出错啊？还说遇到这样的情况，只要重启就好——切，我都重启两次了，也没用啊。该死的，为什么客服电话总是打不通啊？丢掉的话，还要赔钱……我要夏子鸣，我才不要神经病！说起来，他真的好像我的老板黎渊……"

呵，什么像，我就是！她终于聪明一点了！

黎渊冷笑一声，刚想说什么，凌悦汐继续说："呵，如果是老板，我就把他大卸八块——这混蛋有一次还想开除我，落在我手里，我才不会放过他！或者去网上众筹收拾他也行，他得罪那么多人，一人给他一刀，大家都好开心啊。"

黎渊只觉得心猛地一跳。细细想来，他确实得罪了不少人。凌悦汐看起来就是个白痴，不像是主使人，幕后黑手很可能还在看好戏。

如果被这个傻子知道，他就是黎渊的话，后果简直不堪设想。所以，先暂时假装是机器人，然后再找机会出去吧。黎渊，你是成熟稳重的男人，暂时受点屈辱算什么。你一定可以做到。

黎渊的心情有些悲壮，这时听到凌悦汐说："大家都说游戏人物是根据黎渊的样子捏成的。哇，黎渊不会那么恶心吧。"

黎渊觉得膝盖中了一箭。他不再装晕，低低地说："呵，用容貌英俊的人做游戏形象有什么问题吗？不然用你这个丑八怪？"

"呀，你重启结束了啊。"

凌悦汐没有听清，高兴地看着黎渊。她突然凑近黎渊，他们之间的距离只有一厘米。这样的距离，超越了黎渊的安全距离，他觉得特别不自在。

黎渊愣愣地点了点头，凌悦汐笑眼弯弯："果然比之前好多了。不然每次都要重启，真是好麻烦呀。子鸣，从现在开始正式进入互动模式。你就称呼我爸爸吧。"

黎渊：……

就算他刚在一分钟前，决定要忍辱负重，伪装机器人逃离，但这样的情况简直不能忍！他心中燃起了滔天怒火，冷冷一笑："爸爸？"

"唉！"

黎渊只是在嘲讽，可凌悦汐特别顺地答应了一声，那笑嘻嘻的样子真让黎渊想使用暴力。

黎渊觉得自己被占便宜了，冷冷地看着凌悦汐。黎渊身上的阴郁气息实在太浓，就算凌悦汐心大，也觉得很不对劲。

她眨眨眼说："叫爸爸什么的，听起来很奇怪啊……算了，还是叫主人吧。子鸣，叫一个。"

"主人。"

3

黎渊的那声"爸爸"，已经突破了他的心理极限，所以叫起"主人"的时候并没有多大的羞耻感。他也不再用杀气腾腾的目光看着凌悦汐，他看她的眼神已经好像在看一个死人。

他冷笑着想，反正一出去就收拾她，在这里受再多的羞辱也无所谓了。身为公司的CEO，他什么大风大浪没有见过，为了目的，出卖点尊严又算什么？

"哇，还是叫主人的感觉好。嘻嘻嘻，主人，主人……来，子鸣你过来，让我好好看看你。"

黎渊一步步朝着凌悦汐走去，也带给凌悦汐一些压迫感。凌悦汐一米六八的身高，已经算是非常高挑了，可在一米八八的黎渊面前，她一点优势都没有，这样的感觉很不舒服。

凌悦汐踮起脚，捏捏黎渊的面颊，发现手感非常滑腻。

她的手划过黎渊的眉毛和眼睛，感慨地说："真是神奇啊，居然做得和真人一模一样，甚至还有体温。咦，怎么好像还有呼吸，这也太拟人化了吧。还有，嘴唇的温度……"

当凌悦汐的手触碰到黎渊嘴唇的时候，黎渊身体微微一颤，然后用力握住了凌悦汐的手腕。黎渊近距离看着凌悦汐，发现这个神经病的皮肤很不错，眼睛也挺好看的——呵，是个眼睛好看的、即将死掉的神经病啊。真是可怜啊。

黎渊的力气很大，把凌悦汐弄疼了。凌悦汐皱眉说："放手。"

黎渊没有动。

"我命令你，放手！"

黎渊看了她许久，心不甘情不愿地把手松开。当手腕自由后，凌悦汐松了一口气。

她用力甩手，嘟囔着说："天啊，机器人的力气也太大了吧，我的手都要被你捏断了。不过，说是会无条件服从主人什么的，看来还真是这样。子鸣，你去给我拿杯水。"

从来只有黎渊命令别人的份儿，什么时候有黎渊被人当作茶水小妹使唤的份儿！黎渊心里冷笑，嘴上却说："好的，主人。"

凌悦汐觉得，黎渊的声音满含杀气，心想应该是自己想多了——恋爱机器人的准则，就是让主人开心幸福，怎么可能有脾气呢？

这时，黎渊故意倒了一杯滚烫的热水。他心想这样可以把她烫个半残，到时候他装无辜——谁让他是机器人呢！机器人犯错很正常，对吗？

黎渊想象着报复的场景和凌悦汐尖叫哭泣的样子，阴沉地笑了起来。凌悦汐一边看手机，一边接过了水。她没想到，她的手一晃没有接住杯子，这杯水就尽数洒在了黎渊的身上。

黎渊：……

在这瞬间，黎渊听到了灵魂出窍的声音。他大叫一声，好像弹簧一样跳了起来，急忙去洗手间拿冷水冲洗，凌悦汐也吓了一跳。

凌悦汐跑到洗手间，拿起毛巾去擦拭黎渊的裤子，不住地说："抱歉抱歉，我没拿稳……你没事吧？咦，机器人也有痛觉的吗？还是为了拟人化？"

"别碰我的裤子！"黎渊咬牙切齿地说，去打掉凌悦汐的手。凌悦汐抓住他的手腕，严肃地说："都什么时候了，你还在这里害羞！万一你漏电了怎么办？乖，裤子脱了给我看看。"

凌悦汐坚定地认为，黎渊的中间部位就是他的开关，心想万一因为进水出问题就不好了——弄坏的话，她哪里赔得起啊？

黎渊见凌悦汐的手要伸过来，气极反笑："你真的想要碰？好，来啊！"

黎渊一把抓住了凌悦汐的手，要往自己的裤子上按。黎渊的反应实在太像真人了，体温灼热脸上还有红晕，让凌悦汐有一种他是个真实男人的感觉。

凌悦汐急忙收回手:"我是为了你好,你懂不懂?不对啊,你怎么用这样的语气和我说话?我是你的主人啊!你最亲爱的主人啊!"

凌悦汐的语气,是那么不可置信。黎渊呵呵一笑:"是吗,那我该怎么说话?"

"你该说——谢谢主人关心我,我真的很感动。主人,你就好像天上的彩虹,总是让我的生命充满色彩。在游戏里,你都是这么对我说的,现在怎么不说了?"

凌悦汐神态自然地说着令人羞耻的台词,黎渊的唇角抽搐了一下——是这个神经病这样,还是游戏的女玩家都这样?游戏组做的什么台词啊,回去就把他们通通开除!

黎渊不耐烦到了极点,又怕被再次"重启",只能说:"谢谢主人关心,我真的很感动。主人放心,我有防水功能,不会有事。"

凌悦汐发现,那么温柔的话被黎渊说出来,偏偏还是带了一丝杀气腾腾的味道。凌悦汐眨眨眼,心想应该是自己感受错了——夏子鸣怎么可能有黑化的一面呢?

她见黎渊好像没事儿,也放下心来。

回到客厅,凌悦汐继续吃汉堡。黎渊没控制住,猛地咽了一下口水。

"刚才是什么声音?"凌悦汐疑惑地问,"好像有谁在咽口水……这里就我们两个人,不会是你在咽口水吧?机器人只要充电,根本不用进餐啊。还是说,你根本不是机器人?"

凌悦汐说着,突然凑近了黎渊。凌悦汐身上没有香水味,他却能闻出她刚喝过的可乐的味道。

凌悦汐让人感觉干净清爽又充满气泡,生机勃勃到让黎渊有些愣神。他反应过来后,急忙说:"主人,我当然是机器人。"

"也是。谁会和我开这么无聊的玩笑。"

既然凌悦汐提起这个话题,黎渊当然不能放过找出罪魁祸首的机会。他貌似不经意地问:"主人,请问你是通过什么渠道得到我的呢?"

"你是我公司发的啊。"

听到这个答案,黎渊的眸色变得暗沉了起来。他初步判断,这个叫凌悦汐的傻子似乎真的不知道他为什么会来她家。

他还是黎渊身份的那天,最后是参加一个哥们的聚会,在场有很多人,倒是一大半和他有仇。能想出这样阴毒又无聊招数的,到底会是谁?

黎渊在心中想着嫌疑人,凌悦汐命令他:"对了,机器人除了谈恋爱之外,应该有很多实用功能吧,你给我介绍一下。"

看着凌悦汐一边吃汉堡,一边等他来讨好的样子,黎渊只觉得深受屈辱。他哪里有什么功能,耐着性子说:"我最大的特色是……长相帅气。"

"就这个?"凌悦汐诧异地问。

看凌悦汐一脸不满意的样子,黎渊不耐烦地说:"还有性格温柔、善于人际交往、和大家相处融洽……"

"还真是恋爱机器人啊,特长就是谈恋爱。不是,你都不能搜索什么的吗?帮我查查明天的天气。啊不,说一下现在的气温就好了。"

黎渊的大脑飞速运转。

他从自己穿着长袖衬衫感觉到舒适,能判断出房间温度在二十度左右。看着窗外没有下雨的迹象，所以屋外和房间的温差应该是十度以内。

"黎渊，你真是太有才了！你的推理简直太棒了！"

黎渊再一次沉浸在自己厉害的智商里，冷静地说："现在室内温度二十度，室外温度十度，天空晴朗。明天将是同样的好天气……"

"哗啦！"

就在这时，屋外突然下起瓢泼大雨，黎渊脸上的笑容也凝固了。凌悦汐关上窗户，满脸疑惑地看着黎渊，黎渊觉得他的脸都要被这天气打肿了。

凌悦汐和黎渊都沉默了。

"这一定是人工降雨。"黎渊死撑着说。

凌悦汐炸了："现在又不是夏天，谁那么无聊人工降雨啊！你怎么天气预报都不会，这样的产品也太失败了吧！"

"那以后你自己去查吧。"

"你，你居然顶嘴！机器人不能违反主人的任何命令，你怎么会这样？你会被人道毁灭的好吗！"

凌悦汐觉得黎渊的所作所为真是太奇葩了，简直不像一个机器人！

黎渊反应迅速，编了个理由："机器人要做的不光是工具，还有陪伴。所以，我的出厂设定里，会有适配主人性格的个性模式。主人，你喜欢吗？"

"不喜欢，我更喜欢听话的。我再考你一下，那66552乘以29347等于多少？"

黎渊迅速心算，悲剧地发现自己算不出来。

连计算器都能完成的事情，如果机器人不能做到的话，实在太假了，也会让凌悦汐怀疑自己的身份。所以，黎渊有了一个绝妙的计划。

"答案是、是、是、是……"

他不断重复这句话，头也不断点动，看起来好像死机了。凌悦汐不可置信地问："不是吧，这样就死机了？你的内存是只有金鱼的大脑那么小吗？"

黎渊在认真飙戏。过了一会儿，他才恢复到正常的样子，装作诧异地问："主人，刚才发生了什么事？"

"你刚才突然脱了裤子裸奔。"凌悦汐没好气地说。

"怎么可能。"黎渊撇嘴。

切，凌悦汐这个谎话精。

如今，凌悦汐最初的喜悦，已经被失望代替。她觉得黎渊除了脸蛋长得好看外，真是什么用都没有。而且，他居然会撇嘴！这样撇嘴的样子让她想起了老板，这可真不是什么美好的回忆。

她最后尝试了下："家务你总该会做吧？这个都不会做的话，我看你需要再重启下。"

黎渊想到凌悦汐手中的电棒，眼中满是厉色。他高傲地想，敢这么对他，他一定百倍千倍报复回来！

他在心中冷笑，却温柔地说："这个是我最擅长的呢，主人。"

于是，凌悦汐在上网的时候，黎渊就在房间里打扫卫生。黎渊平时哪里会做这样的事情，看着抹布也不知道该怎么办，到后来胡乱擦了一气，还打碎了花瓶。

他看着凌悦汐吃汉堡上网的样子，觉得特别不爽，准备故意踢掉她的电源线，把她也拉入地狱。

黎渊发现，这游戏画风精美，创意十足，是难得一见的佳作。如果主人公没P上他照片的话，他也许会把这个大牛招进公司，但这个世界上没有如果！他眼睁睁看着自己在游戏中被整，冷笑："主人，这游戏是谁做的？我的意思是，是谁呢，主人？"

　　黎渊意识到又暴露本性了，强迫自己用温柔的声音说。幸好凌悦汐没有在意。

　　"我做的啊。"凌悦汐推推眼镜，骄傲地说，"你可以开启夸奖模式了。"

　　黎渊：……

　　他怎么可能夸奖自己的仇人，死都不愿意！凌悦汐见黎渊卡壳，理解地说："是不是又是个性模式，所以开始傲娇了？唉，真是没见过你这样的机器人。你要不要玩一下，杀死这个傻×老板可好玩了。"

　　"不要！"

　　黎渊觉得，他没把电脑砸到凌悦汐的头上，已经是他成熟稳重到极点了。

　　凌悦汐疑惑地问："为什么不要玩呀？哦，我知道了。对不起啊。"

　　黎渊愣住了，不知道凌悦汐为什么道歉。

　　凌悦汐想，黎渊自己就是游戏人物做出来的AI手办，肯定不愿意打游戏——这不是在打自己的同胞吗，她真是太残忍了！

　　凌悦汐谴责了自己一秒钟，那同情的目光让黎渊觉得莫名其妙，也非常不舒服。凌悦汐突然抓住黎渊的手，深情款款地说："放心啦，你们是不一样的。我会打它们，但我不会打你。"

这家伙到底在说什么啊?

黎渊只觉得莫名其妙的,目光落在凌悦汐抓住他的手腕上。凌悦汐的手异常软,还很温暖,他一时之间有些恍惚。

他不记得,已经多久没有人敢这样和他肢体接触了……

黎渊想着,什么也没有说,这时凌悦汐收回手说:"好啦,你别干家务了,你去充会儿电吧,我要玩游戏。对了,你到底要怎么充电啊?和重启一样吗?"

眼看凌悦汐拿出了电棒,黎渊下意识地说:"不,是有特殊的充电程序。我是采用太阳能的方式,一次充电就能管很久。"

"很久是多久?"

"一天到一个礼拜吧。"黎渊不确定地说。

"时间跨度还真大。呀,雨停了。现在还有点夕阳,你去充电看看啊!"

在凌悦汐的注视下,黎渊只好再次开始飙戏。他张开双臂,做出沐浴在阳光里的样子,觉得自己就是一个傻子。

黎渊心中满是怒气,而他的侧颜在晚霞的照耀下显得美得惊人。凌悦汐只觉得心快速跳了一下。"你,你充电吧。我去打游戏了。"

黎渊没有回答。

4

凌悦汐回到房间里,觉得自己刚才心跳加速的感觉真是太奇怪了。她拿出VR隐形眼镜戴在了眼睛里,瞳孔顿时变成了金色。而她的四周，也一下子变了。

"男神个个都爱我"游戏的背景是现代，女主是豪门大小姐，拥有一个庄园和7个未婚夫人选。她的日常就是装扮庄园、喝下午茶、学习技能，然后和各个未婚夫人选约会，培养感情，最后选择一个人结婚。

这个游戏很脑残，但是每个未婚夫都有不同的萌点，所以深受欢迎。

凌悦汐召唤出夏子鸣，仔细看着夏子鸣俊美的面容，发现他和家里的恋爱机器人，真是一模一样。

"悦汐小姐，你不在的时间里，我非常想你。"

"悦汐小姐，我真希望你的眼中只有我。"

夏子鸣的微笑，永远是那么温柔，也最让凌悦汐沉浸其中。

凌悦汐真是太喜欢夏子鸣了，所有未婚夫人选中她最常用的就是他。在游戏里，她专心和夏子鸣谈恋爱，在埃菲尔铁塔的背景下和他牵手。他们的距离是那么近，她都能看清楚夏子鸣瞳孔的颜色，和他樱色的嘴唇。

"悦汐小姐，你为什么这么看着我？"夏子鸣问。

凌悦汐微微一笑。

她好想和夏子鸣亲吻，于是凑近他，闭上了眼睛。她的心跳很快，就好像真的要和男人接吻一样。然后，她真的感觉触碰到了什么东西。

凌悦汐睁开眼睛，看到了黎渊放大的面容。

"凌悦汐，你在干什么？！"黎渊出离愤怒了。

黎渊看到凌悦汐在房间里一会儿踱步，一会儿自言自语的样子，觉得她真是神经病发作了。他想，从时间上看自己也该完成充电了，于是来房间看看凌悦汐。

没想到，她居然嘟起嘴吻了他！她怎么可以这样占他的便宜？！

黎渊在第一时间拿手阻止了凌悦汐。

凌悦汐觉得黎渊的气场不对劲，"包子"也感觉出危险，在凌悦汐脚边呜咽，一身黄毛也炸了起来。

"夏子鸣，你做什么啊？"凌悦汐慌张地问。

"不要叫我那个名字！"

"那怎么叫你？你是恋爱机器人，你还和我横！你这样会被毁灭的，你知道吗？"

"呵。"黎渊冷笑。

就在气氛紧张到极点的时候，惊变发生了。

奇怪的声音在他们四周响起，就好像有人在尖叫似的。

"什么声音啊？"凌悦汐问。

黎渊也皱起眉。他们都发现，这声音来自厨房的微波炉，w便朝着微波炉的方向走去。

凌悦汐示意黎渊打开微波炉看看，黎渊打开的时候，被漫天的金色鸡蛋所包围。

凌悦汐的蛋……确切地说，是凌悦汐想吃的鸡蛋炸了。

鸡蛋成了小碎片，争先恐后地从微波炉里蹦出来。凌悦汐只觉得面前一热，下意识捂住了脸颊。

在下一秒，她看到黎渊抓住她的胳膊。凌悦汐只觉得心猛地一跳，诧异又动情地看着他。

夏子鸣……他这是要保护我吗？就好像王子保护公主一样？

这才是恋爱机器人的本能吧！

凌悦汐眼中的夏子鸣，突然穿上了欧洲贵族的衣服，手中也拿着一把长剑。他就好像骑士一样，勇敢面对恶龙，用他的鲜血和生命来捍卫自己最心爱的公主。

凌悦汐只觉得眼前的夏子鸣突然变得金光闪闪起来，她的心中满是感动。然后，她眼睁睁看着男神抓住她的胳膊，把她推到前面，自己躲在了她的身后。

凌悦汐：……

即使凌悦汐捂住了脸，还是有些许鸡蛋溅到她的面颊上，把她烫得不轻。她急忙冲到卫生间，发现她的头发上、身上已经满是鸡蛋。

凉水缓和了灼热感，她看着面颊上的红印子，简直出离愤怒了。她生气地质问："夏子鸣，你怎么回事？刚才遇到危险，你为什么不保护我，还躲在我身后？"

"我没反应过来，抱歉啊，主人。"

黎渊特别没有诚意地道歉，一脸无辜地看着凌悦汐，心里简直爽飞了！

对，就该这样惩罚她！这还只是开始！

凌悦汐捂住了额头，郁闷地说："这是什么恋爱机器人啊，智商连扫地机器人都不如！如果这样投产的话，我们公司一定会被起诉，然后倒闭的吧。其实这个世界上最聪明的AI，早就出现了，可是……"

凌悦汐看着黎渊，表情逐渐平静，到后来叹了一口气。她无奈地说："看来，你真是什么都不会干啊。算了算了，我也困了，你陪我上床睡觉吧。"

所以说，刚夺走初吻后，现在要夺走"初夜"吗？黎渊冷笑了起来。

"好啊。"黎渊说。

黎渊一直看着凌悦汐。他的目光中有太多东西，复杂到让凌悦汐有些不安了起来。所以，她都不好意思在黎渊面前脱衣服，换上睡衣。

"你背过身去。"凌悦汐说。

"好的，主人。"

黎渊背过身，凌悦汐快速脱掉衣服上床，突然有点后悔对黎渊提出这个要求。可是，她的梦想一直是和男神夏子鸣一起睡，她怎么能放过这个机会？

她在床上，眼睁睁看着黎渊慢条斯理地脱衣服，露出了结实的上半身。当黎渊要脱裤子的时候，凌悦汐到底没忍住阻止了。

她丢给他睡衣："我不太习惯裸睡，你穿上这个吧。"

黎渊看着面前粉色的小兔子睡裙，皱眉说："粉色太娘了，换一件。"

"你说什么？"

"我的意思是，我更喜欢男子汉气质一点的睡衣呢，主人。"

"可我没有啊。要么光着，要么穿这个，你自己选。"

凌悦汐耍起了无赖，黎渊到底没有凌悦汐那么不要脸，只好穿上睡裙，避免凌悦汐占他的便宜。

他躺在了床上，身体僵硬，不敢和凌悦汐有任何接触，凌悦汐也没好受到哪里去。

凌悦汐觉得这样简直是受罪，看着天花板说："子鸣，我真是没想到，我会是那个幸运儿。你知道吗，从小到大我连'再来一瓶'的奖励都没有中过，难道运气也是会积累起来的吗？"

运气当然会积累，比如你的厄运，已经到满值了。

黎渊想着，神色却越发温柔："主人，你当然是最幸运的。你所有的梦想，都能实现。"

"嘿嘿,我希望成为最厉害的程序员!"

"下面你希望做什么,我抱着你睡觉吗?"

"你有这个程序吗?"凌悦汐心想,这个程序有点污啊。

"单身女玩家都希望有一个爱的拥抱,这当然在我的程序里。主人,你需要吗?"

"需要。"

凌悦汐恬不知耻地说,等待着黎渊来抱她。她闭上眼睛,一脸坦然的样子真让黎渊觉得叹为观止——呵,他原来想吓退这个家伙,没想到她看起来年纪轻轻的,居然是个女流氓!

黎渊不愿意屈尊降贵去抱她,于是就这样僵住了。凌悦汐等待很久,都没有等到拥抱,诧异地问:"你不抱我了吗?"

"现在进入充电程序。"

黎渊说着,闭上眼睛,开始装睡。凌悦汐不甘心,用力摇晃了黎渊几下,可黎渊一动不动。

凌悦汐嘟囔着说:"什么啊,不是刚充好电吗?哼,差评!"

凌悦汐关掉灯,进入了梦乡,而黎渊在黑暗中睁开了眼睛。凌悦汐熟睡后,是逃跑的最佳时机。

他知道,幕后黑手可能会在外面留有后手,甚至会很危险,但是他必须出去。面对那些恶魔,他什么时候怕过?

他可是黎渊。

5

黎渊用极慢的速度起身,没有惊动熟睡中的凌悦汐。他换上了属于自己的衣服,把粉色睡裙丢到垃圾桶里去。

他看着凌悦汐的睡颜，真的很想给她一拳，可为了长远考虑，只能生生遏制住冲动。

他系上领带，冷笑一声："凌悦汐是吗……我记住你的名字了。记住今天吧，因为从明天开始，你就会受到惩罚。"

黎渊说着，比画了一个砍头的动作，然后帅气地打开了门。门外就是他的新世界，他终于可以恢复新生，重新恢复霸道总裁的身份。

他闭上眼睛，感受到自由的空气，心中满是冷漠和坚毅。他的衣摆无风自飘，他的身影看起来孤傲无比。

一切，终于要说再见了。这场闹剧，也终于要结束了。

黎渊冷酷地想着，然后看到楼道里有一个人手中拿着球棒，正冷冷地看着他。那人戴着帽子看不清楚面容，浑身散发着冰冷的气场，让黎渊想迈出去的脚步停住了。

黎渊看着他，犹豫了一秒钟，然后收回腿，关上了门，好像刚才什么都没有发生。

呵，难道只要他离开凌悦汐家，就要被杀死吗？他不会让他们如愿的！黎渊想着，眸色中一片冰冷。他冰冷地走到垃圾桶旁边，冰冷地捡起垃圾桶里的粉色睡衣，冰冷地重新穿上，躺在了凌悦汐的身边。

凌悦汐并不知道昨天晚上都发生了什么，醒来的时候发现床上多了个人，差点一脚把他踹下去。

她后知后觉想起了昨天发生的事情，轻轻拍拍脸蛋，对黎渊说："子鸣，快起来，我要去上班。"

"你要上班关我什么事！"黎渊翻个身不耐烦地问。

"身为 AI，你不该起来给我做早餐，等着我吃吗？天啊，怎么会有你这样的机器人！你根本不是恋爱机器人，是大爷机器人吧！"

凌悦汐抱怨了下，一把掀开了黎渊的被子，叫他快点起床。

黎渊睡得迷迷糊糊，只觉得身上突然一冷，一气之下反把凌悦汐勾在了床上，压在了自己身下。

他的热气喷洒在凌悦汐的耳边："说了不要在早上吵我……主人。"

黎渊终于反应过来自己的身份，最后硬生生加了一个"主人"的称谓。黎渊还保持着压着凌悦汐的姿势，他的气息是那么暧昧，也有着满满的占有欲。

"你干什么啊？"

凌悦汐没想到夏子鸣还有起床气，这样的亲密接触让她很不适应，急忙面红耳赤把他推开。

黎渊的身体一偏，嘴唇擦过凌悦汐的耳朵。凌悦汐就好像触电一样，浑身一颤，黎渊的心跳也快了起来。这样的感觉是前所未有的。

他专注地看着凌悦汐的耳垂，最后终于说："请你去梳洗，我为你准备早餐，我的主人。"

"哦。"凌悦汐红着脸说。

凌悦汐满怀期待开始换衣服。黎渊离开了房间，在厨房陷入了沉思。

他觉得这件事真的很奇怪，似乎那个幕后黑手并不想要他的命，也不想要他的钱，但是不允许他离开凌悦汐家。凌悦汐在其中又扮演了什么角色？

再过几天，就是和天盛集团签约的日子。不管怎么样，他必须回到公司。

黎渊想着，从冰箱里拿出一些速冻食品，加热后放在了桌子上。凌悦汐出来，看到满满一桌子的奶黄包和豆沙包，嘴角抽搐了下。

她怎么可能在早上吃掉那么多包子，但不想打击黎渊的积极性，表扬他说："嗯，你的手艺比昨天有了很大的进步，我看好你哦。"

"谢谢主人夸奖。"黎渊微微鞠躬，"主人今天去哪里，我可以和你一起去吗？"

凌悦汐为难地说："我今天要上班，带你去不方便。"

"我可以在楼下等主人回来。"黎渊深情款款地说，"主人，拜托了。"

凌悦汐最受不了夏子鸣的温柔了。黎渊用那么含情脉脉的眼神看着她，她的底线不受控制一降再降。

她不知道带着这个AI机器人出门，会不会引起什么纠纷，还有夏子鸣突然卡壳怎么办……带他出门会很麻烦，但是她在黎渊满怀期待的眼神中说："好吧。"

黎渊换上昨天的衣服后，和凌悦汐一起走出了家门。他看起来气定神闲，其实神经紧绷到了极点。

走出家门的时候，他果然看到那个帽子男还在楼道不远处。他装作没看到的样子，跟在凌悦汐的身后。

他想好了，如果帽子男突然发难的话，他就立马把凌悦汐推到前面。再不济，这里也有楼梯，他可以逃生。真是完美的计划。

黎渊想着，越发靠近了凌悦汐，简直和她寸步不离。黎渊和她近距离接触，让凌悦汐很不习惯，她无语地想这机器人可真是够黏人。

在黎渊紧紧贴着凌悦汐后背的时候，凌悦汐感觉到一股灼热的气息。虽然只是靠着，但她好像被黎渊抱在怀里一样。

凌悦汐只觉得心中一颤，急忙推开黎渊："不要离我那么近。"

"主人，我以为你喜欢我靠近你。"

黎渊忍着恶心，摆出了伤感的表情来，凌悦汐果然上当。凌悦汐哪里受得了男神伤心的样子，期期艾艾地说："那……那……那，要不你还是靠着？"

"嗯。"

黎渊把凌悦汐环在了臂弯里。

凌悦汐觉得这个姿势真是强势又霸道，她的脸都不受控制红了起来。她近距离看着黎渊，觉得时间似乎都在这一刻静止了。

这不是真人，这不是真人，这只是机器人！他所有的一切，都是程序里的，他根本不喜欢你！

凌悦汐在心里疯狂劝说自己，但还是觉得这样的机器人，简直比真人好一万倍。因为，她在现实生活里，根本不可能遇到这么优秀又贴心的男朋友！如果他不经常抽风就更好了。

谁说他们不能在一起，如果保存得当的话，他们也许真的能一生一世吧。哇，真是想想就脸红呢。

"叮。"

就在这时，电梯到了。凌悦汐为自己刚才的想法羞耻了起来，急忙进了电梯，黎渊也跟了进去。

黎渊一直保持着紧张的状态，见帽子男没有跟上来，总算稍稍放松了些。他看到凌悦汐手足无措，都不敢看自己的样子，微微勾起唇角。

他使坏地凑近,看到凌悦汐下意识地往后退了一步。

"主人,你是在怕我吗?"

黎渊在凌悦汐耳边说,低沉的声音好像电流一样穿过凌悦汐全身,也让她的身体情不自禁一颤。

黎渊很喜欢看凌悦汐这样害羞的样子,在心里冷笑着想,果然没有什么人能抵挡住他的魅力!

凌悦汐也觉得自己这样挺怂的,挺直胸膛说:"喂,不要用这样的语气和主人说话!"

黎渊警惕地跟在凌悦汐身后,走过大街小巷。直到进入地铁站都没有发生什么变故的时候,他终于放心下来。

凌悦汐和他的目的地一样,都是云上集团的办公楼,也就是说他再忍耐这一路就好。到时候,他会给凌悦汐上一炷香的。呵,他可真是世界上最好的老板啊。

黎渊想着,看凌悦汐的眼神都带了一丝同情,但凌悦汐并没有感受到。

凌悦汐带着黎渊坐地铁到了公司,出地铁的时候凌悦汐的头发乱成一团,黎渊也没好到哪里去。

凌悦汐很习惯地抓了几把头发后,对黎渊说:"我上班的时候你不能打扰,你就在楼下的咖啡厅等我吧。你坐在那里,等我下班。"

"好的,主人。"黎渊真心实意地笑了。

"真乖。"

凌悦汐踮起脚尖,满意地揉揉黎渊的发顶,然后口中嘟囔着"该死的,要迟到了",朝着电梯跑去。

黎渊闭着眼睛感受着自由的空气,再次睁开眼睛的时候,气场突变。他凌厉地朝着专属电梯走去,到达了属于他的楼层。

他黎渊又回来了。他会让那些算计他的人,付出让他们追悔莫及的代价。

第二章 黎总归来

1

黎渊去了办公室，找到他的私人助理裴秘书。

因为头发被染色，穿着打扮也和以前截然不同，裴秘书一开始没有认出他来。黎渊白了他一眼后，他才如梦初醒。

"黎总，你……"

"闭嘴！给我去找发型师来！"

"好的。"

裴秘书不敢问黎渊发生了什么事，急忙按照黎渊的吩咐找来发型师，把他的头发弄回原来的颜色。

黎渊穿上惯常的西装，扣好最后一颗扣子，坐在办公椅上，一直没有说话。

他沉默的时候，往往是气得最狠的时候，裴秘书根本不敢大声喘气。他真的很想知道，黎渊失踪这一天都发生了什么，可是他不敢问啊！

"黎总，你昨天一天没来公司，堆积了很多文件。这些是要立刻批复的，这些是要你签字的单子。对了，昨天本来和王总约好打高尔夫，但是你没有去，所以吴副总去了……"

"呵，这家伙倒是很积极。"黎渊淡淡地说，"你还想问什么，就问吧。"

"黎总，你昨天到底去哪里了？大家都在找你，我只好装作你有急事的样子。你说你有事也就算了，起码和我说一下啊！当然，我不是指责你的意思……"裴秘书的声音越来越低。

黎渊见裴秘书的样子不像是伪装的，心想这件事应该不是他做的——他的身家荣辱都在自己身上，不至于做这样的蠢事。

他眸色阴冷："把那天在酒吧的监控调出来，查一下我是怎么不见的。"

"黎总，你说什么？"

"我被人绑架了。"黎渊的脸上满是奇异的笑容，"还被绑在了一个员工的家里。"

"啊？怎么会被绑架？被关在谁家里了？"

"这个你不需要知道。安排下，我要去各个部门视察。特别是，游戏策划部。"

凌悦汐并不知道，一个复仇的总裁正在摩拳擦掌，准备汹涌来袭。她拿着游戏策划书，在主管办公室门口犹豫了几秒钟，最后还是敲门进去。

主管见到她来，露出了头痛的表情："凌悦汐，你又有什么事情找我啊？"

"主管，这是我做的小游戏，请你看一下。游戏发生在办公室里，你可以用各式各样的方式和你的同事们展开激战，还可以谋杀老板……"

"你是想谋杀我？你想造反吗？"

凌悦汐的主管姓高，是一个四十岁的中年女人，一脸不悦看着凌悦汐。

凌悦汐忙解释："主管，我不是那个意思，这就是个游戏创意。"

"凌悦汐，你是在游戏策划部，不是研发部。你只要管好你的本职工作就好了，你满脑子都是什么？你那么想做研发，你去申请调动部门啊。"

高主管真是越看凌悦汐越心烦，劈头盖脸骂了她半小时。凌悦汐低头听着她的训斥，最后灰溜溜出了办公室。

她出来的时候，李倩见她脸色不好，了然地问："你又去说你的小游戏了啊？"

"是啊。"

"高主管和研发部关系不好，最讨厌的就是那帮程序员了，怎么可能对这个感兴趣。你也真是的，为什么想做程序员啊？你看看他们那边，还像人吗？"

李倩说着，指着一个朝她们走来的女人，忍不住打了个哆嗦。凌悦汐看着那个穿着一身粉色，头上还戴着粉色蝴蝶结的女人，诧异地说："这不是小雯吗。小雯，你怎么穿成这样？"

小雯慢慢转过头，过了一会儿目光才聚焦。她看着衣服说："你是说这条裙子吗？哦，我今天特别穿成这样，提醒自己是个女生。呵呵呵，好看吗？"

小雯说着，摸了摸蝴蝶结，身上散发着阴郁的气场。凌悦汐后退一步："好看，好看。"

"那就好。"

小雯拿着咖啡杯，好像漂移一样离开，李倩心有余悸地说："看看，这就是女程序员的样子！你已经那么像个汉子了，你要变成纯爷们儿吗？"

"什么啊，我本来就是爷们儿！"

"对了，我刚才接到通知，说黎总要来视察工作。你那个小游戏，要不要直接给黎总看看？说不定黎总愿意研发呢。"

"黎总怎么会想到来视察工作？他一向只和总监们说话的。"凌悦汐只觉得心中一动。

"谁知道，也许脑子又抽了吧。"

李倩耸耸肩，不再说下去，而凌悦汐蠢蠢欲动。她已经把这个小游戏做到几乎完美的地步了，可是根本没有人愿意看一眼，也许越级直接和老板汇报会是个好办法？

可是，老板是一个会让相亲对象打钱到他账户上的人，这样的人真的可以信赖吗？

凌悦汐有点矛盾，这时看到大家在疯狂地整理办公桌，还有人夸张到把玫瑰插满了花瓶。凌悦汐忍不住想，对于这样的家伙有必要那么认真吗？

突然，四下安静了下来。

因为，黎渊走进了他们的办公室。

对于黎渊而言，整个集团有着等级划分。作为公司的掌权者，他在公司的顶楼，其他主要副总则在下一层。他的活动区域，最多往下三层，员工的大办公室是他根本不可能踏足的地方。

可是，今天他来了。这一切，都是拜凌悦汐这个女人所赐。

黎渊想着，走进了大办公室，一进去就闻到一股刺鼻的香水味。他捂住了鼻子，装秘书顿时说："这是什么味道，快点通风，把所有窗户都打开！"

在装秘书的命令下，大家放下了手头的工作，急忙去开窗。凌悦汐最看不上黎渊这样矫情的样子，在心里翻了个白眼，装模作样也去开窗，但根本就没有动手。黎渊看着凌悦汐，对她说："你过来。"

"我？我吗？"

凌悦汐环视四周，不知道黎渊为什么会找自己——难道说，他意识到她是最能干的员工？还是说他想开除她？他是不是知道自己被拍了视频？

在一片安静中，凌悦汐慢慢朝黎渊走去，她觉得自己好像在一步步走向地狱。黎渊高大的身影带给她无尽的压迫感，她紧紧捏着手中的U盘，突然不敢把这个交给黎渊了。

黎渊看到凌悦汐怂怂的样子，心里是那么满足。他凑近凌悦汐，冷笑说："你就是凌悦汐？"

"是，是的。"

"最近有迟到吗？"他问裴秘书。

裴秘书迅速去查，然后说："没有。"

"上班的时候有没有偷着玩游戏？"

"好像也没有。"

黎渊不耐烦了："那做了什么违反公司规定的事情？"

裴秘书为难了："一时半会儿，我也找不出来……"

"呵，你今天穿着破洞牛仔裤啊。从现在开始，公司规定穿破洞牛仔裤的都要被开除。你可以走人了。"黎渊说着，就要起身离开。

凌悦汐只觉得脑中一片空白。她知道，黎渊一定是在报复自己，一定是的！可是，她必须留在这里，这里有她想要的东西！

"黎总，如果穿破洞牛仔裤就要被开除的话，那么研发部的所有人都要被开除。"

凌悦汐说着，指着不远处的研发部，那里的宅男程序员们果然都齐刷刷穿着破洞牛仔裤，正一脸惊恐地看着黎渊。

黎渊怎么可能开除一个部门的人，皱眉说："口红颜色太艳，也要开除。"

"我没有涂口红，不信你看。"

凌悦汐说着，用力擦拭自己的嘴唇，然后把手伸到黎渊面前，黎渊顿时后退了一步，冰冷地说："不要离我那么近。"

"黎总，我知道你为什么生气，可是那个视频真的不是我录下来的！你向相亲对象要钱的事情，被人发到邮箱也不是我干的！点击量现在100万，更和我没关系啊。"

"你说什么视频？"

那个视频被发到大家邮箱的时候，正好是黎渊被人绑架与世隔绝的时候，所以他并不知道。

当他问出这个问题的时候，所有人都沉默了，裴秘书更是望着天花板，假装自己不存在。

黎渊重复了一遍："什么视频，告诉我。"

黎渊步步紧逼，把凌悦汐逼到了墙角。凌悦汐愤怒地想，在场有那么多人，为什么就盯着她一个人啊！

见黎渊大有一种她不说实话，就把她就地开除的意思，凌悦汐只好拿出手机："就是，你那个……"

黎渊抢过了手机。当他看到那个视频清晰记录了他是怎么被泼咖啡，怎么气定神闲要赔偿的时候，冷笑一声，把手机还给凌悦汐。

凌悦汐觉得，黎渊的笑容真是死亡微笑。她尴尬地解释："这不是我拍的，我只是看到而已，真的没有拍。"

"你觉得我会信吗？"

黎渊轻哼一声，突然改变主意，不想开除凌悦汐了——这样的家伙，就这么放她走太可惜了。

凌悦汐急忙解释："黎总那么聪明，不会猜不到这件事根本不是我做的。当时我是坐在你身后，可这视频的角度分明是从那个美女那里拍的，如果当时我在那个位置拍你的话，你怎么会没发现。而且，这个也没什么吧……这显得黎总，特别……

特别节俭呢！"

凌悦汐的狡辩，让黎渊的脸色越发阴沉，简直是暴风雨来临前的宁静。就在大家连大气都不敢出的时候，黎渊突然笑了："呵呵，说得很有道理。"

黎渊说着，起身离开了办公室，大家齐刷刷松了一口气。

李倩走到凌悦汐旁边，焦急地问："你疯了吗，你刚才怎么那么和老板说话！你是不是想收拾东西走人啊！"

"我怎么会想走人。我，我不是在解释吗。"凌悦汐烦躁地问。

"你到底怎么得罪他了？那视频真的不是你拍的？"

"真不是我！至于怎么得罪了……我也不知道。我总觉得，他针对我好像不是因为视频的事情。可又会是什么呢？"

凌悦汐想了一会儿也想不明白，干脆不再想下去。

2

黎渊回到办公室，抓起桌子上的花瓶就想要砸。

裴秘书急忙提醒："这是明朝的古董，价值三千万啊，黎总。"

黎渊急忙小心翼翼地把花瓶放在桌子上，还轻轻抚摸了一下，放低了声音："对不起啊小明，刚才那么粗暴地把你拿起来，我的小明有没有害怕啊？小明是坚强勇敢的孩子，不会害怕的哦。"

黎渊说着，变了脸色，再次拿起桌上的姓名牌想砸。裴秘书再一次叫住了他，"黎总，你……"

"这个撑死几千块,而且砸不坏,你连这个都要管吗?"

"不是……我的意思是,董事长进来了……"裴秘书尴尬地说。

这时,黎渊看到爷爷果然站在门口。黎渊放下手中的东西,强压住火气:"爷爷,你怎么会来?"

"老人家闲着没事儿,就来看看你。看起来你心情不好啊,发生什么事了?"

"没什么。"

黎渊不愿意谈自己被绑架的事情,觉得简直是太丢人了。他扶着黎老爷子坐下,黎老爷子喝了一口茶,笑呵呵地说:"这茶真是醇香啊。在这里喝着茶,晒着太阳,简直太舒服了。"

"爷爷,你常来公司不就好了,在家里也无聊。"

"那不行,我的那帮老兄弟,都等着我一起打牌逛公园呢。这里是你们年轻人的世界,我还是少插手的好,不然讨人嫌。对了,你的头发怎么有点蓝色?是我看错了吗?"

黎渊的头发被人上了一次性的蓝色染膏,因为后来的处理时间比较短,还能隐约看到藏蓝色。

黎渊不动声色:"没有啊,可能是光线问题。"

"我刚才听说,你对一个员工发火了?那小姑娘可是吓到躲在厕所哭。你啊,对女孩子要温柔点,这样下去怎么会有人要。"

"你又没进女厕所,怎么知道她在哭?而且,她才不会躲起来一个人伤心呢。"

"你说什么?"黎老爷子提高了声音。

"没什么。"

"你啊……偶尔也要展现出自己亲民的一面嘛。你突然去他们办公室,可是把他们吓坏了。毕竟,我们还要选拔优秀的人才，进行我们的计划啊。"

看到爷爷一脸向往，黎渊轻轻叹气："爷爷，AI机器人的投资都已经达几十亿了，但没有任何进展。你当初真的见到过和真人没什么区别的AI机器人吗？这根本不可能……"

黎老爷子激动了："你这是质疑我，觉得我老眼昏花了？我告诉你，我真的见过，那时候他只有人类的头颅，身体以下都是机械！但是他确实可以交谈，还会有表情！凌工就是天才！只可惜，他英年早逝……"

"过去的事情就过去了，你别放在心上。我晚上去参加聚会就是。"黎渊安慰爷爷。

黎渊根本不相信有和人类毫无差别的AI机器人，一个字都不信。

作为高新科技集团，云上集团一直致力于AI的研发。他们旗下有各类智能产品，技术也是世界一流。但是，就算投入了再多，AI机器人这边也一直遇到瓶颈。

AI机器人只能按照现有的程序进行交流。它们可以和计算机一样查询、处理，可以走路，但是做奔跑等复杂的动作会遇到困难，更别说，可以和人类一样思考，甚至拥有表情……

也就凌悦汐那个神经病会相信吧。

下班后，凌悦汐忘记要去接夏子鸣一起回家，朝着地铁站走去。她没想到再次遇到了黎渊。

她低声说"黎总好"，就想去坐地铁。凌悦汐听到黎渊问："凌悦汐，我听说你有一套自己设计的游戏程序？"

凌悦汐一愣，然后激动地说："是啊，黎总你是怎么知道的？黎总你对这个感兴趣吗？"

呵呵，我对于扎自己小人儿的游戏毫无兴趣！

黎渊想着，只觉得怒火涌上心头，声音却毫无温度："我听说了那是什么样的游戏，我觉得你很有天赋。所以，我想让你……负责打扫厕所。"

凌悦汐已经准备好的尖叫，就这样被生生掐住了。

她觉得不可置信："你说什么？打扫厕所？"

"嗯，内部调岗。既然你对游戏策划没什么兴趣，就去研发部负责内勤，打扫卫生吧，其中包括厕所。"

"黎总，我是很喜欢游戏研发。可我想做的是程序员，不是清洁工啊！"凌悦汐慌忙说。

"职业没有贵贱。你的意思，是看不起清洁工吗？"

"我不是那意思！可是，这和我的职业理想不一样……"

"职业理想？"黎渊冷笑一声，"凌悦汐，你对你自己未免太过自信吧。研发部都是知名大学毕业的大学生，或者是行业大牛，你觉得你符合哪一点？还是说，你觉得你想做的，全世界都要给你让步？"

黎渊说着，步步逼近，凌悦汐有些不知所措。她在黎渊身上感觉到了浓浓的反感，可是她真没做过什么得罪他的事情啊！

凌悦汐试探地说："那个视频真的不是我录的。"

"我知道。我就是单纯的，不喜欢你罢了。你是我见过的，最幼稚、最死宅、最不可理喻的人。你这辈子就是咸鱼，就算翻身了，也只是咸鱼翻个面。要么去做清洁工，要么辞职，你自己选吧。"

黎渊的毒舌，让凌悦汐气得脸涨得通红。她忍不住问："黎总，你能告诉我，你为什么那么讨厌我吗？我到底做什么了？"

"呵。"

黎渊怎么可能告诉凌悦汐，她对自己上下其手，还把他好几次电晕的事情。他是那么喜欢这种报复她的感觉，简直爽飞了！

这就是得罪他的下场！

黎渊的目光让凌悦汐觉得危险，她往后退了一步。这时黎渊的手机响了。

黎渊咒骂一声，却听到裴秘书兴奋地说："黎总，有进展了！老爷子说的那个凌工，据说以前留了一块芯片，那芯片上有他的核心技术！如果拿到那块芯片，我们的 AI 计划会有很大的推动，我们能领先行业三十年！"

黎渊只觉得呼吸急促了起来。他没有见过传说中的凌工，却也知道他有多厉害，公司的几项专利产品都是出自他的手。可以说，没有他的话，云上集团也不能垄断行业这么多年。凌工最引以为傲的就是他的 AI 研发，可惜这个研发没有完成他就去世了，什么东西都没有留下。如果真的有芯片可以记录这些的话，黎渊何愁不能把公司做到世界第一？他会成为一个神话！

"芯片在哪里？"黎渊压低了声音问，"不管付出什么代价，都必须拿到！一切代价！"

"我查到了，凌工有个女儿就在我们公司上班。"

"她是谁？要不惜一切代价满足她的任何条件，让她高高兴兴把那个交出来！"

"凌悦汐！就是策划部那个凌悦汐！黎总，她就在我们眼皮子底下。你是不是很高兴？黎总，黎总？喂？"

黎渊猛地挂断了电话。他简直不敢相信，他找了那么久的关键，居然是凌悦汐！而他刚把她羞辱成那样……

"黎总，我决定辞职。"凌悦汐做了决定。

就算很想留在云上集团，但她实在受不了黎渊这样的羞辱。既然黎渊想尽办法要赶她走，结局都是注定的，那她又为什么要白费力气？

爸，你会原谅我的对吗？我会用其他方式，找到你留给我的东西！

凌悦汐难过了起来，扭头就走。黎渊反应过来后急忙去追，却只能眼睁睁看着凌悦汐进了地铁站。

该死，怎么把她放走了？！

黎渊气得跺脚，过了一会儿却又看到凌悦汐转身回来。

她回来做什么？

黎渊这才想起自己的另外一个身份。她应该是去找"夏子鸣"了。她讨厌自己，但是很喜欢夏子鸣。如果，用夏子鸣的身份……

黎渊一想到要用夏子鸣的身份接近凌悦汐，顿时觉得心烦气躁起来。

可是，就目前而言，这似乎是最好的选择。他必须这么做。

3

凌悦汐重新回到咖啡厅的时候，咖啡厅已经关门了，黎渊一个人坐在台阶上。

黎渊恢复成了夏子鸣的装扮，看起来孤独又无助，身影让她心疼不已。

"那个，你是不是生气了？"凌悦汐试探地问。

黎渊看着一脸无辜的凌悦汐，极力忍耐着他的愤怒。他拼命想着那个芯片，最后表情终于化为了温柔："当然不会，主人。我永远不会生你的气。"

凌悦汐捂着脸颊，开心地说："我就知道。夏子鸣，我们回家吧。'包子'该想我们啦。"

黎渊真的很想说，那只肥猫喜欢吃又喜欢睡，它只会想猫粮，绝对不会想她。

凌悦汐带着黎渊回家，一路上都时不时看他一眼，但是和他视线交会的时候，又会移开目光。

黎渊装作没感受到的样子，跟她慢慢走回家里。

凌悦汐打开门，冲上去想抱"包子"，被"包子"一脚踢开。

"包子"的无影脚正中凌悦汐的面颊，凌悦汐习以为常，继续去抱它："'包子'，来，给妈妈抱抱！妈妈给你开罐头吃！"

出人意料的是，就算提起罐头，"包子"也是发出威胁的呜咽，浑身都炸了毛。凌悦汐想了一会儿，突然恍然大悟。她站直身体，一脸严肃地说："'包子'，妈妈今天确实去见了几只流浪猫。不过，只有你才是妈妈的最爱，外面那些都是逢场作戏。'包子'，不要那么小气，你会原谅妈妈的对吗？给你两个小罐头！不满意？那三个！"

"包子"轻哼了一声，终于不再炸毛，凌悦汐也松了一口气。目睹了全过程的黎渊在心里想，凌悦汐也真是有病，敢和他大呼小叫，但是在猫面前那么谄媚。

算了，现在也不是想这个的时候。他要用最快的速度拿到芯片才好。黎渊想着，眸色暗沉了起来。

AI机器人只能无条件服从主人的意见，他到底要怎么开口问凌悦汐要芯片？只能在适当的时机，让凌悦汐主动开口和他说这个。可是，要怎么把话题朝这方向引呢？

黎渊想着，看凌悦汐的眼神中满是势在必得，那么炽热的目光让凌悦汐不自在了起来。凌悦汐走到黎渊面前，认真地打量着他，突然说："越看你越觉得，你和我老板黎渊长得很像，这到底是为什么？"

黎渊只觉得心被揪起。这个问题，他早就考虑过了，所以按照事先准备好的答案说："我们的形象都是在真人的基础上演化而成，也许主人你认识我的形象来源也说不定。"

"呀，还真是这样！也对，我老板那么自恋，做这种事很正常。"

对于"自恋"的评价，黎渊嘴角微微抽搐了下。他转移话题说："主人，和我说说你的情况吧。"

"哈，为什么突然说这个？"

"我想更了解你。"

黎渊的目光是那么深邃，凌悦汐眨眨眼说："好啊。我今年25岁，在云上集团——就是今天带你去的那栋大楼，做游戏策划师。不过，我的梦想是做程序员哦。"

"真是不错的理想。"黎渊对这个根本不感兴趣，敷衍地说。

"呀，你没有和其他人一样，说你为什么要去做程序员，也没说什么女人不适合做这一行的话。子鸣，你真好。"

凌悦汐的反应，让黎渊不自在了起来。其实，他心里也是这样想的，他只是对她没兴趣，不想这个话题罢了。

黎渊保持微笑，凌悦汐继续说："我没有什么朋友，我不喜欢他们，他们也不喜欢我——很公平，是吧。我总是想减肥，但还是会控制不住吃很多。我对谈恋爱没什么兴趣，就喜欢'包子'，当然还有你。"

"我根本不想了解你的私事，也不在乎你喜欢谁！"

黎渊根本不想听这个，他循循善诱地说："谈谈你的家人。"

"我妈在我很小的时候就去世了，我是爸爸带大的。我爸是一个研发人员，不过他总是觉得自己是科学家，可以改变世界。爸爸是一个特别简单的人，他很喜欢小孩子，我想要什么都会满足我。记得小时候，我养的小猫死了，我哭着让爸爸给我一个一模一样的。没想到，爸爸真的做了个小猫的机器人，还会喵喵叫的那种。"

"你的爸爸，真是一个很特别的人啊。"黎渊满意地说。

"嗯。我爸之前也在云上集团上班，不过后来因为车祸去世了。我想做程序员，也是因为我想做出我爸心中的那个 AI 机器人。"

"那是什么样的？"黎渊只觉得心狂跳了起来，循循善诱地问。

"就是你这样的呀！不过，会比你更真实，也更智能。就好像真人一样。"

爸爸也参加了"男神个个都爱我"游戏的架构工作，只要是爸爸做的项目，她就一定要参与其中。她也一定会解开爸爸给她的芯片的密码，找到爸爸留下的东西。

凌悦汐说着，轻轻抚摸黎渊的手臂。她的眼中有着炽热的光芒，但这无关情欲，有的只是探索和渴求。

这样的感觉让黎渊不舒服，他继续问："你想完成你爸的梦想，真是太棒了。不知道你爸爸有没有留下什么东西，可以让你顺利完成这个梦想？"

黎渊是那么循循善诱，凌悦汐摇头说："哎呀，和你说这个做什么。子鸣，我今天没来得及给你买衣服，明天我去给你买哦。我今天想一个人睡，你的房间在那里。当然，你想在阳台上充电什么的，也可以。明天我想吃吐司面包和橙汁，麻烦你7点钟给我准备好。你只要在家乖乖等我就好，晚安。"

　　凌悦汐说着，轻轻拥抱了一下黎渊，就去房间睡觉了。客厅里顿时只剩下黎渊和"包子"这一人一猫。"包子"一边吃罐头，一边虎视眈眈地看着黎渊。

　　黎渊不再伪装，轻哼一声："谁要吃那脏兮兮的东西，我才不会和你抢。蠢猫。"

　　黎渊说完，去了隔壁的房间。他躺在硬邦邦的床上，看着墙上幼稚的海报，闭上了眼睛。

　　他想，他真是疯了，居然会想装作AI机器人拿到芯片。

　　还有，有些事情必须提上议程了，比如说，学习家务技能，还有充实数据库……这些折磨，就让他在白天工作的时候，报复回来吧。

　　第2天，黎渊忍着睡意，在7点做好了早餐。可是，凌悦汐直到7点半才起来，慌慌张张抓了一把头发就往外跑。

　　黎渊实在忍不住，一把揪住了她的衣袖："主人，你还没有吃早餐。"

　　"来不及了来不及了！我要迟到了！"

　　"可我6点半就起来给你做了。"

　　"啊呀，对不起，晚上我陪你逛街弥补下哈。"

　　"你就这样践踏我的心意吗！我可是6点半就起了，6点半！"

黎渊的怒气，让凌悦汐愣住了。在他的注视下，凌悦汐试探地拿起吐司，咬了一口。

她很快就反应了过来，疑惑地问："我到底为什么要听你的……你是机器人啊！你怎么会用那样的语气和我说话？你这是又出问题了吗？果然在AI领域里，我真是一窍不通啊。"

凌悦汐说着，就拿出电棒，打算去重启。黎渊迅速闪躲过，一把抓住了凌悦汐的手腕。他的力气很大，眼中满是暴虐的情绪："以后，不要拿这个对着我。我的，主人。"

虽然被黎渊叫"主人"了，但凌悦汐总觉得这几个字里，似乎带着咬牙切齿的情绪。在这一瞬间，她又觉得黎渊简直就像真人一样。

她看了一眼手机，着急地说："我真的来不及了，我要走了。晚上见啊，子鸣。"

凌悦汐说完，就关门离开了。黎渊觉得自己好像是被凌悦汐包养的小白脸，气得用力踢了一脚桌子。

剧烈的疼痛来袭，他不受控制地捂住了脚，然后"包子"从他脚上踩了过去。

"喂！你踩了我，怎么也该道歉吧？该死的，我居然和一只猫说话。"

黎渊意识到自己有多不正常，长长叹了一口气。他推开门，打算离开凌悦汐家，继续做回他的霸道总裁。

至于离开之前……

他折回去，拿起了桌上的吐司，把橙汁也喝光了。

"我亲手做的东西，简直太好吃了。"黎渊阴沉地说。

4

凌悦汐到公司的时候,还是迟到了一分钟,她郁闷不已。她刚到办公室,高主管就对她说:"凌悦汐,从现在开始,你去研发部工作。"

凌悦汐简直不敢相信,美味的馅饼就这样从天而降。在惊喜之余,她想起了黎渊昨天说的话,只觉得心中一揪。

她呵呵一笑:"那个,我去研发部,不知道是什么岗位呢?"

"当然是内勤了。你负责那帮程序员的日常工作,清洁打扫,总之要让他们工作舒心。呵呵,你不是最想去研发部了吗,你现在终于如愿以偿了。"

高主管的声音是那么嘲讽,凌悦汐简直想一头撞死。她没想到,黎渊还是对她下手了,那根本不是醉话!

她真的要去扫厕所吗?可是,那是研发部,她最向往的研发部啊!

"好了,快收拾东西过去吧。我要提醒你,你们研发部那个闫总监,最讨厌的就是不听话的下属。你啊,自求多福吧。唉,想做什么程序员……你去了,才会知道我们这里的日子有多舒服。"

凌悦汐没有解释,对高主管鞠了一躬就离开了办公室。

她要去研发部的事情也在公司里引起了轩然大波。大家都知道,这是黎总亲自下的命令,对他们之间的关系揣测了起来。甚至有人猜,凌悦汐是不是黎渊的地下恋人,不然黎渊为什么对她那么关心?

凌悦汐对此毫不关心。她来到研发部的时候，只觉得心脏都要跳出来了。

数不清的先进电脑、空气中若有似无的压抑感、齐刷刷穿着格子衬衫的宅男同事、桌子上的大胸手办……这样的氛围，可能会让其他女人崩溃，但却是凌悦汐最向往的！这是她的梦想！

凌悦汐站在这里，只觉得四周的景物突然变幻，眼前浮现出爸爸在这里工作的场景。她看着爸爸认真工作的模样，很想对他微笑，但是眼睛却变得酸楚了起来。

就在这时，有人说："让开，你挡着我了。真讨厌。"

凌悦汐：……

所以说，研发部就是这样放飞自我、不讲究同事友爱的地方吗？

"对不起。"

凌悦汐急忙道歉，看着一个程序员一脸痴呆地往位子上走。这时小雯走了过来，用同情的目光看着她："你也被发配到这里来了？"

"不是发配，我是真的想来这里工作。"

"真是的，怎么还没开始工作就疯了。不管怎么说，能来个女人真好，女厕所总算不是我一个人用了。欢迎你加入我们，以后一起去洗手间吧。"

小雯说着，和凌悦汐握了下手，然后说："走吧，我带你去见总监。"

小雯敲开闫总监办公室的门，凌悦汐终于要见到这个传说中的"阎王"了。闫总监是公司最资深的程序员，也是 AI 项目的负责人，但经常神龙见首不见尾，其他部门的人也对他难得一见。

凌悦汐怀着崇拜的心情走了进去，见到了一个看起来50多岁、穿着格子衬衫、头发掉光了的中年男性。

凌悦汐必须承认，她的心里很失望。

当小雯提醒闫总监凌悦汐到了的时候，闫总监还是看着电脑，不耐烦地说："知道了。随便给她找个位子，然后你们有什么事情都告诉她就好。你啊，从此以后就负责给我们订饭、打扫卫生、冲咖啡，明白吗？"

"明白！可是，我还想……"

"又出问题了！"

就在凌悦汐想提出做程序员的需求时，只见闫总监一拳打向了电脑。这一拳又重又狠，他还是觉得不满足，拿着键盘疯狂摔了起来。

凌悦汐吓了一跳，小雯倒是很淡定："我们出去了。"

他们出去后，凌悦汐问："闫总监他的脾气……是不是有点暴躁哈？"

"是啊，而且是个直男癌。以后你就知道了。悦汐，你的办公桌在那里。今天的午饭就交给你了。"

"没问题。"

坐在最角落的办公桌前，凌悦汐看着大家忙着编程的样子，心里是那么向往。她也知道心急吃不了热豆腐，只能在这里好好表现，一步步接近自己的梦想。

哼，黎渊不就是想整她吗，这一切正如她意！她一定会成为最优秀的程序员！

此时的黎渊坐在办公室里，低沉的气场全开，让裴秘书一句话都不敢说。裴秘书暗想，老板今天心情不好，绝对不能惹老板生气，被他抓住把柄骂一顿。

就在这时，裴秘书的肚子叫了一下。他刚捂住肚子，就听到黎渊愤怒地说："我在思考的时候，为什么要发出噪音干扰我？这个月的工资是不是不想要了？"

裴秘书郁闷地想，到底还是被黎渊抓住了把柄，简直委屈到想要哭出来。黎渊终于下了决定："我决定了，你去给我安排一个团队，能让我看起来就像最智能的AI。这件事就让闫总监负责，要绝对保密。"

"黎总，不好意思，我没听懂，这是什么意思？"

当裴秘书知道黎渊要去做什么的时候，瞪大了眼睛。他心想这也太扯了，试探地说："黎总，我能知道你为什么要这样吗？是那个什么，角色扮演吗？"

"因为，我想要得到那个芯片啊。"

黎渊的回答，让裴秘书肃然起敬。他没想到，黎渊这个看起来自私到极点的老板，居然会为了公司牺牲到这个地步！

他感动地说："黎总，你真是……"

"呵呵，100亿，而且可能更多！只要我装作AI机器人，就能从她那里拿到芯片，这简直是太值得了！等芯片到手，我们立马投产机器人，呵呵呵，所有的钱都是我的！"

裴秘书轻轻一叹，心想就知道不能对老板有太多的希望，老板永远是那个自私自利的财迷！

他办事迅速，很快就组成了专业团队，负责实现黎渊的奇思妙想。有人负责给黎渊改装，有人负责给他提供一切关于夏子鸣和凌悦汐的信息，而最黑科技的就是给黎渊戴上隐形眼镜，从此他看到的一切会和后台联网。

"黎总，只要低声说出命令，就会有人来执行。所有信息，都由后台来处理,你会比 AI 还要像 AI。不过,你真的要这样吗?"

"当然,为了 100 亿!不过,想起来要这样伺候一个丫头,还真是不爽啊……对了,她现在在研发部上班了吗?已经开始打扫厕所了吗?"

眼见黎渊一副要报仇的样子,裴秘书在心里心疼了凌悦汐一秒钟后说:"应该已经去报道了。"

"是吗,我们去看看。"黎渊阴沉地说。

5

研发部里,大家正在争分夺秒地写程序,凌悦汐则负责把盒饭放在大家的桌子上,根本接触不到核心内容。

凌悦汐觉得很尴尬,只能努力和同事们说话,但是他们都不爱搭理她。没想到,黎渊走到研发部,凉凉地说:"凌悦汐,我请你来上班,不是叫你来聊天的。洗手间打扫好了吗?我要用。"

凌悦汐没想到会见到黎渊,手中的咖啡杯再一次险些掉落。她看看时间,解释说:"黎总,现在是午休时间。"

"现在确实是午休时间,可你的同事都在加班。他们在加班,你就这样看着,你不会觉得对不起这份工作吗?嗯?"

黎渊说着,步步逼近,凌悦汐真想把手中的咖啡浇到黎渊的头上!

哼,她怎么会觉得他和夏子鸣有些神似,黎渊就是个奇葩,夏子鸣那么温柔体贴,他们绝对不同!

"没问题,我现在就去打扫。"

凌悦汐拿着工具进了洗手间，恨恨地打扫好女厕所后，又咬牙去男厕所。她还是第一次进男厕所，好奇地看了几眼，忍着羞耻把里面擦得干干净净。

当她脸色难看地走出来的时候，黎渊说："我要用一下洗手间。以后每次我来的时候，都要这样打扫干净，知道吗？"

凌悦汐看着黎渊的眼眸，可以确定黎渊就是故意折磨她才会来到这里。不然，他有那么大的办公室，有专属于他的豪华洗手间，他为什么要来？

呵呵，还说每次要来……是要她天天打扫洗手间吗？

凌悦汐的眼中满是骇人的亮光，然后下定了决心。在其他人没有反应过来之前，凌悦汐拿着拖把再次走了进去。

她的步伐简直就像要上阵杀敌，走出了沙场上的铮铮铁骨的气势。她走到洗手间里，看到黎渊的背影，大声说："黎总，我知道了，我会每天打扫干净的！"

黎渊正准备屈尊降贵在这里解决一下，突然听到凌悦汐的声音，整个人都不好了！他慌忙转过身，咬牙切齿地说："凌悦汐，你搞什么！谁让你进来的！"

凌悦汐一脸无辜地说："黎总，你刚才让我每天都好好打扫，我还没有回答你呢，所以特地进来回答一下。而且，我突然想起来这里没有打扫干净，怎么能让黎总不满意呢？"

凌悦汐说着，开始打扫起来，拖把故意往黎渊的脚下戳去。黎渊就要被凌悦汐恶心死了："你别过来，别过来啊！"

"黎总，你不要不好意思嘛。你不是想那个吗，你继续啊，你那个好了，我立马打扫。"

凌悦汐乖顺地站着，一副要全程观察下去的样子，让黎渊怒极反笑。

黎渊走向凌悦汐，在她耳边说："你想看的话，也可以。身为老板，当然要满足员工的需求。"

　　黎渊说着，手伸向裤子，开始慢慢解皮带。他的动作是那么缓慢，神情有一丝魅惑，让凌悦汐的脑袋"嗡"地一响。

　　凌悦汐下意识转过身："这里还没有拖……"

　　"呵！"

　　看着凌悦汐落荒而逃的样子，黎渊轻哼了一声，简直比在商场击败了对手还要愉快。不过，他也下定决心，不会再来这里用洗手间——不然他早晚有一天会不行！

　　"凌悦汐，你等着吧。报复才刚开始。"

　　当黎渊被装好了特制的视网膜成像，头发也变成蓝色时，他正式回归夏子鸣的身份。他回到凌悦汐家，尝试着使用这个高科技。他试探地说："我想知道2836乘以2398的答案。"

　　"6800728。"

　　耳机里传来的声音，让黎渊有点不适应。他继续问："去公司最适合的道路是哪条？"

　　"请稍等，即将给您规划。因为花间路在堵车，我们可以走槐北东路。槐北东路有10个红绿灯，预计通过时间20分钟。然后，我们将右转……"

　　黎渊的眼前，浮现出全息的交通网络，把他吓了一跳。就算他知道自己公司的AI技术有多厉害，但是亲眼看到还是很震惊。

　　他皱眉问："这项技术，为什么我不知道？"

　　"这项技术叫'星芒'，目前还有些问题，还在测试阶段，所以没有第一时间向您汇报。这项技术除了可以后台互动外，还能由后台操控使用者的身体，更能提升使用者的身体机能。

黎总,有任何问题请和我们及时反馈。如果您有不方便我们看到的场景,只要您吩咐一声,我们会自动切断。"

"知道了。现在的问题是,要怎么做一顿晚饭——你们会番茄炒蛋吗?"

工作小组的科学家们愣住了——他们是负责AI科研的,因为想对产品进行测试和满足金主黎渊的需求,才答应进入这个测试。可是,黎渊居然让他们做番茄炒蛋,这是羞辱吗?

"头儿,这样的活儿我干不下去。"有人愤怒地对闫总监说,"这对我们是羞辱,羞辱!"

"那你的工资是不是羞辱?"闫总监冷笑问。

"那倒不是……"

"他说什么,就做什么。谁让他是老板呢?"

"喂,你们在听吗?我需要知道番茄炒蛋的方法。"黎渊不耐烦地说。

"不好意思,刚才出现了线路故障。我们现在就把方法告诉您。"

于是,由顶级科研人员组成的团队,就这样开始火速搜索番茄炒蛋应该怎么做。黎渊根据指令,一步步慢慢做了起来,意外发现自己做出来的菜真是好吃。

他做好三菜一汤后,满足地给自己点了一个赞。在他做饭的时候,眼高于顶的"包子"破天荒缠在他的脚边,喵喵叫着来讨吃的。

"想吃吗?不给你。"黎渊报复地说。

凌悦汐回来的时候,正好看到黎渊站在餐桌前,桌上有热气腾腾的食物。这样的一幕,曾经在游戏里多次发生,而在现实中还是第一次。

她简直受宠若惊："我是不是该换件衣服，化个妆什么的？算了，我也没什么衣服。"

凌悦汐说着，坐了下来，尝了口番茄炒蛋，觉得美味至极。她感慨地说："真不愧是全能的夏子鸣啊，你做得实在太棒了。子鸣，我今天遇到了一件不开心的事情。"

"怎么了？"黎渊按照夏子鸣的个性，温柔地问。

"还不是黎渊那个王八蛋。"

黎渊只觉得一股怒火从心里燃起，却还是温柔地问："黎渊……那是谁？他做了什么事情？"

凌悦汐一边吃饭一边说："黎渊是我的老板。我去公司那么久，都很少见他，不知道他最近为什么阴魂不散，老是往我面前凑。呵呵，还让我去扫厕所，这个混蛋——不过，我也报复过来了。"

"你是怎么报复的，我的主人？"

"我故意在他上厕所的时候进去，应该会把他吓到不行吧。活该！"

凌悦汐一副大仇得报的样子。黎渊的语气不自觉低沉了下来："你为什么不反省一下自己的问题？"

"什……什么？"

"按照你说的，黎渊平时都不出现的话，他最近一直针对你，你心里没个数吗？"

"啊？"

黎渊的指责，让凌悦汐不知道说什么好，突然有了一种面对黎渊时的压力感。她深吸一口气："子鸣，你是在骂我吗？天啊，你怎么会变成这个样子？果然还是游戏里的你最可爱吗？"

"主人，我会在正常模式和个性模式中切换，偶尔会出现性格混乱的状态，希望你能理解。"

"原来是这样啊……我理解。"

凌悦汐说着，但是看黎渊的眼神不再充满温暖，而是带了一丝疑惑。她总觉得这一切有些不对劲，但是说不上来。

到底是哪里不对劲呢……

饭后，黎渊开始洗碗，凌悦汐再次戴上了VR眼镜。她觉得，还是虚拟的世界最美好，甚至比恋爱机器人都要美好。

游戏中，首先映入眼帘的，是大片大片的红色玫瑰。她闻着空气中的花香，走向了金碧辉煌的宫殿，夏子鸣给她拉开了大门。

"欢迎回家，主人。"游戏中的夏子鸣温柔地说。

"嗯。"凌悦汐点头。

夏子鸣看出她心情不好，温柔地说："主人，你看起来好像有点不开心，能告诉我为什么吗？"

"还不是因为我那白痴老板，黎渊！"

"听起来，他好像做了十恶不赦的事情。"

"他居然让我去扫厕所！我是要做程序员的人！"

"是吗，真是太过分了。真希望在你身边，保护你啊。"

夏子鸣的目光是那么深情，凌悦汐只觉得出戏的感觉越来越强烈。

为什么游戏里的夏子鸣，和AI机器人有那么大差别？

第三章 总裁什么的最讨厌了

1

这时，门外响起了敲门声。凌悦汐从 VR 游戏中出来，接过外卖，咬了一口鸡翅，幸福地说："哇，烧烤真是世界上最好吃的东西了！子鸣，可惜你不能吃哦。"

呵呵，他什么山珍海味没吃过，怎么会去吃这样的"垃圾食品"？他那高贵的胃，会在接触这垃圾食品的时候，提出抗议的好不好！

不过，这味道还真是香……他必须承认，这烧烤闻起来味道不错，鸡翅金黄的颜色也是令人垂涎欲滴。他忍不住咽了一下口水。

黎渊觉得，这样的场景对他而言，无疑是一场酷刑。凌悦汐吃得是那么香甜，而他只能站在一边当壁纸。

黎渊呵呵一笑问："主人，好吃吗？"

"当然好吃啊。"

"和我的比起来呢？"

"当然是烧烤……没有你做得好吃。"

如果没有那个可疑的停顿的话，也许黎渊会相信凌悦汐，但此时他心中只有被欺骗和被忽视的愤怒。

黎渊哼了一声，轻声说："提供烧烤致癌的报告。"

他要好好报复凌悦汐。

下一秒，资料就从耳边传来，他的眼前也出现了新闻稿的巨大投影。这一切，让凌悦汐家好像处于科技的最核心部分，这么高科技的一幕，让黎渊自己都愣住了。

他的心中满是震撼，反应过来说："主人，我给你看一下新闻。科学研究表明，烧烤过程中，会发生'梅拉德反应'。烧烤食物外焦里嫩，有的肉里面还没有熟透，甚至还是生肉，食者可能会感染上寄生虫，埋下了罹患脑囊虫病的隐患……所以，这样不健康的食物，以后还是不要吃了。"

凌悦汐看着手中的烧烤，只觉得食欲全无。她也看着墙壁上的投影，震惊地说："没想到你还那么厉害！夏子鸣，你真是，真是……"

"真是太关心你了。是吗，主人？"

看着黎渊一副求表扬的样子，凌悦汐敲敲太阳穴，疲惫地说："没什么。这烧烤我不吃了，你去丢了吧。"

"好的，主人。"

黎渊说着，就把烧烤丢进了垃圾桶，当他出来的时候发现凌悦汐已经进房间了。他有点不甘心，这一晚上还没来得及说芯片的事情，他又为什么要在这里浪费时间？

黎渊想着，随手抓起一本书开始敲门。凌悦汐已经躺在床上，见黎渊过来，诧异地问："夏子鸣，你进来做什么？"

"主人，我感觉到你的心情有些不佳。所以，我给你讲个故事怎么样？"

"你还能感觉到这个？"

"嗯，我能感觉到你的各项指标。你的肾上腺素偏低，心跳现在是每分钟81下，也有点低。所以，想听童话故事吗？"

在游戏里，女主睡不着的时候，也会由夏子鸣讲故事。

凌悦汐想着，点点头："好啊。"

黎渊开始讲故事："从前，在深海里住着人鱼公主。她们满18岁的时候，会被允许到海面上看看这个世界。有一天，最小的公主到了海面，正好遇到了暴风雨，她救了一个王子。人鱼公主很喜欢王子，她向巫婆要了药，变成了人类。可惜，王子并不知道是人鱼公主救了她，要和邻国公主结婚。在他们结婚的当天，人鱼公主的姐姐给了她匕首，让她杀死王子，这样她可以重新回到海洋。可是，人鱼公主拒绝了，最后她变成泡沫消失在大海里……"

黎渊的声音是那么低沉，又是那么好听。凌悦汐看着他长长的睫毛，突然很想伸手去摸一下。她也不知道为什么，心跳加速了起来，而黎渊的耳中也响起了提示音。

"黎总，这个姑娘现在的心跳速度已经到了102，她的情绪正处于变化状态。"

"那是什么意思？"

"简单说，就是……"

黎渊还没来得及听清，凌悦汐突然抱住了他。她的脸颊贴着他的后背，就算穿着衣服，黎渊也能感觉出她光滑的皮肤和她脸颊上的温度。

黎渊一下子愣住了："凌悦汐……"

"我喜欢你讲故事的感觉，夏子鸣。"

凌悦汐的声音是那么娇柔，黎渊看着她抓住他衣袖的那只小手，觉得自己心跳的速度也越来越快。他的耳边，响起了提示音："103、104、105……黎总，你的情绪正陷入不稳定。"

"闭嘴！"

黎渊轻声说，心中满是奇异的感觉。因为他觉得所有女人都配不上他，所以从来没有哪个女人和他这么亲近，他也从没有心跳到那么快。

夏子鸣……为什么她会叫这个名字？他明明是……

黎渊想起自己的目的，只觉得滚烫的血液在瞬间冰冷了下来。他低声说："主人，你对人鱼公主的故事怎么看？"

"人鱼公主很可怜啊。她为什么要爱上根本和她不合适的人，而且为了她去死？也太傻了吧！王子只可能娶公主，就连灰姑娘都是贵族少女。如果她早就告诉王子真实身份，说不定王子会抛弃一切娶她呢。"

黎渊：……

黎渊心想，女孩子不都是心软又冒傻气的生物吗，这个凌悦汐还真是特立独行到让他没话说。

他的声音充满诱惑："主人，我们换个角度。比如说，如果王子当初有记忆卡或者芯片之类的，是不是悲剧不会发生？芯片，芯片，芯片……不知道芯片会是什么样啊，主人你有吗？"

"有啊。"凌悦汐干脆地说。

凌悦汐的回答，让黎渊觉得心脏剧烈跳动了起来，他似乎看到100亿在冲他挥手。黎渊按捺住心中的激动问："是什么样，能给我看看吗？是你买的，还是……"

"是我爸留下的。子鸣，你为什么想看这个？"

黎渊还没回答，凌悦汐已经打开床头柜，拿出一个圆形的芯片递给他。黎渊认出，这是云上集团早期存储资料用的设备，简直控制不住心中的喜悦！

所以，他那么轻易就拿到芯片了吗？等他确认了芯片的真实性，就把"包子"那肥猫丢在凌悦汐的脸上，告诉她这只是个游戏，而她没有利用价值了！呵呵，这就是对她羞辱他的惩罚！

黎渊想着，紧紧握着芯片，打算明天就带去公司检查。

凌悦汐觉得黎渊的反应很奇怪，把芯片从他手里拿了过来：

"子鸣,你的眼神好怪啊,就好像狗狗在看骨头……呸,这是什么比喻。谢谢你的故事,我心情好多了呢。晚安,子鸣。"

"晚安,主人。"黎渊用最温柔的声音说。

2

第二天,凌悦汐起来的时候发现黎渊没做早饭,觉得有点奇怪。她到阳台的时候,发现黎渊正在跑步机上跑步。

"子鸣,我的早餐呢?你是不是准备给我一个惊喜?"

"早餐?呵,我没有做。"黎渊不屑地说。

黎渊的答案,让凌悦汐瞪大了眼睛:"没做?哈,我懂了,你的意思是你没有原材料……"

"不,是我不想做。"黎渊勾起唇角。

天啊,这个机器人又抽风了吧!

凌悦汐眨眨眼:"子鸣,你为什么不想做?你疯了吗?"

"不。不想做,当然是觉得,你不配享受我的服务了,我的主人。"

黎渊走下跑步机,在凌悦汐的耳边说,呼出的热气让凌悦汐的身体不自觉战栗。他低下头,居高临下地看着凌悦汐。凌悦汐的后背贴在冰冷的墙壁上,越发能感受到黎渊身上火热的气息。

凌悦汐出神地看着黎渊,精神有些恍惚。她忍不住想,这个 AI 机器人也太完美了,有呼吸,运动后有热气,眼神也变化多端,简直和真人毫无差别。爸爸……你当初研发的机器人也是这么完美的,我亲眼见过。

"你在看什么？"黎渊挑起了凌悦汐的下巴。

黎渊觉得，凌悦汐看他的眼神，让他非常不愉快。呵呵，这么痴迷，却没有任何感情色彩的眼神，真是让人讨厌至极啊！

她在看夏子鸣，黎渊知道，他一直都知道。所以说，这个蠢货情愿沉迷虚拟人物，都不知道他比那个夏子鸣优秀一千倍吗？

凌悦汐没有回答，只是伸出手，轻轻感受了下黎渊肌肉的力量。她近乎痴迷地说："你真是太完美了。子鸣，等我去了负责你的部门，我一定会让你更完美。"

"可惜你去不了。"黎渊残忍地说，"你的老板根本不喜欢你，你也没有那个能力。你说，你为什么不把打游戏的精力放在打扮上？这衣服你都穿了两天了！"

"穿两天怎么了，根本不臭啊！"凌悦汐说着，闻了一下，然后越发自信，"真的不臭！"

"你是用臭不臭来衡量你的穿衣打扮吗？"

黎渊真是要被凌悦汐的逻辑打败了，凌悦汐白了他一眼说："是啊，我干吗要打扮，我打扮给同事看吗？他们都不配！特别是那个黎渊，呵呵呵，最近看我的眼神实在太奇怪了。他还故意把我打发去做清洁工，不就是想吸引我的注意吗？他想得美，我是他高攀不起的女人。"

黎渊只觉得怒火中烧！他从没有见过凌悦汐这样不要脸的女人，呵呵一笑："我想，你是不是误会了。他也许只是单纯地讨厌你。"

"不可能。要讨厌我的话，肯定从第一天就开始讨厌了，为什么现在才开始讨厌？这样的剧情我看多了，他就是觉得我和一般的妖艳女人不一样，然后想引起我的主意。啧啧，他白日做梦。"

"相信我，他绝对没有爱上你。要是他爱上你的话，那么他脑袋里的水就可以把撒哈拉沙漠变成海洋。你长得一点也不好看，脑子也不好使，性格奇葩盲目自恋，你真的觉得会有男人爱上你吗？"

"喂喂，你也太毒舌了吧！我在你心里不应该是世界上最美的小公主吗？等等，你为什么对黎渊的事情，对我的事情那么熟悉？就算是AI，也不可能知道这些。你简直就好像，在公司里上班，或者你就是黎渊一样……"

凌悦汐说着，疑惑地看着黎渊，而黎渊的表情丝毫没有变化："是吗？你该去上班了，主人。"

"啊啊啊，要迟到了！"

凌悦汐看了一眼时间，忘记了刚才的怀疑，绝望地推门跑了出去。在出门前，她愤怒地说："夏子鸣，从现在开始你不是我男神了，我讨厌你！"

"乐意之极。"

黎渊看着凌悦汐消失在视线里，觉得心情终于好了起来。"包子"没想到凌悦汐都忘记给它吃罐头了，愤怒地对着门的方向咆哮，然后和黎渊对视。

黎渊拿出罐头，在"包子"面前晃悠了下，"包子"的表情慢慢变得谄媚。

就在"包子"开始犹豫，是不是要对黎渊卖萌的时候，黎渊冷冷地说："不给你吃。我最讨厌的，就是猫了。"

"喵！"

"包子"炸了，冲上去要抢罐头，但黎渊举得高高的，就是不给它吃。"包子"气得去撕扯他的裤子，黎渊唇角勾起："求我啊。"

"喵！"

"包子"绝不认怂，执着地想要抢吃的，让黎渊想起了凌悦汐。

黎渊突然觉得自己这么做非常幼稚，放下了罐头，轻声说："你们还真是一模一样……不过，一切都要在今天结束了。"

是的，一切都要结束了。他已经拿到芯片，羞辱了凌悦汐，未来还会持续地羞辱她。

他已经拿到想要的东西。所以，被凌悦汐掌握命运的噩梦彻底结束了，接下来他要回归到他真实的身份里。

"再见。"黎渊说着，毫无任何留恋。

黎渊回到了公司里。

他想第一时间就看这个价值100亿元的技术，没想到裴秘书说吴江要见他。闻言，黎渊的眉头微微皱起。

"他又想做什么？呵，还是瞄着我的位子不放吗？"

面对黎渊的质问，裴秘书一句话也不敢说。黎渊倒也不生气："让他进来吧。我正好有个好消息要告诉他。"

作为公司的副总，也作为黎渊的远房叔叔，吴江在黎渊没有管理公司前，一直担负着公司的实际管理工作。而当黎渊回来继任后，他也总是以老资格自居，时不时给黎渊使绊子，让黎渊非常不爽。偏偏，黎老爷子对他很信任，黎渊一时半会儿也不能做什么。

吴江进来后，黎渊没有起身迎接，只是淡淡地说："吴副总，你不是身体不好要休假吗，怎么这么快就来上班了？"

吴江四十多岁，正是一个男人最风华正茂的年纪，根本不是黎渊口中的"老头子"。他风度翩翩，穿着藏青色的西装越发显得身材高大，而岁月让他多了年轻男人没有的沉稳。

他一点不介意黎渊的敌意，温和地说："之前身体不好，现在稍微好点了，当然要来公司。毕竟，这里是我最热爱的地方啊。"

"你那个什么病，之前说起来好像下一秒就要撒手人世的样子。现在就这么好了，真是为你高兴，这也真是医学的奇迹啊。"

面对黎渊的嘲讽，吴江没有介意，笑着说："谢谢，我也没想到现在的科技和医疗水平会那么发达，真是大幸啊。黎总，我听说你打算加大对AI机器人的投入？你手上的团队，并不是最顶尖的，你不如把这个直接外包给美国人。他们已经有领先我们的技术了，我认识一个不错的人……"

"我不会外包，因为只有掌握了这项技术，才会掌握这个领域。"黎渊断然拒绝。

吴江眉心一跳，继续劝说："黎总，这个问题我们说过很多次了。公司已经投了太多的资金在这个项目上，但是一直没有进展，甚至还没有达到当初凌工的程度。只可惜，凌工英年早逝……"

"如果说，我找到了凌工的核心技术呢？"

黎渊说着，满意地看着吴江变了脸色。吴江不可置信地说："这不可能！当初凌工走得那么意外，他什么都没有留下！"

"可是，我确实拿到了。"黎渊的唇角勾起。

吴江半信半疑地看着黎渊，脸色极其难看。

黎渊看着吴江难看的脸色，只觉得畅快到了极点。他打开电脑，插入了芯片："你拿不到的，不代表我拿不到。我现在就让你看看，这个改变世界的……我去，这是什么鬼东西！"

当黎渊看到芯片里满满都是一个小女孩的照片时，他简直不敢相信自己的眼睛。他不住地往后翻，希望找到隐藏的文件夹，可是一无所获。

当看到小女孩成年后成为凌悦汐的时候，他更是怒火中烧。

这就是凌悦汐所谓的芯片？她是在耍他吗？

"黎总，您的咖啡。还有吴副总，您的绿茶……呀，这是……"

裴秘书的脸色一下子变了——黎总居然收集凌悦汐的照片，他怎么那么痴汉啊！难道说，传言是真的，黎总真的喜欢凌悦汐？原来他喜欢这样的类型！要不修边幅、戴着眼镜，还脾气古怪的……

黎渊知道秘书误会了，眼神刚杀过去，裴秘书立马说："黎总，我什么都没有看到，我刚才瞎了！黎总我还有事，我先出去哈。"

"滚。"黎渊一点都不想看到裴秘书，简直想踹他一脚！

这时，吴江站起身："原来，这就是你的核心技术，还是可以改变世界的那种……哈哈，现在年轻人的情话，都那么好听了吗？我要去部门里看看，你先忙啊。年轻，真是好啊。"

吴江说着就离开了，表情极其揶揄。黎渊知道，自己"迷恋凌悦汐"的传闻可能更会发酵，深深吸了一口气稳定情绪。

他站起身往研发部走去。他必须见到凌悦汐，质问这到底是怎么回事！

3

"凌悦汐在哪里？"

当黎渊气势汹汹到研发部的时候，所有人都愣住了。他们没想到，黎渊来研发部的第一件事，就是问这个。

被黎渊问到的那个人，在心里哭泣他怎么就那么倒霉，战战兢兢地说："她刚才请假出去了……"

"去哪里了，做什么？"

"我也不知道。"

那人说着，顿时觉得黎渊的眼神简直可以冻结成冰。幸好，有勇士站出来说："我听到她说，去什么小仙女咖啡馆……"

黎渊没有说话，转身离开了。大家松了一口气，只觉得重新活了过来。有人忍不住说："刚才黎总的样子太奇怪了，简直好像是，是……"

"好像是男朋友在找女朋友。"有人举手发言。

"对对对，就是那感觉！我刚才听说，黎总的电脑里都是凌悦汐的照片……哇，难道他们真的在交往？"

"不会吧。"

凌悦汐今天请假去咖啡馆和闺蜜小黄燕一起喝咖啡，听她说了很多关于男朋友的事情，只觉得疲惫无比。

她一回家，就对黎渊说："子鸣，帮我按摩下太阳穴，我的头快疼炸了。"

"觉得不舒服就去睡觉，按摩太阳穴有什么用！"

"你怎么又到了个性模式了？到底是谁设计的啊，我来重启下……算了，就个性模式吧，我也想和你聊聊天。子鸣，坐下。"

凌悦汐把头靠在黎渊的肩膀上，突然觉得是那么安全。

她想起小黄燕男朋友的"渣男"行径，轻声说："男人太讨厌了，还是子鸣你好。你永远是那么温柔，永远不会背叛我，现实世界里的男人怎么可能这样。除了经常抽风外，你简直就是完美的。我好喜欢你啊，子鸣。"

当凌悦汐轻轻亲吻自己的时候，黎渊愣住了。

其实，当那红润的唇慢慢靠近的时候，他有充足的时间闪躲，甚至能把凌悦汐推开，但是他没有那样做。他也不知道为什么，身体就好像被石化了一样，丝毫动弹不得。

他眼睁睁看着凌悦汐亲吻自己，感受着那嘴唇的柔软，意外发现凌悦汐的皮肤简直滑腻到好像玉石一样。他就这样伸出手，用力抱住了凌悦汐。

扑通、扑通……他似乎听到了自己心跳的声音。

"凌悦汐。"

黎渊的声音不自觉变得沙哑，而凌悦汐只觉得浑身不自在了起来。刚才那瞬间，她以为在游戏里，才会去亲吻夏子鸣，但这样拥吻的感觉，简直比在游戏里的时候要真实一万倍。她可以清晰地感觉到夏子鸣的体温和心跳，还有那种令她不安心的压迫感和占有欲。

凌悦汐，你真是疯了，你怎么会做出这样的事情！就算是AI，你也不能这样，这样是猥琐！

她慌忙站起身，装作欢快的样子说："啊呀，好饿啊，我们去吃饭吧。"

所以说，她亲了就想跑，当刚才的事情没发生吗？

越是生气的时候，黎渊反而越冷静。他拉住凌悦汐的手，反手把她按倒在椅子上。

凌悦汐只觉得脑袋都被撞痛了，下意识揉揉后脑勺，然后看到黎渊双手按在椅背上，把她环在了自己的臂弯里。

黎渊身上的陌生气息，让凌悦汐觉得特别不舒服。她命令说："你放手。夏子鸣，我命令你放手！"

凌悦汐怒气冲冲看着他，那目光是那么鲜活愤怒，而这句"夏子鸣"终于把黎渊拉了回来。

他好笑地想，自己真是疯了，居然被凌悦汐亲吻了一下后，也想要去亲吻凌悦汐……

他确实是疯了，都忘记自己的使命是什么了。黎渊，你真够可以。

黎渊想着，松开了钳制，冷静地看着凌悦汐。凌悦汐总觉得黎渊好像在瞬间变了一个人一样，愣愣看着黎渊，听到黎渊殷勤又温柔地说："主人，晚餐已经准备好了，是现在开始用餐吗？"

"啊……好。"

凌悦汐看着黎渊姿态高雅，为她布置餐桌的样子，觉得黎渊简直不可理喻。

她摇摇头，不再想下去——恢复正常模式，也挺好。刚才……真的有些失控了啊。

黎渊在她身边帮她夹菜，温柔地问："主人，请问是晚餐不合胃口吗？"

"不是……就是突然想喝酒。"

凌悦汐带着黎渊一起去小酒馆喝酒，觉得这真是美好的周末。

她喝着喝着就上了头，目光有些迷离，而黎渊等的也是这个时刻。

"主人，你的芯片掉了。"黎渊故意把芯片丢在地上。

"啊，我记得我昨天晚上给你看过后，就放好了，怎么会掉了呢？算了，不想了，谢谢哈。"

凌悦汐把芯片放回包里，继续笑嘻嘻地喝酒。黎渊见她分明有了几分醉意，越发压低了声音："主人，这芯片里是什么？"

"是我从小到大的照片啊。我告诉你哦，我小时候真是超级可爱的。你要不要看？"

黎渊对凌悦汐长什么样，一点兴趣都没有，拒绝说："主人小时候一定和现在一样可爱。主人，我对芯片很感兴趣，不知道你有没有其他芯片？比如说你家里人留下来的，很宝贵的那种？"

凌悦汐转动着杯子，目光变得哀伤了起来："我爸有一张芯片留给我。他告诉我说，那里是他研究了多年的核心技术。"

黎渊只觉得心脏剧烈跳动："是吗，那芯片在哪里？"

"就在……嘿嘿，我干吗告诉你？"

凌悦汐说着，笑着捏了捏黎渊的面颊。黎渊的声音越发诱惑："我就是好奇啊。主人，那你怎么样才会告诉我？"

"那要看你，怎么让我高兴咯。比如说，现在我想要一朵玫瑰花。"

凌悦汐说着，期盼地看着黎渊，心想他能办到这个吗？应该不能吧。就算是机器人，也没有那么无所不能啊。

凌悦汐想着，这时黎渊通过设备，飞速对着工作人员说需要玫瑰花。

工作人员如临大敌。他们用最快的速度赶到了夜市，拿出了特工接头的素养，把玫瑰花悄无声息地送到了黎渊的手里。

当黎渊把玫瑰花递给凌悦汐的时候，凌悦汐瞪大了眼睛："天啊，居然真的变出来了……我现在还想要有人唱歌。"

"立刻安排人过来唱歌。"

听到黎渊指挥后，第一时间就有人过来唱歌。他弹着吉他唱起了情歌，优美的声音让凌悦汐觉得简直就好像做梦一样。

她摸着额头，自言自语说："我是喝多了吗，怎么今天想做什么都能做到？那么，我希望现在开始下雨！"

"立刻下雨。"

黎渊的命令，让工作人员都要忙疯了。他们悲愤地想，之前两个要求也就算了，到底要怎么影响天气啊？

在面对困难的时候，裴秘书展现了惊人的能力。他呵呵一笑："二氧化碳降雨就可以了。"

"可是，那需要动用飞机……"

"我们云上集团最多的是什么？就是钱！私人飞机降雨什么的，小意思！"

裴秘书的眼镜发出闪亮的光芒，那样子和他以前唯唯诺诺的样子截然不同。此时的凌悦汐托腮看着天空，笑着说："啊呀，怎么可能下雨，我真是喝多了。咦，黎渊你做什么？"

当看到黎渊把自己拉出去的时候，凌悦汐真不知道他想做什么。

黎渊听着耳机里的声音，对她说："三、二、一……一切都让你如愿，我的主人。"

黎渊打开雨伞的瞬间，雨点就这样落了下来。伞把他们隔出了两个世界，凌悦汐听着雨点敲击在伞面的声音，只觉得这一切简直好像是在做梦一样。

她伸出手感受雨点滴落,不可置信地说:"真的……真的下雨了吗?我的梦想,都实现了吗?子鸣,这是不是你做到的?"

"是的,是我做到的。你高兴就好,我的主人。"

黎渊说着,模仿夏子鸣的样子,亲吻凌悦汐的手背,然后被凌悦汐用力抱住。凌悦汐的脑袋抵住了他的胸膛,带了一丝哭腔:"我很高兴,我真的很高兴……谢谢你,子鸣。"

"不,不客气。"

黎渊伸出手,生硬地摸了摸凌悦汐的发丝。他觉得这样温柔的人设,对他而言简直太困难了,而他意外的……却不怎么讨厌。

芯片什么的,其实也没那么重要吧。

伞下,凌悦汐抱着他,让他有那么一瞬间突然不想知道答案了。

凌悦汐目光闪闪地看着他,却履行了诺言:"子鸣,你不是想知道芯片吗?我爸留下的芯片,就在我家的书柜里,可我打不开那个芯片。"

"什么,你打不开?"

"嗯,里面被密码保护了。我尝试了好几次,可还没有找到正确的密码,而且这个芯片只有8次打开机会——现在只有1次了。我爸说,等我成为出色的程序员那天,自然会打开它。我相信,我一定可以打开芯片的!找到爸爸留给我的东西!"

"当然。"黎渊目光深邃地看着她。

现在,他应该第一时间去抢芯片,让公司的技术人员去破解,而他突然只想站在雨里。

因为,伞下有她啊。

他觉得自己的心很满,满到什么都装不下,又突然很空,好像缺少什么,只想填满一样。

出现这样的感觉,到底是为什么呢?伞下,他们就这样互相对视,而这样异样的情绪在看到一个人的时候,顿时消失无踪。

他不知道,为什么会在这样的地方看到吴江!吴江正在和手下说着什么,边说边朝着他们的方向走来。

黎渊不敢想象,如果吴江看到自己染着蓝色头发,殷勤服侍凌悦汐的样子,会在公司里掀起什么样的腥风血雨!

就算吴江可能认不出他来……他也不能冒这个险。

电光石火之间,黎渊蹲下身,躲避了吴江看过来的视线。凌悦汐吓了一跳:"子鸣,你做什么?"

"你的鞋带开了,主人。"

黎渊只是想躲避吴江的视线,而凌悦汐愣住了。那么俊美的男人,那么温柔地为她系鞋带,这一切简直和游戏里的一模一样。

她想,她不能再沉溺于这样的温柔里了,真的不能再这样下去了。

"回家吧。"凌悦汐轻声说。

4

第二天,黎渊找到了正确的芯片,交给公司里的大牛。他们发现,这芯片果然没办法被破解,强行破解只会弄丢所有资料。

黎渊没有办法，只好把芯片重新拿了回去。在他思考到底要怎么对待凌悦汐，是一如既往地虐她，还是把她培养成优秀程序员的时候，绑架他的案件有了进展。

裴秘书脸色微妙："黎总，我调了那天晚上的监控，但所有数据都被抹掉了……我找到了关键线索，发现幕后黑手大概、可能、也许是……老爷子的私人助理。"

裴秘书鼓足勇气说了答案，黎渊的眼睛眯起："你是说，这件事是爷爷做的？这不可能。我是他唯一的继承人，他绝不可能做这样的事情。"

"是的，是的，我也觉得这不可能。不过，老爷子好像最近，和你有几次不愉快……要不，你旁敲侧击问他一下？"

"你要我怎么问？爷爷，是不是我最近做错了什么，你才要绑架我？呵，你觉得我会这么问吗？我爷爷会是那么无聊的人吗？"黎渊冷笑。

一小时后。

"是我做的。没想到，你到现在才发现，真是让我失望啊。"

当听到爷爷亲口承认的时候，黎渊简直不敢相信自己的耳朵。他深吸一口气，极力让自己冷静："爷爷，这个玩笑不好笑。"

"呵呵，不是开玩笑。是我绑架了你，还让那个丫头误会你是机器人。人老了，就要给自己找点乐趣，怎么你有意见吗？"

"爷爷！"

"黎渊，你也知道我是你爷爷啊，怎么我身上的优良品质你一个都没有学到！你看你，除了想赚钱之外还想什么，你的人生就是那么苍白无趣吗？呵呵，别以为我不知道你让相亲对象赔你衬衫钱的事情！我怎么会有你这样的孙子！"

"那是因为，我根本不想和她交往……"

"闭嘴！全世界的人都在说，黎渊的心里只有钱，爷爷我的脸都要被你丢光了！我打算给你个惩罚，把你丢到了那个丫头的家里，想让你尝尝失去身份的滋味，没想到倒被你溜出来了。那丫头还真的把你当成了AI，哈哈哈，真是有趣得不得了。我将计就计，亲口告诉她这是唯一的恋爱机器人，她就信了。"

"怪不得她会那么执着，从来不怀疑……爷爷你可真是……"

"黎渊，有没有兴趣打个赌？"黎老爷子呵呵一笑，"如果那丫头，在三个月的时间里，一直没有发现你的真实身份，那么我的所有资产都给你。如果她发现了，你的财产要拿一半来做慈善。你敢不敢赌？"

黎渊只觉得心中一动。爷爷的巨额财产，对他而言是不小的诱惑，但是如果他输了的话……

呵，他怎么可能输。

"好，我们赌。"

黎渊说着，和爷爷击掌盟誓，对得到爷爷的财产势在必得。

黎渊的眼中，满是势在必得的骄傲，却没想到当他再次见到凌悦汐的时候，凌悦汐会给他致命一击。

凌悦汐一整天心情都不好。她的梦想是学习最核心的技术，可是她虽然到了研发部，还是只能做打扫卫生、订盒饭一类的工作，和程序员没有任何关系啊！更让她心情糟糕的是，黎渊叫她去办公室———看就没好事儿。

凌悦汐磨磨蹭蹭到了黎渊的办公室，因为忙着给人端茶倒水，居然还把茶壶顺手带了进去。

凌悦汐顿时慌张了起来，没想到黎渊见凌悦汐拿着茶壶，非常顺手地从她手里接过，更顺手地倒了一杯茶给她。

凌悦汐：……

凌悦汐从没想到，自家老板居然会为她做这样的事情，他的脑袋应该进水了吧！黎渊也反应过来，暗想自己真是做夏子鸣做久了，居然会习惯性地伺候她！

他猛地把刚才准备给凌悦汐的茶水喝掉，然后冷笑一声："你觉得，你值得我亲自倒茶给你吗？"

凌悦汐：……

凌悦汐无语到了极点，翻个白眼没有说话。虽然她没有开口，但是黎渊以夏子鸣的身份在凌悦汐身边这么久，怎么会不知道她在想什么。

黎渊轻哼一声："你在心里骂我是个傻X？"

"没有。"凌悦汐忙说，"黎总那么英俊神武，我怎么会骂你呢？"

"呵，真是不老实。"

看到凌悦汐睁着眼睛说瞎话的样子，黎渊微微勾起了唇角。

他突然觉得没意思起来："没事了，你去忙吧。"

"好。"

凌悦汐在心里暗骂了一句，朝着门口走去。在她踏出房门之前，黎渊突然问："凌悦汐，你相信这个世界上会有和人类一模一样的AI吗？"

"我相信。"凌悦汐微微一笑，"我也会成为研发这样AI的最优秀的程序员。"

"呵，那我拭目以待。"

凌悦汐的工作非常忙，一天下来累到不敢动弹。幸好，家里还有个男朋友在等她，这是支撑她努力下去的力量。虽然，那不是真人，只是 AI 而已。

只是 AI 啊……凌悦汐想着，有些唏嘘了起来，也下定了决心。

凌悦汐回到家，发现今晚的菜肴格外精致。她表扬黎渊："子鸣，今天的晚餐很不错，你进步好大。"

"主人喜欢就好。"

黎渊的脸上不动声色，心中却鄙视地想，这是他聘请米其林大厨来这里做的，怎么可能不好吃。

凌悦汐吃了晚餐，想去超市逛逛，黎渊当然要奉陪。

当黎渊拎着大包小包跟在凌悦汐身后的时候，凌悦汐突然说："子鸣，我觉得有人跟着我们。"

黎渊只觉得心中一凛。爷爷担心他被绑架，让他从小就学习武术，他也学到了一系列反跟踪技巧。

经凌悦汐提醒，他也感觉到有个黑衣男人，一直若即若离地跟着他们。黎渊压低了声音说："主人，我们分头走。"

黎渊很自信，他现在的样子没几个人能认出来，所以对方只可能是针对凌悦汐。

凌悦汐用力抓住他的胳膊："不行，虽然你是 AI，可是被拆解什么的也很麻烦吧。更何况，你坏了的话我还要赔钱……所以，不行，绝对不行！"

如果凌悦汐没有说后半句话，只是担心他的安危，也许黎渊会感动。而她现在这么说，只会让黎渊更想离开她。

凌悦汐死死不肯放手，黎渊简直挣脱不了。他知道硬来没有用，当机立断改变了策略。

黎渊一把抓住凌悦汐的手,深情地说:"主人,我们分开跑的话,他肯定就不知道该去追谁了。"

"可是……"

凌悦汐还想反驳,被黎渊一把捂住了嘴唇。黎渊的表情是那么真挚:"主人,你不要为我担心,只要你安全就好。"

他有联网设备,现在发生的情景自然被工作人员看到,他们正在赶来的路上。所以说,只要凌悦汐能撑过十分钟,就没事了。

至于能不能撑过,当然就看她的造化了。她是锦鲤少女,不是吗?既然这样,就拿出你的好运吧。

黎渊想着,做出了凄美的表情:"主人,很高兴认识你。不要忘记我,我……"

"其实还有别的办法。"凌悦汐果断打断了黎渊的表演,"我要切换为吕程模式。"

吕程模式,那是什么?

就在黎渊疑惑的时候,工作人员解释说:"吕程是'男神个个都爱我'游戏里的男主之一,是一个霸气十足的黑道大哥。他擅长空手道、泰拳、跆拳道、自由搏击和中国武术,是一个可以以一当十的角色。他还擅长射击,是个弹无虚发的神枪手。他的性格冷峻,有浓烈的掌控欲,只有面对女主的时候才有温柔的一面……"

"我只是问你他是谁,你别和我说那么多废话!"

这时,凌悦汐满怀期待地说:"再见了,子鸣,我会永远想你的。出来吧,吕程!"

5

当凌悦汐的手放在黎渊胸口，按压黎渊心脏的时候，黎渊真的不知道该怎么选择。如果他不进入吕程这个角色，也许凌悦汐会对他产生怀疑；但如果他进入角色了，他到底要怎么按照设定"以一当十"？他又不是什么钢铁侠！

不如假装机器故障？不过，如果对手只有一个人的话，也许也没那么困难。

就在黎渊的大脑飞速旋转的时候，那个黑衣男行动了。他猛地朝着黎渊的方向打了过去，凌悦汐下意识躲在了黎渊身后。

黎渊心中一凛。为了避免自己受伤，他一手抓住黑衣男手中的棍子！

凌悦汐目光闪闪看着他，崇拜地说："吕程！我就知道你会来！"

黎渊已经没有时间解释了。他一脚把男人踢倒在地，冷冷地问："是谁派你来的？"

"小子，我劝你不要多管闲事。"男人阴冷地说。

"呵，你居然敢用这样的语气和我说话？"黎渊冷笑。

"对，你怎么敢这样和吕程说话！他一定会打到你叫爸爸！"

凌悦汐确认此时的男人就是吕程，因为在游戏的设定里，夏子鸣的搏击技能并不出色，她相信机器人的设定也是这样。

这一定就是吕程了！天啊，他怎么可以那么帅！

她用那么火热的目光看着黎渊，让黎渊突然觉得黑道大哥也不错，霸气十足地说："快说，不然杀了你。"

黎渊的声音是那么冰冷，他觉得自己酷霸拽到了极点。一阵风吹过，黎渊的发丝在风中飘扬，空气中都是风雨欲来的紧张感。

凌悦汐崇拜地看着黎渊，这样的表情让黎渊说不出的满意——呵，这才是他们之间正确的打开方式！

凌悦汐，永远不要用那种语气对他说话！他才不是她的附属，他是最伟大的男人！

可惜在下一秒，黎渊的表情就凝固了。因为，他看到有七八个人从黑暗中走来。

那帮人穿着一样的衣服，都戴着口罩，手中的刀在月光下发出冰冷的光芒。黎渊虽然有一些搏斗功底，但要全身而退也非常困难。

该死的，凌悦汐到底从哪里招惹了这帮人！

黎渊不动，其他人也保持着不动的状态。

就在双方僵持的时候，凌悦汐猛地去推黎渊："吕程，你快把他们打趴！加油加油！"

黎渊一时不察，就这样被推了出去。他不可置信地看着凌悦汐，他的身影在夜空中是那么萧瑟寂寞。

"我靠，这小子拽什么拽！"

"揍死他！"

下一秒，那帮人猛地朝他冲了过来。

真是的，事情还是往这个方向发展了啊。那么，只能这样了。

黎渊漠然地看着他们，就好像在看一群没有生命的物体。他的发丝在风中飘扬，眼中满是奇异的光芒。

对，这就是吕程！打架一流，从来没失败过的吕程！

凌悦汐只觉得心脏剧烈跳动起来，然后看到黎渊对她淡淡一笑。这个笑容，简直帅气到极点。

"吕程……"

在凌悦汐情绪到顶点的时候，她看到黎渊帅气转头，转身就跑。

我去，这是什么操作？！

凌悦汐一愣，简直不敢相信自己的眼睛，这时身后的人都追了上来。凌悦汐不敢发呆，也急忙跟着黎渊往前跑。

黎渊想甩掉她，低声咒骂："你为什么跟着我？"

"我知道你是为了我好，可是我要和你共患难！"凌悦汐坚定地说。

"主人……"

"不要太感动，这是我应该做的。你，你为什么不和他们打架啊，你不是最厉害的吗？"

"因为我突然想做和平主义者。"

黎渊想他真是疯了，居然能在这么危急的时刻，和凌悦汐说瞎话！可是，为了100亿，这些都算得了什么？

当路的前面也被人堵住的时候，黎渊和凌悦汐停下了脚步。他们的后背紧紧靠在一起，紧张地看着来自两个方向的敌人。

"吕程，你不要做和平主义者了，你快去打啊！"凌悦汐都快哭了。

"闭嘴！"

黎渊知道，现在没有办法逃避了，深深吸了一口气。当那帮人冲上来的时候，他轻松避开，然后一拳打了出去。

他很快把一个人撂倒在地，但是另外一个人又冲了上来。

黎渊挨了几拳,他觉得自己完美的脸颊都被打肿了。

"你们,该死!"

黎渊的火气上涌,他不能容忍任何人损害他的完美!在怨气的作用下,他怒气冲冲又打倒几个人,这时看到凌悦汐被他们抓了起来。

黎渊擦擦嘴角的血迹,目光冰冷至极。

他们的目标果然不是他。其实凌悦汐的存在并不是那么重要,至少不能和他的自身安危比。他怎么可能为了凌悦汐让自己陷入险境。她只是一个目标任务罢了。她死了的话,爷爷的赌局也就结束了。

黎渊想着,转身离开。当看到黎渊远去的背影时,凌悦汐只觉得心中一片冰冷。

"吕程,救救我啊,吕程!"

黎渊停下了脚步。他的眉头紧紧皱起。就当他要转身的时候,凌悦汐突然感觉到手臂一松。

"放开我!"

凌悦汐拼命挣扎,还是被塞到了面包车里。那人飞快发动车子,凌悦汐的心中一片冰冷。她不知道自己到底惹谁了,为什么会遇到这样的事情!

难道就要死在这里吗?她还不知道爸爸到底给她留了什么!

她不要!

凌悦汐鼓足勇气朝那人的手臂咬去,然后猛地去拉车门。那人哀号一声,然后她的双臂被人制住,头发也被人一把揪了起来,简直疼到钻心。

"臭女人!"

凌悦汐的脸上被打了一巴掌，应该肿了。她不管不顾去开车门，在她的猛烈挣扎中车子变了方向。

"该死的，这女人怎么这么凶！早知道不接这笔单子了！"

迷糊中，凌悦汐好像听到有人抱怨了一句。她再次被人重重扇了一巴掌，手部也传来一阵剧痛，眼前模糊了起来。

就在这时，她看到一辆大车朝他们开了过来。那明亮的车灯，简直划破了夜色。

在下一秒，她感觉到了剧烈的撞击。

撞击实在太狠了，她的背部狠狠撞击在座椅上，前排的司机也被弹出来的安全气囊弄得不能动弹。

凌悦汐觉得额头湿漉漉的，好像有什么液体流了出来。在一片朦胧中，她看到有人朝她走来。

那人逆光而行，身影在月光下是那么优雅，又带了一丝森然。他的衬衫解开了两个扣子，露出了强壮的肌肉，脸颊上有一道伤口，反而让他看起来危险又魅力十足。

他一把把凌悦汐抱在怀里："你没事吧？"

"吕程！"凌悦汐用力抱住了他。

凌悦汐就知道，吕程不可能离开他，他刚才开车来撞击的样子真是太帅了！

而把女人抱在怀中，却被她叫成其他的男人，这样的感觉真是微妙至极。

算了，现在不是想这个的时候。

黎渊看着凌悦汐在他怀中瑟瑟发抖的样子，看着她面颊上的血迹，目光是那么森然："你们，都要死！"

他的话音刚落，几十个人站了出来，那场面简直是浩浩荡荡。

来自云上集团安保部的精英，朝着那些人冲了过去，接下来的场面简直就是一出惨剧。一帮混混,又怎么可能和专业人士相比。

凌悦汐坐上车子,却没想到车子没有开到自己家,而是开到了一栋别墅里。凌悦汐看着别墅,惊讶地问:"这是哪里?"

"这是我其中一个处所。"黎渊淡淡地说。

"哈?你,你怎么可能有住所……我不是那个意思,但你不是,AI吗?"

凌悦汐小心翼翼,不想伤害黎渊的自尊心。黎渊轻哼一声:"为了让游戏有更好的体验,会根据不同人物创造相应的背景,包括学历、住所等细节。下车。"

黎渊说着,率先走了下去,凌悦汐觉得这一切很不对劲。就算云上集团确实非常有钱,但是给游戏人物一间别墅什么的,也太夸张了吧。还是说,这个所谓的吕程其实有秘密?

"还不快走?"

在黎渊的催促下,凌悦汐跟了上去。黎渊早就吩咐家庭医生在这里等待,医生看到凌悦汐后,立马给她检查包扎。

消毒水接触伤口的时候,凌悦汐疼得皱起了眉,她觉得眼泪就要掉下来了。她下意识握紧了黎渊的手,让自己不要那么丢人。

当那只柔软的小手抓住自己掌心的时候,黎渊只觉得一股电流经过。他看着凌悦汐皱眉隐忍的样子,就算觉得很不适应,也没有把手抽出来。

家庭医生忍不住诧异地看了黎渊一眼。他当然知道黎渊的脾气,他居然会容忍那个女孩抓着他,这真是太奇怪了。难道说,他们的关系……

医生开始胡思乱想,黎渊倒是没想那么多,只是专注地看着凌悦汐。

当一切结束的时候,凌悦汐才意识到自己一直抓着黎渊。她不好意思地问:"我把你抓疼了吗?"

"废话,当然疼。"黎渊白了她一眼。

我去,不是该说"这算什么,我可是黑道大哥"吗?他真是……诚实啊!

黎渊那么直接的答案,让凌悦汐不知道该怎么回答。

她那么痴迷地看着黎渊,感叹地说:"吕程,你真是太厉害了,真不愧是我最喜欢的男人!和你在一起真是安全感满满!"

凌悦汐一脸崇拜,而黎渊的心情不爽了起来。他呵呵一笑:"是吗,那夏子鸣呢?"

"那已经过去了,我们只是逢场作戏。我最喜欢的就是你了!"

凌悦汐的回答,让黎渊觉得脑中有一道闪电闪过。怒气就这样从心头开始蔓延,他感觉到了被背叛的屈辱。

呵呵,就算为她做了那么多,在她心里也只是逢场作戏?这个女人!

他的气场瞬间变得阴暗起来,凌悦汐也感觉出不对劲。

到底发生什么事情了?吕程为什么看起来很不开心?吕程是个占有欲很强的人,难道是她哪里让他吃醋了?对,不该说什么逢场作戏!

"我只喜欢你一个。"

凌悦汐认真地说,看到黎渊的脸色变得越发阴沉了起来。她无辜地看着黎渊,听到黎渊呵呵一笑说:"那夏子鸣算怎么回事?"

"奇怪,在游戏里面你们确实是认识啦,但是关系不太好。

怎么换了模式你还记得他，这设定简直了……啊呀，他是不错啦，但我已经忘记他了。我现在喜欢的是，强势的男人呢。"

黎渊只觉得自己的一腔心血，就这样付诸东流了。

他挑起凌悦汐的下颚，强势地问："呵呵，是吗？悦汐，告诉我，你到底在想什么，你想要得到什么？"

"吕程，我想要普通人过着的平静的生活。"凌悦汐握住了黎渊的手，动情又哀伤地看着他，"答应我，以后不要再做那么危险的事情了，好吗？我的心会痛！"

黎渊眉心皱起："我没在和你演戏。"

"我也没有演戏啊，这些都是我的真心话。吕程，不要再打打杀杀的了！就当是为了我！"

凌悦汐觉得自己简直楚楚可怜到了极点，然而吕程似乎更生气了。黎渊站起身："时间不早了，你去睡觉吧。我带你去房间。"

我去，为什么不按照剧本发展？如果是在游戏里的话，吕程会把她抱在怀里，狂吻起来啊！

"哦。"

今天发生了太多事，凌悦汐也没有心情去哄他，到了房间就准备睡觉。

入睡前，她突然想到了那些人说的话，喃喃地说："算了，不管了。"

第四章 生气,这个女人变心了

1

第二天，凌悦汐从睡梦中醒来。她觉得身上酸疼得厉害，想和往常一样喝点温水，下意识叫了夏子鸣的名字。

"子鸣……"

凌悦汐叫出来，才发现夏子鸣已经被她抛弃了，心里有一点怅然的感觉。而那么点怅然在看到黎渊的时候，顿时消失殆尽。

吕程好帅啊。凌悦汐简直想尖叫。

黎渊刚结束游泳，正朝着凌悦汐走来。他的头发湿漉漉的，再加上没有什么表情的俊美面容，简直就是黑道大哥吕程的翻版——这多亏了专业造型师给他打造的防水妆容。

凌悦汐出神地看着他健壮的身体，咽了一下口水，黎渊轻哼一声。

呵，女人。

"喜欢吗？"

黎渊说着，突然把外面的浴衣脱掉，整个身体就这样暴露在凌悦汐面前。凌悦汐尖叫了一声，下意识闭上了眼睛，黎渊得意地笑了起来。

他在她耳边说："还满意你看到的吗？"

这句在游戏里听起来羞耻至极的台词，被黎渊说起时，简直撩人到不行。就在气氛暧昧至极的时候，凌悦汐的肚子不合时宜地叫了一声。

这个声音把凌悦汐拉回了现实，她现在才发现，自己和黎渊之间的距离实在太近。她红着脸问:"有吃的吗?我饿了。"

"当然。在吃饭前,你要换一件衣服。"

"啊?"

"你身上的衣服还是昨天的。我不会允许一个女人,穿着昨天的衣服,出现在我面前。"

还真够霸道的!

凌悦汐在心中吐槽,这时几个女佣上来,带着她到了更衣室。凌悦汐看着面前各式各样的女式衣服,只觉得心中一紧。

她试探地问:"那个,为什么会有这么多衣服?有女人住在这里吗?"

云上集团还真是有钱烧的。为了营造 AI 机器人的真实性,还设计了人物关系吗?也太牛了!

"这都是主人刚才打电话来,我们为您准备的。"

"那个,云上集团给你多少工资啊?"

凌悦汐想问,云上集团要给多少钱,才能让她甘心飙戏。女佣愣了下,以为她问黎渊给她的工资,笑着说:"收入还不错,算是同行里最高的。"

"怪不得。"

怪不得你愿意来飙戏。

凌悦汐不再问下去,选了一身简单的小黑裙穿上。女佣见状,帮她把头发盘了起来,还给她化了个妆。

凌悦汐抗拒地说:"不需要这样吧。"

"先生对各方面的要求都很高,包括对面的客人。所以,麻烦您啦。"

女佣那么客气,凌悦汐也不好意思拒绝,只好任由女佣打扮。其实,她习惯穿宽松的衣服和牛仔裤,穿裙子就很不适应,更别说化妆和穿高跟鞋了。

当女佣打扮完成时,凌悦汐觉得自己都要睡着了。

"小姐,好了哦。您真是太美了。"

凌悦汐从睡意中清醒过来,看着镜子中的自己,也有些愣神。

在摒弃太过随意的装扮后,黑色的裙子凸显了她姣好的身材,雪白的皮肤在灯光下简直闪闪发光。

她的头发只是简单地编了个发辫,胸前戴着的珍珠项链让她的面颊显得莹润无比。

她看着自己白皙的肌肤、动人的眼眸、红润的嘴唇,都觉得这个人不像自己。当她出现在黎渊面前的时候,黎渊也愣住了。他只是不想看到凌悦汐的屌丝样子罢了,没想到只是换了一身衣服,她竟如此美丽。

她有些无措,那茫然的样子越发让她看起来诱人。

黎渊想着,突然不爽了起来。他示意凌悦汐坐下,这时厨师开始一道道上菜。黎渊说:"厨师最擅长的是帝王蟹、生鱼片、澳龙、牛排的烹饪……"

黎渊面前的银色餐盘被掀开,凌悦汐看着那只龙虾,然后期待地自己面前的盘子。

在凌悦汐口水流下来之前,黎渊继续说:"可是你今天都不适合。我给你特地准备了别的。"

凌悦汐面前的银盘子被掀开,她看到了一碗白粥,脸色顿时难看了起来。她崩溃地说:"不会吧,你吃龙虾,就让我吃这个?"

"昨天你受伤了,需要养伤——这是命令。"

黎渊觉得,吕程这个人物实在太好了,特别放飞自我。他明天去办公室，就让员工为吕程增加在游戏里的戏份！

他看着凌悦汐难看的脸色，心情好到了极点。他挑眉："你想违抗我吗，女人？"

"吃就吃。"

凌悦汐闷头吃了起来，脸鼓鼓的就好像包子一样。黎渊见状，越发高兴了起来。

而凌悦汐在下一秒就完成了报复。

就在黎渊要吃龙虾的时候，凌悦汐眨巴眼睛："你们程序设定里，还有假装吃饭这一条吗？毕竟你们是不能吃东西的啊。"

不错，AI机器人不吃东西，没有人类的各种生理需求，这是AI的硬核，他怎么样都没有办法避免。

黎渊的脸色瞬间变了，凌悦汐继续说："为了逼真，还做出来龙虾，我们公司可真是够有钱的。可惜，你也不能吃，好可怜哦。"

凌悦汐说着同情的话，黎渊却觉得他正面临着人生中最可怕的考验。如果吃了龙虾，就等于承认他不是AI；如果不吃的话，他岂不是比吃白粥的凌悦汐还不如？

"我们公司真是太辛苦了。"

凌悦汐下了结论后，在黎渊还没有反应过来之前，把龙虾端到了自己面前，吃了起来。

她吃得香甜，黎渊的脸色难看到了极致。

凌悦汐吃完，摸着肚子说："好饱好饱，你能和我一起吃就好啦。吕程，我们能在这里待多久啊？"

看着凌悦汐期待的神色，黎渊不自然地挪开了目光："根据公司规定，你能有一次免费体验的机会，为期一天。"

"啊，以后我要来的话不可以吗？"

"那就需要收费，一天的费用是20万元。等机器人量产后，玩家可以自行付费体验该项目。今天十二点前，你就要离开了。"

呵，你就快点滚吧。黎渊心想。

"那不是和酒店退房一样？那我可要好好享受！"凌悦汐握拳。

于是，当黎渊在看电视的时候，凌悦汐在家里跑来跑去；当黎渊在处理工作的时候，凌悦汐在上蹿下跳，企图看看花瓶是真货还是仿品；当黎渊觉得肚子饿到不行时，凌悦汐正在大快朵颐。

他诧异地问："又吃上了？"

"什么叫又吃上了，吕程你还真是不会说话。现在还有两个小时，当然要好好享受了。"

凌悦汐说着，又吃了一口蛋糕，美妙的味道让她幸福地眯起了眼睛。黎渊真的怀疑，她要在两小时内，把他家里的所有东西都吃光！而且，是在他那么饥饿的状况下……

黎渊想着，咽了一下口水，这时他的肚子也叫了起来。凌悦汐听到声音，奇怪地问："刚才是怎么回事？我好像听到有人的肚子在叫。"

"你应该听错了。"

"不可能，我真的听到有人的肚子在叫。难道是你的？可你是机器人啊。"

凌悦汐说着，疑惑地看着黎渊，然后突然把头贴在了黎渊的肚子上。

黎渊只觉得一股热流就这样涌上了心头。他又惊又怒，猛地去推凌悦汐，咬牙切齿地说："你到底想做什么？"

黎渊的力气很大，凌悦汐一下子被推到了一边，摔倒在地。

她揉着疼痛的膝盖，愤怒地说："我就是想听听是不是你肚子在叫，你那么凶做什么啊！你的脾气也太差了！"

凌悦汐郁闷地想，吕程虽然战斗力惊人，但脾气实在和黎渊一样讨人厌，都有些后悔换掉夏子鸣了。可是，既然已经选了吕程，就要和他相处下去，直到可以再次选择……这段时间要怎么熬啊！

黎渊并不知道凌悦汐在想什么。他站起身，不让凌悦汐看到他绯红的脸色："我有事出去下。"

"不许走。"凌悦汐抓住黎渊的衣袖，"你刚才让我不高兴了，你还没有把我哄开心呢。"

"放手。"

黎渊从早上到现在都没有吃东西，肚子又疼了起来，心情非常不好。他现在只想去洗手间，可是凌悦汐偏偏拉着他不肯放手。

"吕程，你晚上陪我去小黄燕的生日派对好不好？我们晚上是规定主题的角色扮演，我还要带你去买身衣服……你喜欢什么样的，军装还是机甲？你应该穿军装更适合。"

凌悦汐在畅想，带着吕程去朋友面前嘚瑟，而黎渊只觉得肚子疼到了极点。他懊恼地想，以前从来没这样过，怎么一遇到这个家伙，就会发生那么不华丽的事情。

他只觉得冷汗都要下来了，用强大的意志力站起身，用最淡定的语气说："悦汐，我现在需要充电。"

"啊？那你快去吧。"

凌悦汐不再阻拦，黎渊步伐沉稳地往外走去，在凌悦汐看不到的地方，飞速闪身去了洗手间。

他只觉得，从没有什么时候像现在这样幸福过，然后笑容慢慢凝固——居然为了这样的事情开心，他的智商简直被那家伙一起拉低了。

这样的日子，到底还要多久？那该死的芯片，什么时候才能解密？

黎渊想着，看着镜中的自己，自言自语地说："黎渊啊黎渊，真是的，什么时候才能像普通男人一样，过着平静又无聊的生活啊。"

黎渊说着，哈哈大笑了起来，这时他听到门口传来敲门声："有人在里面吗？我要上厕所……"

该死的，凌悦汐她怎么会来这里？这里有那么多洗手间，为什么偏偏要选这一个？

"那就是没人咯，我开门啦！"

"不要……该死！"

在黎渊试图阻止的时候，凌悦汐已经推门进来，然后正好看到黎渊的手放在抽水马桶上的样子。

凌悦汐奇怪地看着他："黎渊，你不是去充电了吗？你怎么在这里？这里根本没有太阳能啊。还是说，你在用洗手间？不可能吧！"

凌悦汐皱眉看着黎渊，黎渊只觉得心跳加速了起来。

他在想应该怎么掩饰过去，凌悦汐的表情越来越严肃了："其实，一开始我就觉得不对劲。我从小到大都没中过奖，这样的奖怎么就被我中了？而且，你只是个 AI，怎么会有这么大的房子，就算是公司有钱，也太大手笔了。还有，你也太逼真了吧，都开始去洗手间了？你是机器人，还是真的……人？你到底是什么身份？"

2

凌悦汐步步紧逼,黎渊的心咯噔了一下。

凌悦汐在他心里,一直是一个智力偏低下的人,现在突然聪明了起来,却着实让事情有些难办。如果凌悦汐知道了他的真实身份,会不会一气之下把芯片给竞争对手?不,他决不允许!

"你在说什么?我在打扫洗手间啊。"

黎渊说着,顺手拿起抹布开始擦拭马桶。他还是第一次做这样的事情,手法非常不娴熟,还险些打翻卫生间的香水瓶。

凌悦汐凝神看着他:"你之前还那么拽,怎么突然愿意做这些事情了?难道……你终于恢复了正常模式?"

"是正常模式。"

凌悦汐和黎渊异口同声地说,黎渊悄悄松了一口气。

凌悦汐拍了一下脑袋:"啊呀,在遇到那样的事情以后,我好像有点被害妄想症了……真是的,怎么可能是真人,有谁会那么无聊呀?还是正常模式好,你要保持哦。"

见凌悦汐终于信了,黎渊心里舒了一口气。

就在黎渊觉得把风波完美解决的时候,意外再一次发生了。

凌悦汐对他说:"啊呀,你还真是提醒我了。虽然是给客户的福利,但是这样白住人家的房子,总是很不好意思。你把洗手间打扫完后,把其他地方也打扫一下吧。加油加油,吕程是最棒的!"

黎渊:……

所以说，他花了大价钱请了那么多佣人，他好心好意带她来自己的住宅，结局是他必须打扫卫生？

他堂堂云上集团的总裁，怎么可能做这样的事情！

"辛苦你了。"

在凌悦汐殷切的眼神里，黎渊只好穿上围裙，戴上帽子，开始打扫卫生。时不时有佣人诧异地看着他，他就用满是杀意的眼神看回去。

他从来不知道，他家有那么大，简直大到让人想吐！他到底为什么要做这样的事情！

当他终于打扫好的时候，凌悦汐对他说："吕程，我们走吧。快谢谢工作人员那么辛苦。"

凌悦汐说着，对大家鞠了一躬。黎渊怎么可能对大家鞠躬，他轻哼了一声，凌悦汐立马踹了他一脚："吕程，要讲礼貌。"

"谢谢你们，你们辛苦了。"

黎渊几乎咬牙切齿地说出这句话，没有人敢接受他的好意，大家的表情都好像石化一样。黎渊知道，他们肯定在胡思乱想，但他已经无暇顾及了。

呵呵，真的把他当机器人了是吗，那么他就给她一个难忘的惊喜吧。

黎渊想着，对着耳机那头吩咐了下去，而凌悦汐离开别墅后，带着黎渊上街去买衣服。她舍不得买品牌货，再一次带着他到了地下商场，为他选了一身制服。

黑色的制服非常适合黎渊，一直扣到脖子的银质扣子，让他看起来有一种禁欲系的美感。脸上的刀疤无损他的俊美，反而让他看起来气场十足，凌悦汐只觉得眼前一亮。她有预感，她今天晚上一定会是最耀眼的明星！

"吕程，你真是太帅了。"

凌悦汐的目光是那么痴迷，黎渊轻哼了一声。他当然知道自己帅，不然怎么会有那么多女人疯狂暗恋他！呵呵，凌悦汐也是其中之一吧。真是烦恼啊。

"告诉我，你的心属于谁？"

黎渊轻挑起凌悦汐的下巴，他突然发现自己真的想知道答案。凌悦汐的面颊一红："怎么突然说这个啊……这个问题，夏子鸣不会问。"

"我也不是夏子鸣。告诉我，你的心里到底装着谁？"

"我……我们出发去派对吧。"

凌悦汐逃避了这个问题，带着黎渊一起去小黄燕的派对。黎渊虽然不甘心，但也只能暂时放过她。

小黄燕的生日宴是在她工作的咖啡馆举行。凌悦汐赶到的时候，聚会已经开始了。有人对凌悦汐打招呼："悦汐，你很久都不来了啊。咦，这位是……"

"是我的男朋友。"

听到凌悦汐的回答，那帮女人都瞪大了眼睛！她们不可置信："真的假的，你什么时候交男友的？而且那么帅！"

"还看起来有点眼熟。怎么有点像……对了，像那个吕程！"

凌悦汐早就准备好了，笑嘻嘻地说："我男友很害羞，你们不要打趣他啦。"

凌悦汐说着，挽住了黎渊的胳膊。黎渊在心里嘲讽地想，真是个虚荣的女人，都浅薄到拿他来撑面子了。不过，她还算有眼光。对于她，唯一拿得出手的人，也只有他了吧。谁让他长得那么帅，而且还那么有钱，简直是世界上最完美的男人呢！

"是啊,悦汐。"

在凌悦汐期待的眼神中,黎渊点头。只是一个简单的动作,只是低沉好听的声音,就让这帮宅女们炸了。

她们妒忌到了极点:"悦汐,你哪里找的那么帅的男朋友,也给我们介绍个啊。"

"是啊,我要求不高,和你男朋友一样就好了。"

"呸,你这还叫要求不高!我最好打发,有他的一半就好啦。"

黎渊很不喜欢被围观,就强势地抱住了凌悦汐,在场的妹子觉得自己都要昏厥了!

凌悦汐感受着黎渊怀抱的温度,用力想挣脱开来,但是丝毫动弹不得。

"吕程,你放手。"

"不放。"

黎渊一开始,只是想逃避那些女人罢了,后来却突然觉得抱着她的感觉真是不错——她的身上没有其他女人惯有的香水味,而是有着甜滋滋的蜜桃味,黎渊知道这是沐浴露的味道。

呵呵,他为什么要知道这个?为什么要帮她打扫卫生间,知道她用什么牌子的沐浴露?

黎渊想着,越发不肯放手,这时又有人进来了。黎渊下意识松手,凌悦汐终于松了一口气。而她看到来人的时候,顿时变了脸色。

"哟,这不是黄燕吗?你办聚会怎么也不找我啊?我们可是游戏好友。对吧,阿健?"

当宋佳佳和蔡健手拉手进来的时候,小黄燕的脸色顿时变得苍白。

和蔡健分手是一回事，看着他和其他人在一起是另一回事，而且今天还是她的生日！

小黄燕的眼眶顿时变得通红："蔡健，你来做什么，我根本没邀请你。"

"这家店又不是你开的，我们是客人，当然可以来。"宋佳佳趾高气扬地说，去推蔡健，"喂，你是瞎子吗！你的女朋友被人说不受欢迎，你为什么一句话不说？"

"别生气了，佳佳。"

"除了说这句话，你还会说什么！没用的东西！"

宋佳佳恼怒到极点，伸手就打了蔡健一巴掌。蔡健觉得很丢人，也很委屈。

唉，这个宋佳佳姿色不错，可这大小姐脾气真是让人受不了！还是小黄燕好，温柔体贴……

蔡健想着，忍不住看了小黄燕一眼。宋佳佳越发气恼，突然说："蔡健，我记得你还欠小黄燕好几万呢。这个钱，我帮你还了。"

宋佳佳说着，等待着人家崇拜的眼神，没想到大家看她的表情越发奇怪。大家惊愕地发现，宋佳佳会找这么垃圾的男友，都要恶心死了。

小黄燕高兴地问："真的吗？"

"当然是真的。你跟我来啊。"

宋佳佳说着，朝着外面走去。小黄燕下意识要跟过去，凌悦汐拦住她说："小心她耍什么花招。"

"可是这笔钱对我来说很重要。"

凌悦汐说："那我陪你去。"

"悦汐……"小黄燕感动地看着她。

"吕程，我们走吧。"

黎渊没有动。他觉得，凌悦汐真的是个傻瓜。

她明知道宋佳佳没安好心，还跟上去，最关键的是还拉上了他。这样的"义气"，不可能给她带来任何好处，她为什么就是不明白？

呵，那就去吧。正好试验下某些东西。

"好，我们走。"黎渊霸气地说。

3

他们三个人跟着宋佳佳和蔡健到了郊外的篮球场。这个篮球场非常偏僻，周围没有人烟，让凌悦汐提高了警惕。

宋佳佳回头看着她："要我帮蔡健还钱很简单，我们来一场篮球赛。"

"我们比赛篮球？"凌悦汐问。

她根本不会打篮球，可怎么办啊？

"切，我才不会做那么粗俗的事情。这个家伙不是你男朋友吗，就让他和蔡健比。如果蔡健输了，我自然拿钱。如果你们输了，你就要跪下来对我认错。你敢不敢？"

小黄燕拉住凌悦汐的衣袖，轻声说："悦汐，不要和她比。蔡健是体育系又是篮球队的，这是他最擅长的东西，他们这是欺负人！"

"你不敢了？呵，不敢的话就算了。"

宋佳佳故意挑衅，凌悦汐皱眉问："吕程，你会打篮球吗？"

"不会。"黎渊干脆地说。

呵,他平时的运动都是游泳、骑马、打高尔夫,怎么会这样粗俗的运动!

"好的,那你去吧。"

黎渊:……

黎渊简直怀疑凌悦汐的耳朵失聪,再一次重复:"我不会打篮球。"

"没关系,你一定会赢的!你的运动能力可是满级!我看好你。"

凌悦汐目光闪闪地看着黎渊,还做出了加油的手势,黎渊气极反笑。

他不再和凌悦汐纠缠这些无聊的东西,走到了球场上。

篮球场上,蔡健穿着运动系的衣服,显得年轻帅气。黎渊身穿黑色的制服,扣子微微敞开露出了结实的胸肌,一副成熟男人的样子,看起来和运动格格不入。

而他们现在要比赛……

小黄燕越想越觉得不靠谱:"悦汐,算了吧。这个钱我不要了。"

"呵,说得真是好听。不就是怕输吗?"

凌悦汐还没说什么,小黄燕轻哼一声:"我第一次看到做小三、欠人钱,还那么理直气壮的。别废话了,快点开始比吧。"

"好啊。我就等着你跪下来。"宋佳佳阴沉地说。

于是,比赛正式开始。比赛采取三局两胜制,双方彼此进攻和防守。当蔡健开始进攻的时候,凌悦汐大叫:"吕程,加油!"

真是烦死了。为什么听她叫别人的名字,心里会那么不爽?

呵呵，虽然想给凌悦汐一个教训，也不能被这个毛头小伙子赢了。他可是黎渊，从不失败的黎渊。

当蔡健扣篮的时候，黎渊一个盖帽阻止了他的进攻。蔡健瞪大了眼睛，不可置信地说："你，你不是不会打吗？"

"我说了你就信？还真是好骗。"

黎渊让蔡健火冒三丈，他简直想冲上去给黎渊一拳。凌悦汐兴奋地说："吕程，加油，你下一场胜利了我们就赢了！"

"蔡健，如果你输了的话，我们就完了。"宋佳佳生气地说。

宋佳佳的话，给了蔡健极大的压力，他认真了起来，黎渊也逐渐感到吃力。蔡健的防守滴水不漏，黎渊情急之下不小心掉了一片隐形眼镜，面前的行动轨迹顿时变得模糊了起来。

黎渊在瞬间出现了败象。无论怎么样，他都没办法突破蔡健的防守，眼神也变得阴沉了起来。

该死，为什么会这样？以前所有比赛他都是第一名！

在这瞬间，黎渊的脑中闪过他以前在各个比赛中得奖的样子。他跑步的时候是第一名，打乒乓球是第一名，跳高是第一名，打高尔夫和骑马更别说……为什么偏偏在篮球上栽了？

"你，居然敢赢我！"黎渊杀气腾腾地说。

蔡健也打了不少比赛，还是第一次看到只是被防守下就露出那么凶神恶煞表情的家伙。他愣了一下，黎渊趁机绕了过去。

在黎渊准备灌篮的时候，蔡健重新到了篮球架下，膝盖微蹲蓄势待发。蔡健对打败黎渊势在必得，没想到惊变发生了。

"啊呀，包掉了。"

凌悦汐特别夸张地把包摔在地上，然后把钱朝着蔡健撒了过去。

这5000块是她刚拿的工资，她很心疼，但是她必须这样做。

粉色的人民币飞舞着，就好像天女散花一样，蔡健看傻了眼。而看惯金钱的黎渊怎么会因为这个迷失，他眼疾手快地扣篮。

篮球架因为他的扣篮而颤抖了起来，而他抬起头，微微一笑："我赢了。"

他的笑容，简直可以划破黑夜，凌悦汐朝他扑了过去。

"你赢了！吕程，你太帅了！"

凌悦汐兴奋地抱住了黎渊，黎渊微微犹豫了下，反抱住了凌悦汐。他们的身体紧紧贴在了一起，黎渊突然有些怔然。

他发现，他已经越来越习惯和凌悦汐亲密接触了。他……这是怎么了？

"你这是耍赖！凌悦汐，你这个混蛋！"

宋佳佳被凌悦汐的行为恶心到了，简直气红了脸。凌悦汐无辜地说："我只是不小心把包掉了，哪里就耍赖了？"

"你和蔡健之间有十米远，你的包会掉在那里吗？你是铅球运动员吗？还有，包掉了就掉了，钱怎么可能出来？"

"可能是因为我太有钱了吧。"

"你不讲规矩！"

"所以，你该还钱给小黄燕了。你不会说话不算话吧，还是你根本没那个钱？"

"谁说我没有！"

宋佳佳虽然这么说，但心疼到了极点。她狠狠瞪了凌悦汐一眼，说："卡号给我，我回去就转账给你。"

"别回去转账啊，你赖账怎么办。小黄燕，打开付款的二维码，让她扫。"

小黄燕急忙拿出手机。在众目睽睽下，宋佳佳也不好意思反悔，只能心不甘情不愿地给她转了5万块。

宋佳佳嘲讽地说："你快把钱收好吧，这可抵得上你一年的工资了。"

"是啊，几乎是我一年的工资了。我每个月只花1000块生活费，舍不得买新衣服，舍不得买化妆品，却给他买喜欢的东西……呵呵，我要谢谢你接手这个垃圾，我以后终于轻松了。"

小黄燕看蔡健的眼神，再也没有了昔日的迷恋，她想起爱过这个男人，就恶心到想吐。

她嫌弃的眼神，让宋佳佳也觉得蔡健没意思了。她想到蔡健刚才输了，更是难受至极。

"没用的东西！"

宋佳佳气得去踢蔡健，蔡健只好忍耐，心里也很苦涩，暗想这个大小姐根本没有小黄燕温柔。

"还有小黄燕的信用卡，也要还给她。"凌悦汐伸手。

"快还！真是烦死了！"宋佳佳生气地说，目光闪过一丝异色。

呵呵，凌悦汐你很拽啊！你很快就笑不出来了！

宋佳佳和蔡健离开后，小黄燕感激地说："悦汐，谢谢你，不然这笔钱我可能要不到了。"

"啊呀，你那么客气做什么。不如我们去吃个大餐庆祝下？"

"好啊。"

小黄燕刚露出笑容，就眼睁睁看着一根棍子朝着凌悦汐打来，大声叫道："悦汐，小心！"

凌悦汐看着小黄燕惊慌的神色，迅速往旁边一闪，也不小心推了一下黎渊。于是，那个棍子就结结实实地打在了黎渊的身上。

该死的，怎么又遇到了这种事！

"吕程……"

因为疼痛,黎渊的表情变得狰狞了起来,而凌悦汐眼泪汪汪看着黎渊,认为是黎渊保护了自己,非常感动。

"吕程你怎么那么傻!你没事吧?"

黎渊懒得理会凌悦汐,因为其他两个人也朝着他们走来了。

凌悦汐和小黄燕想跑,但对面也有三个人走来,拦住了他们的去路。她太紧张了,都没看到黎渊捡起了地上的隐形眼镜。

"你就是凌悦汐吧?有人要你一条腿,今天我们哥们儿,就对不住你了。"

为首的男人说着,一棍子再次朝着凌悦汐打了过来,凌悦汐闭上了眼睛。

她没想到,意想的疼痛根本没到,当她睁开眼睛的时候,看到黎渊正一手抓住那根棍子。

"就凭你们?"黎渊鄙夷地说。

"吕程……"

在下一秒,黎渊已经一拳将那个男人打倒在地。

4

黎渊面色阴沉,让凌悦汐好像到了游戏世界。

凌悦汐听到黎渊冰冷地说:"就你们几个吗?一起来吧。"

黎渊的笑容极其嚣张,那些人虽然心里慌张,还是一起冲了上去。他们没想到,黎渊的拳头简直好像是铁做的一样,一拳下去让他们的骨头都要散了架!

他也好像背后长了眼睛,无论怎么想背后暗算他都不行!

这简直不像是一个人,像是一小队的人!

他们没有想错。自从上次打架失败后,黎渊发誓要改变这个耻辱。耳机里传来工作人员的声音,而现在有十几个人在教他怎么打架,他又怎么可能输?

"黎总,对,左边……"

"黎总,右边出拳,对对对!"

黎渊踩着那个男人的手:"说,是谁派你来的?"

"我说,我什么都说!是宋小姐!她给了我们十万块,让我们……我们错了,我们再也不敢了!"

凌悦汐看这些人都躺在地上哀号,再看黎渊冷漠的面容,突然觉得有什么东西开始破碎了。

她呆呆地看着黎渊朝自己走来,朝她伸出手:"悦汐,你没事吧?"

"我……没事。"

明知道黎渊是机器人,但凌悦汐的脸还是红了起来。她走到他们面前,冷冷地说:"你们刚才说的话,我都录下来了。你们等着坐牢吧。"

"不要啊!"

"求你了,肯定没下次了!"

"呵,求我?如果你们得手了,还会是这个态度吗?"

"你们想脱身也可以。宋佳佳叫你们怎么做,你们就同样对付她。"黎渊的表情是那么淡然,甚至还带着一丝笑意,那帮人齐齐打了个寒战。黎渊的面色一沉:"怎么,不敢吗?那你们等着进监狱吧。"

黎渊说着,又朝他们走了过去,他们被打怕了,只好不断点头。

黎渊冰冷地说："我记住你们了，现在给我滚！"

他们跑开以后，凌悦汐还是觉得不可置信。虽然宋佳佳确实一向任性，但是她什么时候变得恶毒成这样？

她和黎渊一起送小黄燕回家后，她一到家就打开冰箱煮起了方便面。当芳香扑鼻的味道袭来时，黎渊强忍着饥饿，就好像他根本不想吃似的。

"哇，好美味，我开动啦！"

凌悦汐吃了一口方便面，满足地眯起了眼睛，只觉得热乎乎的面条治愈了她内心的郁闷。黎渊见她吃得香甜，越发不爽："悦汐，宋佳佳的事情，你准备怎么办？"

"你不是说了，要以其人之道还治其人之身吗？"凌悦汐闷闷地说。

"你听起来，好像并不赞成？为什么？"

"我没什么不赞成的。"

她说着，星星眼看着黎渊："吕程，你真是太厉害了！"

"哼，那当然。"

黎渊轻哼一声，暗示凌悦汐继续夸下去。没想到，凌悦汐下句话说："你简直比黎渊好一百倍……啊不，一万倍。"

黎渊只觉得，他额头上的青筋在欢快地跳着。他低沉地问："好一万倍？"

"是啊。那黎渊啊，就是个智障。以前公司举行运动会的时候，他都是第一名，因为其他人不敢赢他。在跑步冲刺的时候，他们一个个假装摔倒，还有人故意后退几步，就因为不敢赢他。打高尔夫的时候更搞笑，他的高尔夫球杆明明没有碰到球，那个狗腿子秘书把球丢了出去，大家还一起鼓掌……哈，他还以为自己天下第一呢。"

凌悦汐说着，大笑了起来，顺手摸了摸"包子"肥硕的脸，然后被"包子"白了一眼。黎渊只觉得怒气充满心头："胡说！他就是靠自己的能力得到第一名的！"

"你又不是黎渊，你怎么知道？咦，你为什么那么激动，好像在说你坏话一样？"

凌悦汐完美堵住了黎渊的嘴。黎渊觉得他就要被气炸了。

这时，凌悦汐站起身。她拿出打印好的夏子鸣的照片放在桌子上，并且供上了几个苹果，对他鞠躬。

黎渊被凌悦汐的行动弄得毛骨悚然，忘记了生气："你在做什么？"

"给夏子鸣举行葬礼。子鸣，我现在和吕程在一起了，你安心去吧。"

黎渊：……

不知道为什么，他总觉得自己好像被抹杀了一样，这样的感觉难受到了极点。他一把抓住凌悦汐的手腕："你不喜欢他了？"

"嗯，不喜欢了。我只喜欢你一个。"

凌悦汐自觉在哄他，却让黎渊火冒三丈。他觉得脑袋上绿油油的，冷哼一声："你倒是变得很快啊。"

"嗯，之前迷恋过他，可我变了。现在我只喜欢你一个，你高兴吗，吕程？"

凌悦汐说着，主动贴到了黎渊的胸口。

这样的事情，她在现实生活里根本不可能做，她真的该感谢游戏给了她这个机会！她爱恋爱机器人！

黎渊愤愤地想，女人真是骗子！他是夏子鸣的时候，凌悦汐明明对他很好，可是一转眼就变了心……

黎渊浑身的怒火简直不知道该怎么发泄。这时，"包子"发现猫粮没有了，凄厉地叫了起来。

黎渊恨屋及乌："叫什么叫，闭嘴！"

黎渊的表情凶神恶煞，但"包子"一点都不怕，直接蹦上来给了黎渊一巴掌。黎渊没想到除了被凌悦汐欺负外，还要被一只猫欺负，简直出离愤怒了。

5

黎渊觉得，这样的日子他真是受够了！

被凌悦汐这样的神经病每天折磨也就算了，连一只猫都敢欺负他——呵呵，他可是黎渊，高高在上的黎渊！

他们怎么敢！

"包子"在他脸上留下了白印子，虽然没有破皮，也让他心情极其恶劣。黎渊怒气冲冲看着"包子"，这时凌悦汐出手了。

凌悦汐狠狠打了"包子"一拳，"包子"一声哀号，根本不敢动弹。凌悦汐心疼地抚摸黎渊的脸："吕程，你的脸怎么就受伤了哦，我可怜的小吕程。来，我给你擦擦。"

凌悦汐说着，拿出碘酒给黎渊消毒，碘酒触碰肌肤的时候，黎渊轻轻颤抖了一下。

他只觉得，怒气突然消失不见。毕竟凌悦汐知错了，那么，也不是不能原谅她……

凌悦汐的手越发轻柔，声音也低了下来："你说你和包子生什么气。它是猫，你是人……不对，你也不是人。总之，你别幼稚啦。好奇怪，之前包子也不喜欢子鸣，现在也不喜欢你……

要不是有这条伤疤，头发颜色也不一样，你们长得还真像。"

凌悦汐的目光是那么迷离，这让黎渊很不舒服："我说过，不要在我面前，提其他男人的名字！"

"吕程……"

他根本不是吕程。

黎渊想阻止凌悦汐这么叫，所以采取了行动。他堵住了凌悦汐的嘴唇。只是，他没有用手，而是用他的嘴唇。

当两唇相触的时候，凌悦汐浑身一颤。黎渊发现，凌悦汐嘴唇的滋味是那么甜美，简直就好像在夏天吃了西瓜冰饮一样，让人欲罢不能。

他按住凌悦汐的脑袋，下意识想吻得深一点，更深一点。

黎渊吻得不成章法，也弄疼了凌悦汐。凌悦汐想自己真的疯了，居然会心跳不已——这家伙明明都不是人啊！

她用仅存的意识，去推开黎渊："放手……"

她的声音有些沙哑，在她看来是拒绝，而在黎渊看来是更深的诱惑。他的呼吸急促了起来，只觉得浑身的欲望让他就要炸开了，而他偏偏不知道该怎么发泄。

凌悦汐步步后退，而他就步步紧逼。凌悦汐倒退到墙壁的时候，冰冷的触感让她清醒了。她气愤地说："我命令你放手！"

吕程是没有办法违背凌悦汐的命令的，但是黎渊可以。他根本不管凌悦汐在说什么，继续低头，想要的多一点，更多一点。

黎渊是那么有占有欲，这样的感觉让凌悦汐惊慌，又让她害怕。她一巴掌打在黎渊脸上："放手！"

巴掌声和疼痛感终于让黎渊清醒了过来。他意识到自己做了什么事，不可置信地瞪大了眼睛。

而更棘手的事情还在眼前，凌悦汐愤怒地问："刚才叫你住手你为什么不听话？你，你到底是不是机器人？"

"我我我，我我我，我当然是。"

黎渊说着，开始在原地打转，甚至一头撞到了墙壁上。黎渊暗想真是疼死了，但是他丝毫不能表现出来，继续做着幼稚的事情。

他好像突然瞎了一样，在房间里胡乱转着，最后到阳台上开始充电。凌悦汐不放心地跟了过去，见黎渊安静地闭着眼睛的样子，一口气憋着不知道该怎么发泄。

"吕程你别装死，你起来啊！大晚上的你充什么电！什么破机器人啊！"

凌悦汐想起刚才那个吻，简直气不打一处来，想用力推黎渊又害怕把他弄坏，只好愤愤然收手。

"再有下次，我就……我就把你拆掉！"

凌悦汐愤愤地说完，用力关上房门回到房间，心里一直想着那个吻，还是不舒服了起来。她在床上辗转反侧，过了很久才睡着。在梦里，吕程在亲吻她。这个吻是那么缠绵，让她如在云端。而慢慢地，吕程的脸变成了夏子鸣的，最后居然变成了黎渊的。

在梦里，他们在星空下忘情亲吻，凌悦汐也享受这样的拥吻。黎渊轻轻抚摸她的发丝，声音是那么轻柔："悦汐……你要迟到了。"

"什么？"

"你要迟到了……"

凌悦汐猛地从梦中醒来。

她醒来的时候发现，手机闹铃已经响了很久，也怪不得会做那么奇怪的梦。她懊恼地想，居然会梦到黎渊，简直被恶心坏了。

她匆忙出了房间，想和往常一样吃早餐，但桌子上空荡荡的。

咦，这是发生了什么事，她的田螺先生呢？

她看着坐在桌前的黎渊："早餐呢？"

"什么早餐？"

"你每天早上都会给我准备早餐，怎么今天没有？"

凌悦汐的疑问，让黎渊勾起了唇角："我又不是夏子鸣，我怎么会做这样的事情。要吃早餐的话，我带你去买。"

凌悦汐白了他一眼："你有什么钱啊，还不是我的钱！你到底为什么不给我做早餐？"

"因为我是吕程。"

"我不要个性模式，我要正常模式啊，正常模式！我要吃早餐！"

"抱歉，启动失效。"

"你……"

时间来不及了，凌悦汐只好匆匆出门。走之前，她塞给黎渊一个备用手机，这样方便联系。

她在地铁上郁闷地想，她召唤出吕程，真是脑子进水了，完全没有夏子鸣这个居家小能手好。

唉，吕程就和游戏里一样，叛逆霸道得让人无语。不，比游戏里还讨厌。啊啊啊，还是二次元好啊，为什么要来三次元的世界！为什么就不能换回去了！真是太烦了！

凌悦汐只觉得头痛万分。而她却不知道，黎渊为她安排了一出大戏。

"悦汐，黎总让你去他办公室一趟。"同事对凌悦汐说。
"什么？他找我有什么事吗？"凌悦汐有了不好的预感。
"我也不知道，你快去吧。"

凌悦汐磨磨蹭蹭到了黎渊的办公室门口，敲门进去。当她进去的时候，黎渊正在批阅文件，专注的样子让凌悦汐有些愣神。

他似乎遇到了什么难题，眉头紧紧皱起，食指也有节奏地在桌上敲击。凌悦汐放肆地看着他，不知道为什么想起昨天晚上那个梦，面颊也红了起来。

该死的，怎么会想到这个！

凌悦汐恨不得给自己两巴掌。她见黎渊没有抬头的意思，只好提醒："黎总，我来了。你找我有什么事吗？"

黎渊倒是没想到，凌悦汐胆子大到敢打扰他的工作，终于把视线移到凌悦汐身上。他看着凌悦汐不修边幅的样子，就觉得辣眼睛："你只有这一件衣服吗？"

"啊？"

凌悦汐心想，黎渊有病吧，居然关心这个，而且不穿格子衬衫的话，根本不合群好吗！黎渊站起身："我打算去买点衣服，你和我一起去。"

"啊？"

"现在跟我走。"

黎渊说着，就往外走去，凌悦汐有点儿蒙。她是程序员，她不是行政部的，黎渊到底为什么要找她陪着买衣服啊！

难道说，他在暗恋她？呸呸呸，好恶心！

凌悦汐跟在黎渊身后，坐上了黎渊的车子。凌悦汐还是第一次坐这么高级的车子，只觉得有些手足无措。

黎渊感受出凌悦汐的不自在，愉快地笑了一声。

"凌悦汐，没坐过这样的车吧？"黎渊问。

凌悦汐没想到黎渊会这么无礼，还是点了点头。

黎渊轻笑："去年公司的利润有20亿，我买了这辆车作为礼物奖励自己。你们一定要好好努力，今年公司利润有30个亿的话……"

"你就给我们加工资吗，黎总？"凌悦汐激动地问。

"那我又能换车了。"黎渊向往地说。

凌悦汐：……

凌悦汐觉得，黎渊到现在还活着没有被打死，简直是人间奇迹！她瞪了黎渊一眼后不再说话，黎渊奇怪地问："你不该恭喜我吗？"

"恭喜，呵呵。"凌悦汐铁青着脸说。

黎渊带着凌悦汐到了商场，去了熟悉的专柜开始试穿衣服。为了晚上的宴会，他试穿了一身黑色礼服，觉得镜子里的自己看起来简直帅气到了极点。

他是突然打算带凌悦汐去宴会的。

他受不了他在凌悦汐心里是那个形象，必须让凌悦汐见识到他的高高在上。呵，这样的商场她都不敢进来吧，一会儿的宴会她也从没参加过吧。

只有他，才能把她从灰姑娘变成公主！

"黎总，你为什么要带我去？"

"晚上的酒会来的都是行业大咖，你不想去就算了。"

黎渊故意这样说，等着凌悦汐求饶。果然，凌悦汐眼前一亮:"谢谢黎总!"

凌悦汐的眼中好像有着星星一样,黎渊的唇角不自觉勾起:"快去换衣服。"

凌悦汐不知道该穿什么合适,但是销售人员知道。她给凌悦汐选了一身红色鱼尾裙,并给她盘好头发化好妆。

当凌悦汐走出更衣室的时候,在一边无聊翻看杂志的黎渊,只觉得呼吸都停滞了。

摘掉厚重的眼镜后,凌悦汐露出了原本的容貌来。她的皮肤简直比最好的羊脂玉还要白皙,透着温润的光泽。她的眼睛又大又圆,眼角微微上挑,看起来好像是在笑的样子,可爱至极。

眼下,她正轻轻咬着红唇,看起来很不自在。

"这什么裙子啊,走路也太难了吧。"

凌悦汐拎着裙子尝试走路,还尝试小跑了一段,觉得这裙子又贵又难看,傻瓜才买。她准备去换掉,黎渊站起身:"很漂亮。"

"什么?"

"这身配你已经足够,你还妄想穿别的吗?就这身。"

"好吧。那我叫我男朋友晚点儿过来接我。"凌悦汐幸福地说。

叫吕程过来,这怎么可能!他又不会分身术!

他立马严肃地说:"凌悦汐,我带你来是谈公事的,不是让你谈恋爱的。"

"黎总,我是让我男朋友在结束后来接我,不会影响工作的。"

凌悦汐的话很有道理,黎渊一时之间不知道该怎么反驳,这时凌悦汐已经开始打电话。她打了专门给吕程的手机，然后听到了手机铃响的声音。

她顺着声音的方向，看到了黎渊，诧异地问："黎总，你的手机……"

为什么我打吕程的电话，你的手机会响？

凌悦汐觉得这件事很奇怪，愣愣地看着黎渊。黎渊迅速拿出手机改成静音，假装接通的样子："喂，嗯，我知道了。这笔单子低于5000万，我是不能签的……"

黎渊一边说一边往外走，终于长长舒了一口气。他知道，如果不接通凌悦汐的电话，他回去肯定会非常麻烦，所以他去洗手间接了。

"吕程，你怎么那么晚才接听呀？"凌悦汐抱怨说。

"刚才在充电。你什么时候回来？我现在就要看到你。"黎渊模仿吕程的口吻说。

"我在外面忙呢。你来海天酒店，接我回来好不好呀？你坐地铁来好了，地址的话你应该可以自己搜索。我先挂啦，拜拜。"

凌悦汐根本不给黎渊拒绝的机会，就挂断了电话。黎渊想回复过去的时候，没想到凌悦汐居然关了机。

该死的家伙！

第五章 每天都不一样

1

黎渊怎么可能出现在晚宴上,难道有精神分裂吗?这个凌悦汐怎么就那么不懂事!

在去宴会厅的路上,黎渊想好了计划。他一会儿就借故离开宴会,换好了吕程的衣服,然后去接凌悦汐下班。这样,时间上对得上,凌悦汐也不会怀疑。嗯,就这么办。他觉得自己真是聪明到极点。

宴会快结束时,黎渊按照计划,对凌悦汐说:"凌悦汐,我还有点事我先走了。"

"黎总,我看到陆老师了!就是AI技术的大牛!你能不能帮我介绍下呀?"

黎渊想抽身离开,却被凌悦汐推到陆子良面前。陆子良是第一批研究AI的大牛,也和公司有合作,看到黎渊后和他寒暄了起来。

黎渊知道自己突然离开的话很失礼,只能耐着性子陪他,其实已经心急如焚。凌悦汐问了陆子良几个专业问题,在陆子良那得到了答复,真是觉得这一趟没白来。

黎渊想要出门的时候,凌悦汐也跟了出去。

"黎总,我……"

"我已经带你过来了,你不会还要我送你回家吧?"黎渊不客气地说。

"我,我没有啦。我就是想说,今天谢谢你带我来这里,也谢谢你给我机会。"

凌悦汐笑眼弯弯，黎渊微微一怔，觉得她笑起来的样子……居然有点可爱。他觉得面颊有些发烫，生硬地说："刚才不是在和你开玩笑。从明天开始，你就进项目组，正式开始程序员的工作。"

凌悦汐简直不敢相信，好运就这样来袭！她目瞪口呆的样子，让黎渊觉得满意至极。

是啊，这才是女人看他的正确眼神！他唇角勾起："试用期为三个月，如果你做得不好，继续扫厕所。"

"是！黎总请放心，我一定会努力！"

凌悦汐紧紧握拳。她突然觉得，黎渊也没有那么讨厌，简直闪闪发光！

凌悦汐的目光实在太明亮，黎渊补充说："你表现不好的话，我也不会客气的。"

"好好好，不客气不客气。"

"真的不会客气。"

"我知道，真的不会客气。"

凌悦汐好像哄小孩一样的口气，让黎渊心里不爽了起来。又有人来和黎渊交谈，黎渊趁着凌悦汐的注意力不在自己身上，急忙上车离开。

他换好吕程的衣服，急匆匆跑到了凌悦汐的身边。

他装作刚来的样子："悦汐，我们走吧。"

"吕程，看到你真好！你知道吗，我可以进项目组了，正式开始做程序员，我不用再打杂了！"

凌悦汐迫不及待和黎渊分享这个好消息。她拉住他的袖子，目光闪闪，黎渊突然妒忌了起来——她刚才可没那么激动地对他。

为什么她的眼睛里，总是看不到他，而是看着别人的男人？

"恭喜。不过，做什么都不比做我的女人好。"

"哈哈，你这土味情话真是够了……"凌悦汐笑了起来。

"悦汐，我们走吧。"

为了防止出意外，黎渊拉着凌悦汐的手想要离开。没想到，有人走出来说："凌小姐，你看到黎总了吗？"

"黎总刚才还在这里，后来不知道去哪里了。怎么，找他有事儿吗？"

"嗯。今天他说要拍一对古董花瓶，可是现在不见人，这样的话很容易漏拍的。"

"是吗？"

凌悦汐不知道这件事的严重性，黎渊却立马想到了今晚的任务。那对古董花瓶有很高的升值价值，对于财迷的他而言势在必得。

"吕程，我们走吧。"凌悦汐去挽黎渊的胳膊。

黎渊下定了决心——为了花瓶，只能再次做回自己。他必须找个借口离开，拍了花瓶后再继续装机器人。

"啊，我的扣子。"

黎渊心一横，扯掉衬衫上的扣子，往会场中央丢了过去，然后趁机去捡。就算凌悦汐叫他，他也装作没听到的样子。

他迅速到洗手间换上了黎渊的衣服，找到了工作人员："拍卖开始了吗？"

"开始了，黎总刚才你真是让我好找！我们快去吧！"

工作人员急忙把黎渊带到了拍卖会现场，这里已经云集了各大名流。拍卖师详细介绍了花瓶后起拍，起拍价是二十万元。

黎渊举牌："三十万。"

当黎渊在拍卖的时候，凌悦汐着急了。她没想到，吕程去找扣子就一去不复还，紧张之余也重新到了会场。

她在认真找吕程的时候，听到黎渊最后举牌："一百万。"

"一百万一次，一百万两次，一百万三次！恭喜黎总，一百万成交！"

黎渊花一百万买了什么？凌悦汐好奇地想，然后朝着黎渊走了过去。她恭喜说："黎总，恭喜你拍到了喜欢的东西。"

她怎么来了？！

黎渊心中暗惊，脸上却不动声色。他淡淡地点了点头就往外走，偏偏凌悦汐问："黎总，你刚才看到吕程了吗？就是我男朋友。他刚才进来以后，就不见了，我怕他……"

"我不认识什么吕程！"

凌悦汐被黎渊抢白后，不敢再说话。她继续给吕程打电话，黎渊急忙去洗手间换了衣服出来。

他拍拍凌悦汐的肩膀："悦汐，你去哪里了？我刚才在门口等你很久。"

"啊，你在门口等我？可我当时没看到你……算了，可能我们正好错过了吧。亲爱的，我和同事说好去聚餐，我们一起去吧。"

"同事？"黎渊心里有了不好的预感。

"嗯，就是我办公室里那帮人呀。他们就在附近吃夜宵，我们正好过去，快走吧。"

凌悦汐说着，拉着黎渊的手就走，就这样和同事们见了面。

黎渊担心被他们认出来。幸好，化妆师的技术足够高超，而且他们对黎渊根本不关心。这帮家伙正在兴致勃勃地吵架。

"A语言是世界上最好的语言！"

"明明B语言才是！"

看到一帮穿格子衬衫的就要打起来，黎渊轻轻叹息，有了一种智商上的优越感。他轻声对凌悦汐说："你的同事平时也是这样的吗？"

"不是，但每次碰到这个都是一场吵。"凌悦汐也很头疼。

"要阻止他们吗？"

见黎渊一副要打架的样子，凌悦汐吓了一跳，慌忙说："不要了，这样多幼稚啊。"

黎渊轻轻点头，暗想整个部门好像只有凌悦汐还有的救。

在下一秒，凌悦汐握拳后："呵呵，我才不像他们那么没脑子呢。等他们分出胜负后，我再告诉他们C语言才是最完美的，这帮傻瓜！"

黎渊：……

2

聚会结束后，凌悦汐把醉醺醺的同事送上车，再一次感慨和宅男出来吃饭，简直是人间灾难。

凌悦汐和黎渊进了小区没有直接回家。凌悦汐说："家里好闷，我带你去一个地方。"

"去哪里？"

"去了你就知道了。走啦走啦。"

凌悦汐拉着黎渊的手，和他一起到了顶楼的天台上。夏季的风吹在身上是那么舒服，天台上的彩灯也是那么绚丽。

黎渊看到凌悦汐变魔术一样，从天台上拿出了一个西瓜："吕程，你来切一下。"

"西瓜刀在楼下，我现在去拿。"

"啊呀，要什么西瓜刀啊。算了，看我的。喝！"

凌悦汐说着，单手劈向了西瓜，然后把西瓜劈成了两半。

黎渊目瞪口呆，暗想这是平时瓶盖都拧不开的女孩子吗？

黎渊只觉得脖子一凉，听到凌悦汐美滋滋地说："哇，好好吃！夏天吃西瓜最幸福啦！"

凌悦汐有滋有味地吃西瓜，黎渊默默看着，可耻地咽了一下口水。

凌悦汐没有听到这个奇怪的声音，看着月亮轻声说："吕程，我好喜欢这里。我还记得，小时候爸爸会每天买一个西瓜回家，妈妈就切给我们吃。我们在这里一起看星星，爸爸还会教我认天上的星座。你看那个，是北极星，那个是……算了我也不知道。那个星星是什么？"

黎渊顺着凌悦汐手指的方向看去，眼前闪过资料："在朗朗夜空中，有一些亮星排列成十字形，好像一只伸着长脖子的天鹅，展开双翼向南飞翔，这就是美丽的天鹅座。希腊神话中传说，神王宙斯为公主勒达的美貌所吸引，变形为一只天鹅，向勒达走去，任凭勒达抚摸和搂抱。勒达不知不觉抱着天鹅进入梦乡。勒达回到王宫后身体感到不适，不久发现竟怀孕了。10个月后，勒达生下一对孪生子，就是后来成为双子星座的希腊英雄卡斯托尔和波吕丢克斯。神王宙斯为了纪念他这次罗曼史，就把他化身的天鹅留在天上，成为天鹅座。"

"哇，吕程你好厉害！"

凌悦汐敬佩的目光，让黎渊的心怦怦跳了起来。他不动声色地说:"那当然。做我的女人,真是你的荣幸。"

"你能不能不要说这些羞耻的台词了?"

"抱歉,程序就是这样设定的。"

"你真是……"

就在凌悦汐无语至极的时候,楼下突然传来了音乐声。这音乐若有似无,让深夜的天台显得格外浪漫。

凌悦汐朝黎渊伸出手:"今天那个傻瓜老板带我去派对,我都没有看到有人跳舞呢。你陪我跳舞吧,吕程。"

"好。"

黎渊搂住了凌悦汐的腰。他感受着凌悦汐腰肢的纤细,再一次发现,她还真的挺好看的。

凌悦汐其实并不会跳舞,只是跟着黎渊的节奏,把头轻轻靠在了黎渊的肩膀上。

"吕程,我好想爸爸。"

"嗯。"

"我一定要做最厉害的程序员。"

"嗯。"

"我不会哭,因为哭泣的女人最没用了。我一定要看看爸爸给我留了什么。"

"悦汐……"

"嗯?"

"做我的女人怎么样?"

"啊?"

黎渊握住了凌悦汐纤细的手腕,等待着她的答案。

在这瞬间,他都不知道这句话是按照吕程的性格问的,还是他自己想问的。

他看着凌悦汐红色的鱼尾裙,心想她真的很适合红色,她看起来简直是……娇艳无比。她瞪大眼睛看着他的样子,让他勾起了唇角:"你的答案是什么?"

"我……"

就在这时,天空突然放起了烟花。烟花绽放在天台上,简直就好像近在咫尺,触手可及。凌悦汐下意识伸出手,去触碰天空中的烟花,她的面容也在烟花的照射下忽明忽暗。

"吕程,是烟花!好漂亮!"凌悦汐兴奋地说。

"嗯,烟花。"黎渊说。

烟花是很漂亮。不过……没有你漂亮啊。

"关闭摄像头。"

黎渊轻声说着,一把抱住了凌悦汐,然后吻了上去。他发现,凌悦汐的嘴唇果然和他想象中的一样甜美,让他根本不想放手。

他想得到这个女人。

他……喜欢她。

当发现这个答案的时候,黎渊觉得自己疯了。这个世界上有那么多女人,那么多比凌悦汐好得多的选择,而他偏偏只想亲吻她。

"凌悦汐,答应我,做我的女人吧。"这句话,是他作为黎渊说的。

凌悦汐只觉得脑中一片空白。

虽然早就知道吕程的性格有多么有攻击性和占有欲,但她真的没想到,这句话说出来的时候,会有那么大的杀伤力。

凌悦汐眼前浮现出吕程逗她开心、拼死保护她的样子,心中满是奇异的情绪。

这样的感觉，已经很久很久没有过了。如果他是别人的话，她也许会尝试开始下一次恋情。可是，他是AI……她喜欢他的话，不是类似于喜欢上一个扫地机器人吗？跨物种什么的，还是太时尚了一点吧！

不，凌悦汐你在想什么呢。这只是一场游戏罢了，你为什么那么认真？

"我……对不起。"

凌悦汐到底没办法欺骗自己，匆匆推开黎渊下了楼，把头埋在了被子里。她觉得，自己真是丢人死了。明明吕程只是按照程序，而她居然动了心……

"凌悦汐，你可真是个傻瓜！"凌悦汐轻声说。

黎渊站在天台上，只觉得备受羞辱。

他还是第一次向女人表白，谁知道好像……被拒绝了？她是真的在拒绝他吗？

"现在给我查，女人拒绝表白意味着什么。"

那些工作人员虽然不知道发生了什么事，见黎渊脸色难看，也没有人敢问。他们急忙去查，然后文字也展现在黎渊的面前。

"一个女生如果拒绝了你，可能是因为害羞。女孩子都是害羞的，需要你努力去敲开她的心房。"

"首先，你要确定她是不是有男朋友。如果是单身的话，就算被拒绝了，你还是很有机会的哦。"

"别想了，女孩子拒绝你就是她真的不喜欢你。就算她后来被你感动了，那也是感动，不是爱情。我们约定，大家都不要做舔狗好吗？"

"搜索功能出现了问题。"黎渊冷冷地说，"像上条那样明显错误的信息，以后不要出现在我面前了。"

"是，黎总。"

工作人员只好筛选了信息，黎渊看到满屏幕的"那个女孩也是喜欢你，但是害羞"之类的分析，黎渊满意地说："原来是这样。呵，女人还真是无聊。"

他有自信，凌悦汐已经深深地爱上了他。不然，她不会脸红，也不会对他那样微笑。

"女人啊，就是麻烦。"

黎渊无奈摇头，推开了房门，没想到凌悦汐正在看着他。黎渊刚露出微笑，就发现她的脸上露出了伤感的表情："吕程，我们之间好像有点失控了……对不起。再见了。"

怎么回事？

黎渊还没有反应过来的时候，凌悦汐把手放在他的心脏上说："调整模式。"

调整模式……她是要抹杀他吗？！

黎渊不可置信地看着凌悦汐，而凌悦汐已经一脸坚毅。她轻声说："对不起。"

3

黎渊知道，他应该顺从地装作第三个人，或者直接告诉凌悦汐老子不陪你玩了。可是，他不受控制地站着，只是安静地看着凌悦汐。

他到现在都没有明白，为什么凌悦汐要这样对自己。明明她刚才脸红了，明明她对那个吻也有感觉……该死！

"黎总，你该转换模式了。我们建议你转换成比较简单的安思源模式，他的性格很简单，只要软萌可爱就可以……"

"闭嘴！"

黎渊怒气冲冲地说，凌悦汐简直不敢相信自己听到了什么。

所以说，她根本没有调节模式，而且 AI 机器人还开始反抗了吗？什么鬼！

"你，你说什么？"

"我让你闭嘴。"

"黎总，你现在是机器人，你应该服从主人的命令……"

"你们也给我闭嘴！"

眼看黎渊一副和空气说话的样子，凌悦汐只觉得心中一颤。天啊，就算是试用品也不要有那么多问题啊，她简直怀疑下一秒黎渊会把她撕碎！

"你，你怎么敢……"

就在黎渊要破功的时候，有个工作人员大声说："黎总，想想芯片！你就要成功了！"

对了，芯片。

凌悦汐和芯片的价值，简直没有办法衡量。

对，他一定要得到芯片！

黎渊想着，深吸一口气，终于闭上了眼睛。

凌悦汐见黎渊久久没有再睁开眼，疑惑地问："这一次的冷却时间好像比较长，该不会又没电了吧？喂，吕程？吕程？"

凌悦汐叫了几次，黎渊都没有理会她，凌悦汐只好去房间睡觉。在她离开后，黎渊瞬间睁开了眼睛："凌悦汐，我会让你知道，冒犯我的代价。"

凌悦汐在做梦。梦里，她再一次到了游戏里，在房间里看到了夏子鸣和吕程。

夏子鸣还是和以前一样温柔体贴，而吕程却凑上来亲吻她。她觉得羞耻至极，想去推开吕程，而吕程一把抓住她的手臂："别躲了。你也喜欢这样，不是吗？不然，你为什么要逃避我？"

吕程说着，就吻了上来，而凌悦汐也逐渐忘记了反抗。后来，吕程的脸和夏子鸣的脸相互交替，最后变成了黎渊的面容。

"黎渊……"

凌悦汐醒了过来，对自己居然梦到了黎渊觉得羞耻无比。她看时间，发现是早上6点，她居然那么早就醒了。

对了，不知道今天迎接她的还会是吕程吗？因为那个吻的关系就抛弃了他，好像是有点不太好。

凌悦汐想着，推开了房门，然后愣住了。

桌子上除了摆着各色早餐外，还摆放着一个漂亮的花篮，花朵和早餐的搭配让人心旷神怡。

除此之外，桌布变成了粉红色，看起来简直像小公主的房间。

"这是我家吗？怎么回事儿？……吕程？"

"姐姐，我不是吕程，我是安思源哦。"

当看到穿着粉红色T恤、怀抱小兔子、一脸天真懵懂的男孩出现在自己面前时，凌悦汐只觉得天雷滚滚。

凌悦汐记起来，安思源在游戏里是花店老板的角色，性格非常软萌可爱，还特别爱哭。

这样的人物在她眼里不觉可爱，反而有些惊悚。

是的，一个身高一米八八的男人，穿着粉红色衣裙，而且一脸懵懂地看着你……这样的感觉真是……

凌悦汐按了按额角，觉得头有点疼。不知道为什么，她突然怀念起吕程来。

看着她的表情，黎渊怎么可能不知道她在想什么。

黎渊的心里也不好受——他一个大男人，居然被化妆师打扮成这个样子！

黎渊在心里冷笑一声，再接再厉地说："姐姐，你尝尝我给你做的饭，都很好吃哦。"

"哦，谢谢。"

凌悦汐安慰自己说，不管怎么样，居家版的机器人要比黑道大哥类型的好多了。她按捺住心中淡淡的伤感，尝了一口粥，然后喷了出来。

"这是什么？"

这一碗看起来平平无奇的白粥其实暗藏杀机，巨咸无比，让凌悦汐险些吐出来。

凌悦汐放弃这碗粥，又去拿面包，甜到发苦的味道，也让她拼命找水喝。

她喝水的时候更妙了，感觉到一股辣辣的味道，她的眼泪一下子就流了下来。

"安思源，你搞什么啊？"

该！这只是报复的第一步！一会儿你还有惊喜！

黎渊想着，脸上却露出了惊慌又内疚的表情："姐姐，我，我都是按照食谱做的……做出来的不好吃吗？对不起对不起！"

看到黎渊那么自责的样子，凌悦汐只好说："其实，也没有那么难吃……"

凌悦汐撒谎撒不下去了，她觉得这菜不光是难吃的问题了，简直可以和毒药媲美。

她不可置信地去游戏里查询安思源的相关资料，发现安思源的设定中确实有一个"不善厨艺",觉得脑袋很疼。

凌悦汐叹口气,随便找了一包饼干吃了起来,简直味同嚼蜡。她吩咐黎渊说:"安思源,帮我给包子喂一下吃的。"

"没问题,姐姐。"

黎渊找报复"包子"的机会,已经找了很久了。他明知道"包子"肯定很饿了,还是慢条斯理地一粒粒把猫粮放在了盘子里。

他的速度是那么慢,"包子"简直忍无可忍,飞起来就给他一脚。

而黎渊等的就是这个机会。

在"包子"起跳的瞬间,黎渊迅速闪身。"包子"来不及收回脚,只能眼睁睁地看着自己撞到了墙壁上,它的脸变成了最正宗的包子脸。

它发出一声哀号,凌悦汐心疼坏了:"'包子',你怎么那么不小心啊!"

"以后小心点哦。"

黎渊说着,摸摸"包子"的脑袋,相信自己在"包子"眼里肯定就是一个"绿茶婊"。呵呵,报复只是开始!

凌悦汐让黎渊把桌上的东西收拾了,自己去卧室穿衣服准备出门的时候,又听到了几声脆响。

"天哪!不会吧。"

凌悦汐冲到了厨房,果然看到碗碎了一地,而黎渊正一脸无辜看着她。

黎渊红着脸说:"我,我的手刚才滑了一下……对不起啊,姐姐。"

黎渊说着,又去拿碗,然后手再次滑了。凌悦汐眼睁睁看着她最喜欢的餐具，就这样变得支离破碎起来，觉得脑袋简直就要炸了。

"对不起，我会努力的！"

眼见黎渊第N次要去祸害，凌悦汐一把抢过了他手中的碗。她干笑一声："不要了，以后这样的事情你都别做了。"

"可我想照顾你……"

"这是命令。"

"好的，姐姐。"

黎渊看起来，一副深受打击的样子，噘嘴的时候看起来还挺可爱。

凌悦汐只觉得头痛欲裂："我去上班了，你乖乖在家。"

"好的，姐姐。"

"我走啦……咦，这门是怎么回事儿？"

凌悦汐尝试开门，可是门纹丝不动。当她试了好几次都不能开门的时候，一下子紧张了起来。

"怎么回事啊，突然开不了了？"

"是啊，好奇怪啊。"黎渊也装的一脸无辜。

"物业……对，打电话给物业。奇怪，手机怎么没电了！"

凌悦汐看着黑漆漆的手机，只觉得汗毛都竖了起来。她急忙去找充电器，谁想到怎么也找不到！

凌悦汐又气又急。她一直努力尝试，可一个小时过去，她还是不能出门，又没办法和人联系，终于绝望了。

黎渊冷冷地看着她。

呵呵，她当然会绝望，不然他昨天晚上不是白忙活了吗？这是报复的第二步！

"啊啊啊，我怎么那么倒霉！不行，今天是进项目组的第一天，我一定要出去！"

凌悦汐只是郁闷了一分钟，就重新打起精神来。她往邻居家看，尝试着从阳台上翻过去，心里到底有些发怵。

当她的目光投到自己身上的时候，黎渊心知不妙。

他回避了凌悦汐的目光，抱着兔子装出天真可爱的样子，可凌悦汐还是恬不知耻地说："安思源，你的运动能力应该不错吧。不如，你爬到邻居家，然后叫人来开门？"

"我会摔散的，姐姐。"黎渊楚楚可怜地说。

可惜，他的可怜并不能打动凌悦汐。

凌悦汐循循善诱："不会啊，这个对你们机器人来说很简单吧。你们的体能可比人类好多了，你一定可以的！"

黎渊设计了这一切，就是想看凌悦汐吃瘪的样子，没想到会引火烧身。

他发誓，他分明在耳机里听到了一声轻笑——刚才帮助他搞破坏的那帮人，在嘲笑他！

他们怎么敢！

"你们是在笑话我吗？"

黎渊的声音是那么低沉，显示他已经在发怒的边缘。

没有人敢再去招惹他，工作人员轻轻咳嗽一声说："黎总，我不建议你做这样的事情。这里是20层，如果失足的话会有生命危险。"

"我知道。"

"我建议你可以对凌小姐说，你的运动功能目前还在检测阶段，还没有开启。而且，为了拟人化，你也会有恐高症。"

"抱歉，运动功能还在检测阶段，还没有开启。而且，为了拟人化，我也会有恐高症。"

"这样啊。"

黎渊的答案，让凌悦汐非常失望，她决定自己上。

她想着，爬上了阳台，黎渊根本阻止不及，只能看着她站在栏杆上。

"凌悦汐！"黎渊惊呼。

4

凌悦汐没注意到黎渊对她的称呼不对劲。她看了一眼下方的车水马龙，觉得脑袋都开始发晕。

可是，这是个好机会，她不想放弃！

"凌悦汐，加油，你可以的！"

凌悦汐对自己说，努力朝着隔壁翻了过去，却没想到手突然一滑，整个身体猛地朝外掉了下去。

该死！不会掉下去吧！

凌悦汐的脑中只来得及闪过这个念头，然后一只手牢牢抓住了她。她看到黎渊皱眉的面容，感觉到黎渊用力把她一拉。

得救了！

凌悦汐在惯性作用下跌倒在地，一下子栽到了黎渊的怀里。黎渊只觉得胸口又闷又疼，剧烈咳嗽起来。

"你想死吗？"黎渊没好气地问。

"什么啊，我只是一时失手……咦，你的模式怎么又不对了啊？不管怎么样，谢谢你啊安思源，不然我就摔下去了。"

凌悦汐一脸心有余悸，黎渊也觉得头很疼。他真是被凌悦汐吓到了，急忙躲到一边，通知后台的工作人员，远程打开了智能锁。

凌悦汐再次尝试开门，惊喜地说："门开了！我要去上班，再见！"

不能让她去上班，必须给她惹麻烦！

黎渊想着，装出卡壳的样子："好的姐姐，姐姐，姐姐……"

"不会吧，你又出问题了？那你就在家里待着，再见。"

眼见凌悦汐就这样残忍抛弃自己，黎渊怒火冲天，却只能自我打脸说："姐姐，我刚才出现了卡顿，现在好了。你要去哪里，需要我陪你吗？"

"不需要，你乖乖在家就好。晚上见啦！"

凌悦汐说着就去上班，一想到今天可以正式开始程序员的工作，就兴奋不已。而她却不知道，黎渊对她的特别关注，已经引起了同事们的好奇。

"你听说了吗？黎总和凌悦汐在谈恋爱。"

"不会吧！"

"真的真的，黎总特意让她进项目组呢。"

凌悦汐所在的小组，是整个部门里最弱的小组。

和其他小组比起来，他们小组存在感极低。下午上班的时候，他们小组还是死气沉沉的，王组长拿着保温杯，对大家说："今天，我们要欢迎新同事凌悦汐——其实，我也不是很欢迎她，但按照公司规定要这样说。反正大家也认识，不用自我介绍了。欢迎好了，大家散了吧。"

凌悦汐有点无语，尴尬地坐在了电脑面前，但尴尬的感觉很快便消失不见了。

天啊，终于可以坐在电脑面前，开始自己梦寐以求的工作！她觉得手指都在颤抖！

爸，我终于做到了，你看到了吗！

凌悦汐是那么高兴，而她激动的心情，在一天的工作结束后，消失殆尽。她觉得她连站立的力气都没有了。

天啊，程序员简直不是脑力劳动，而是体力劳动！为什么她做的事情就是修复出现的问题，而且是修了比不修更糟的那种！

爸，你以前每天也是做这些吗？你是怎么坚持下来的？

因为第一天上班不太顺手的关系，凌悦汐加班到了深夜。她揉揉酸痛的肩膀，觉得自己真是云上集团的最佳员工。

"终于下班了啊。"凌悦汐轻声说，这时办公室只有她一个人。

她走过吴江办公室的时候，发现里面还亮着灯，好奇地往里面看了一眼。然后，她愣住了。

透过玻璃，她看到光线打在吴江的手臂上。不同于正常人的肌肤，他的皮肤在灯光下泛着冷色的光芒，简直就好像金属的光泽。

天，怎么会这样！这还是人类吗？！

凌悦汐莫名其妙慌张了起来。她后退了一步，撞到了花盆上，发出了声响。

吴江站起身："谁！"

吴江的脸上满是杀气。凌悦汐的直觉告诉她，被吴江发现的话可能会不太妙，她下意识躲在一边不敢出声。

吴江的脚步声越来越近，就在凌悦汐紧张到不行的时候，突然被人一把抱在了怀里。

谁？！

凌悦汐下意识想尖叫，但是对方捂住了她的嘴唇。他在她耳边轻声说："你躲起来做什么？"

"我……"

5

就在凌悦汐想说话的时候，吴江已经走了出来。他见到黎渊，表情微微一变："黎渊，还没下班吗？"

"嗯，来研发部交代一点事情。"

黎渊说着，还是保持着搂着凌悦汐的姿势。吴江自然秒懂，还是不放心地问："黎渊，这是在公司，被人看到不太好吧。你们……什么时候来的？"

"当然越是在公司，越是刺激。走吧，悦汐。"

"哦，好。"

凌悦汐反应过来后，急忙跟着黎渊走了出去，只觉得逃过一劫。

吴江回到办公室，谨慎地关上门，打开了百叶窗，看着自己的手掌说："刚才……被发现了吗？"

"你在吴江门口做什么？"

电梯门口，黎渊问凌悦汐，而凌悦汐不知道该怎么回答。

她要说，她只是八卦地看了一眼，但是似乎看到了了不得的秘密吗？根本没有人会信的好不好！而且，刚才很可能是她看错了，或许那亮光是手表之类的……

"黎总,你觉得人类可能有金属皮肤吗?算了……我什么都没问。"

凌悦汐也觉得,自己的问题实在太过可笑。她摇摇头就想离开,而黎渊说:"当然可能。事实上,公司一直在研究这个技术。这个技术的名字叫'星芒',可以通过特殊装置加强人的体格,也能通过后台对人体进行操控。虽说是用在真人身上,但可以说与AI机器人的核心技术相辅相成。"

"你说……什么?"

"想知道的话,跟我来。"

黎渊说着就往电梯里走,凌悦汐微微一愣后急忙跟着他走了进去。黎渊按下了负二层。

他们来到一个办公室门口,用指纹开了锁。

门一打开,凌悦汐就被里面的气味熏得咳嗽了起来。她看着面前破旧的仓库,简直不敢相信云上集团这样高大上的场所,还会有这样的地方。

"这是什么地方?哇,有很多电脑啊。这些型号都很老了。"

凌悦汐的手轻轻抚摸一台电脑的时候,黎渊说:"嗯,是十年前的电脑了。那时候,是银狐小组用于科研的地方。"

凌悦汐只觉得呼吸急促了起来。

银狐小组,那是爸爸当年工作的地方!也就是说,这里的某台电脑是爸爸用过的吗?

"我听过这个小组。他们是当年最先进的AI研究团队,但后来解散了。当初没有坚持,真是很可惜啊。"凌悦汐故作掩饰地说。

黎渊也配合,假装不知道凌悦汐的身份:"嗯。当时,险些就要研制出了真人 AI，可惜凌工去世了。说起来，你也姓凌，倒是很巧啊。"

凌悦汐心中一紧，忙笑着说："是啊！我超级崇拜凌工的，说不定我就是他的继承人！"

黎渊说着，下意识伸出手去摸了摸凌悦汐的头。

这样的动作，在他作为恋爱机器人的时候是做惯了的，然而现在做起来却让凌悦汐诧异到瞪大了眼睛。

凌悦汐的表情，让黎渊想起凌悦汐昨天拒绝他的事情来。他硬生生收回了手，轻哼了一声："凌悦汐，你现在有没有男朋友？"

"没有……你问这个做什么啊，黎总。"凌悦汐尴尬地说。

"你之前那个男友呢？昨天还在交往，今天就分手了吗？"

"其实严格地说也不算分手。他死了。"

黎渊只觉得脑袋嗡地一响，就好像被人砸了一拳一样。

死了，连分手都不算，直接算死了吗？！呵呵，这个女人的心肠怎么可以这么恶毒！

"怎么死的？"黎渊问。

"是……是车祸。"

"你看起来，好像也不是很伤心？"

"啊，他其实早就有绝症，我也有了思想准备……不过，还是很伤心，呜呜呜。"

凌悦汐说着，装模作样地擦了擦眼睛。黎渊轻哼一声，低低地说："骗子。"

"黎总你说什么？"

"你看起来，似乎并不怎么喜欢你之前的那位男朋友啊。那么，你喜欢我吗？"

凌悦汐只觉得一道雷从天而降，目瞪口呆地看着黎渊。她心想可能是在地下室待太久了，不然为什么空气变得稀薄了起来？

黎渊凑近她："说，你是不是喜欢我？那些关于我们的绯闻，也是你故意传出来的吧？啧啧，既然你也是单身，我们不如交往看看。"

"黎总，你，你要和我交往？"凌悦汐呆呆地问，"你的脑子被门夹了吗？"

凌悦汐看起来一副傻傻的样子，而黎渊瞬间清醒了过来。

他是怎么了，被什么东西降头了吗？他怎么会对凌悦汐表白？

从哪个方面看，他们都根本不相配！而且听凌悦汐的口气，很可能是在拒……

不，不要说出最后那个字！禁止说出！

"呵呵，凌悦汐，你是不是太自以为是了。我只是看你疯狂暗恋我的样子，打算给你一个机会。我可不是在求你，明白吗？刚才的话，就当没听到。你敢和其他人说的话，我立马开除你，懂吗？"

看着黎渊倨傲的样子，凌悦汐冷笑想，她情愿喜欢扫地机器人也不会喜欢黎渊。她急忙点头："黎总，我知道了。"

"走吧，凌悦汐。"

黎渊带着凌悦汐离开了地下室。

黎渊抢先一步回到了凌悦汐家。凌悦汐回到家，打开房门，一下子愣住了。

她只是出去了十五个小时，为什么她的家里会挂满了气球，摆满了玫瑰，还四处挂着彩带？这样粉嫩的风格，简直让她怀疑自己只有五岁！

"安思源！"凌悦汐咬牙切齿地说。

"姐姐，你回来啦！"

黎渊一副兴高采烈的样子，抱住了凌悦汐，露出了冷笑。凌悦汐觉得头昏脑涨，坐在了沙发上："我的心脏受不了，让我缓缓……你为什么把家里弄成这样？"

"我是在家里的储藏室看到这些的。我以为，你会高兴……"

黎渊一副楚楚可怜的样子，让凌悦汐有火没地方发。

接着，她又看到扎着粉色蝴蝶结、一脸抑郁的"包子"，摸着太阳穴说："天啊，我真是要被你气死了……包子，妈妈来救你！"

"喵！"

"包子"被解开蝴蝶结后终于解放了，立马跑到阳台躲起来，坚决不在这里多待一秒钟。凌悦汐深吸气，对黎渊招手："安思源，你过来。"

"姐姐……"

黎渊一脸委屈地站在凌悦汐面前，觉得凌悦汐的愤怒简直是对他的最好奖赏。

凌悦汐尽量让自己的语气温和："安思源啊，我们约法三章好不好？在我家，你不要碰任何东西，也不要为了哄我开心做任何事。"

"姐姐你嫌弃我了吗？"黎渊撇着嘴问。

"不，当然不是这样。因为你是小可爱，就应该十指不沾阳春水啊。我只要看到你就很开心了，就不要让那些繁杂的事情弄脏你的手了，乖。"

凌悦汐说着，好像哄猫一样哄着黎渊，还摸摸黎渊的头。黎渊点头："好吧。姐姐，有什么需求请和我说哦。要不要我给你放洗澡水？"

"不用了。"

其他两个男朋友的"个性模式"让她头痛，而安思源的"正常模式"就让她发疯。

恋爱机器人什么的，真是很麻烦啊……要不要熬到第三天，快点换个模式算了？

凌悦汐迷迷糊糊睡去，第二天被小黄燕的电话吵醒，简直气不打一处来。

"小黄燕，干什么啊……"凌悦汐迷迷糊糊地说。

"悦汐，你快来店里一下！今天有人请假了，我们都要忙疯了。你来江湖救急一下，拜托了！"

"啊？"

"快来快来，不然我要疯了！"

凌悦汐瞬间清醒，然后看到了宅在沙发上当蘑菇的黎渊。

她想安思源的人物设定是经营花店，那么去咖啡店帮忙也没什么吧。

她想着，对安思源招手，露出了大灰狼式的微笑："安思源，你和我一起出去下。"

"姐姐，去干吗呀？"黎渊一脸向往地问。

"带你出去玩！"凌悦汐开始哄小孩，"走啦走啦。"

凌悦汐说的话，黎渊一个标点符号都不信。黎渊的直觉告诉他，凌悦汐可能没安好心，但他还是跟她出了门。

第六章 姐弟恋什么的最麻烦了

1

黎渊和凌悦汐一起到了咖啡馆,小黄燕看到黎渊的时候明显愣了一下。她把凌悦汐拉到一边:"这是谁啊,怎么和你男朋友有点像?"

"他是我的新男朋友,叫安思源。"
"那你和上个分了吗?天啊,你,你太疯狂了!"小黄燕捂脸。
"谢谢夸奖。"
凌悦汐恬不知耻地说,心想如果是真人的话这样做好像不太好,不过是 AI 的话就没什么关系啦。
不过,现在不是聊天的时候,咖啡馆已经人满为患了。凌悦汐看着客人,对黎渊说:"安思源,换上衣服,去做收银吧。"
呵呵,就知道跟她来这里没好事!
"好的,姐姐。"黎渊怒火冲天地说。
于是,黎渊换上了制服,带着软萌可爱的笑容做起了收银员。他决心给凌悦汐一个教训,一个深刻到让她以后再也不敢指使他干活的教训。
"我来付钱。"
"啊呀,你别客气了,还是我来吧。"
当一对明显还在暧昧阶段的男女抢着付钱的时候,正常人都会拿过男人手里的钱,而黎渊偏偏特立独行。
他一把拿过了女人手里的手机,然后说:"松手。"

那个女人没想到，服务员居然拿了她的手机，一下子愣住了，一时之间没有松手。黎渊不耐烦了，用力拍了下她的手："快松手。"

当看到账面上被扣了那么多钱，又被人这样凶巴巴对待时，女人简直要气疯了："你什么态度啊，我要投诉你！"

"不想付钱的话，就不要占便宜买那么多东西，也不要假惺惺地拿出手机。至于你，想和她睡觉的话直接点，这样遮遮掩掩的，你只能做个提款机。好了，下一个。"

"你说什么啊！"

女人气得要上去打，被小黄燕死死拦住了。小黄燕不断向那个女人道歉，然后把凌悦汐拉到一边："你这个男朋友，怎么有点……"

"有点脑残是吗？年纪小，没办法。"凌悦汐也很头疼。

因为是周末，蛋糕店的生意好到爆。黎渊只觉得他收银到手软，心情也非常烦躁。

当咖啡馆的东西都卖光的时候，凌悦汐终于结束了今天的工作。黎渊脸色很臭，强势拉着凌悦汐的手就走了，凌悦汐想反抗都没办法。

一路人，他们都没有说话。

两个人就这样在路边等公交车。后来凌悦汐终于开口："安思源啊，你就不能转到普通模式吗？你为什么不经允许，就拉着我离开啊？这根本不符合你的人设！"

"个性模式这正是我的特色，不是吗？"黎渊没好气地按照耳机里的提示说。

"是啊，特色……有时候，真的觉得你不像是机器人，就好像是人类一样呢。"

马路上的灯坏了大半，只有一盏亮着。路灯橘黄色的光照在凌悦汐的脸上，她看起来非常温柔。

凌悦汐伸手整理黎渊的衣领，口中说："真是的，衣服扣子都没有扣好……唉，你怎么就那么傻？"

黎渊发现，凌悦汐讨厌起来的样子让他恨不得掐死她，而她微笑的样子，让他好像看到了满地玫瑰盛开的样子。

他喜欢她。

无论他是夏子鸣、吕程，还是安思源，又或者是他自己，都喜欢她。

黎渊想通这个之后，只觉得脑中豁然开朗，而之前那个忽明忽暗的路灯也一下子变得明亮了起来。

他喜欢凌悦汐。所以，他才会一次次失态，也会一次次表白。

他以为他是一时冲动，其实不是的。他就是喜欢凌悦汐，喜欢到想要占有她，让她的眼睛里只有他一个人。

他拉住了凌悦汐的手："我喜欢你。"

黎渊的话让凌悦汐的心变得很软，她笑着说："我知道了，我也喜欢你。啊呀，车子来了，我们走吧。"

凌悦汐很自然地拉着黎渊的手上车，黎渊也发现自己已经越来越适应和凌悦汐的亲密接触。

我的悦汐，真是太可爱了。黎渊想着，微笑了起来，眼神是那么温柔。

他想，他终于找到了人生的意义。他对得到凌悦汐，势在必得。

第二天，凌悦汐还在睡觉，黎渊已从睡梦中醒来。他原想打电话给裴秘书，让他叫米其林厨师做最好吃的大餐送过来，后来转念一想，还是自己亲自下厨。

没有人知道，黎渊有着超棒的手艺，这都是他在英国留学的时候锻炼出来的——当初爷爷不让他带生活助理，和大家拉开差距。如果他不会做饭的话，就只能天天吃糟糕的土豆。

黎渊是个事事追求完美的性子，既然决心要自己做菜就要做到最好，到后来居然便宜了一群英国人。他回国后自然不会做这样的事情，倒是没想到会为了凌悦汐破例。

现在想来，已经为她不知道破例多少次了吧。

黎渊想着，淡淡一笑，把早餐做好后端到桌子上。凌悦汐迷迷糊糊起来吃早餐，一不小心被面包噎住了，黎渊递给她一杯茶："慢点吃。"

黎渊的声音充满宠溺，让凌悦汐觉得很惊悚，有这么一瞬间她甚至以为夏子鸣回来了。她托着腮看着黎渊，说："我好像从来没问你，你在家的时候都做什么呢？"

"我哪有……"黎渊有点不自在。

黎渊想说，自己每天忙都忙死了，哪有一直在家。话到嘴边，他却说："我就等你。"

"除了等我呢？"

"还是等你。"

"你会不会很寂寞？"

寂寞吗……当然会了。

他在别人眼里是天之骄子，但只有他自己知道独自撑起公司的困难，和父母去世后那不能安眠的日日夜夜。

他怎么可能露出任何软弱的神色，因为一旦这样，竞争对手会乘虚而入。

他一次次遭遇背叛，他不信任何人，他只信自己。而现在，他多了一个信任的人，那就是凌悦汐。

"寂寞什么的，会有一点。不过，没关系，有你在。"

虽然明知道黎渊的回答都是程序化的答案，但凌悦汐的脸还是莫名红了起来。她轻咳一声："知道啦，我会多带你出去的，省得你在家里寂寞。我去上班的时候，你要不要去咖啡店帮忙？这样省得你无聊。"

"不，我还是更喜欢在家里等你。"

"啊哟，我的小安思源，你真是……知道啦知道啦，我会早回家的。"

她摸摸黎渊的头就去上班了，而黎渊在她走后飞快给裴秘书打电话："给我准备黄色的T恤和牛仔裤。对了，T恤上要有小黄鸭。"

"好的，黎总。"裴秘书根本不知道发生了什么事。

2

凌悦汐到公司门口时，黎渊也正好走进公司，所有人的目光都聚在黎渊身上。

他们没想到，一向西装革履高高在上的黎总，今天居然穿着黄色的T恤和牛仔裤，而且T恤上还有只小黄鸭！

虽然他这样看起来还是很帅啦，但总觉得好奇怪啊！

"咦，悦汐，怎么黎总今天穿的跟你一样？"

凌悦汐在等电梯的时候已经看到了黎渊，她恨不得找个地方躲起来。她不知道自己怎么那么倒霉，居然会和黎渊撞衫！

她强笑说："呵呵，这样的衣服很多啊。"

"你们的上衣和裤子都一样，也太巧了吧。"

"呵呵，是啊。"

祸不单行的是，黎渊放弃了专属电梯，朝着他们的方向走了过去。大家自动给黎渊让了一条路，黎渊和凌悦汐站在一起，两只小黄鸭看起来也分外触目惊心。

凌悦汐都要尴尬死了，黎渊偏偏冷淡地打招呼："凌悦汐，早上好。"

"早、早上好！"

凌悦汐吓了一跳，慌忙对黎渊鞠躬，然后和黎渊一起进了电梯。电梯里分外安静，黎渊问："平时你们上班的时候，也从不交谈的吗？"

"啊，我们会聊工作。是吧？"

"是的！昨天加班到12点真的好累。"

"真是太喜欢在云上集团这样的公司工作了！"

员工们纷纷飙起戏来，暗想今天真倒霉。

黎渊见凌悦汐没说话，主动暗示："你昨天几点回去的？"

"好像是，11点？"凌悦汐说。

"你工作那么努力，值得全员学习。下个月的工资加5000块。"

说话间，电梯到了。他满意地看着凌悦汐露出了感动的神色，去了自己的办公室。

他却不知道，大办公室里炸了。

"黎总疯了吧！他这样的铁公鸡居然加工资，而且只是因为凌悦汐加班到11点！"

"我加班到12点了，黎总为什么不给我加工资，他选择性失聪吗?"

"凌悦汐,你和黎总到底是什么关系,他怎么对你那么好?"

凌悦汐也快疯了:"我发誓,我们什么关系都没有,我怎么知道他突然发神经病!可能,是他今天心情特别好?又或者觉得我们穿一样的衣服他很高兴?"

凌悦汐怎么也想不明白,而噩耗还在后面。

研发部开会的时候,凌悦汐习惯性给大家都泡了咖啡。他们正说着工作计划,没想到黎渊居然来了!他看着桌上的咖啡问:"这是谁泡的?"

"是,是我。"凌悦汐举手说。

黎渊拿起一杯。这只是普通的速溶咖啡,他平时根本不可能喝,而他现在却觉得这一杯咖啡美味无比。

他尝了一口后,对裴秘书说:"把这些咖啡都拿到我办公室里,你们想喝咖啡的自己去泡,不要让凌悦汐去做这些。凌悦汐,我叫你来是搞研发的,不是做这些浪费时间的工作的,明白吗?"

那你之前还叫我扫厕所!凌悦汐想。

"明白了。"凌悦汐乖巧地说。

凌悦汐的温顺让黎渊很满意。

会议上,他一直看着凌悦汐。会议后,他把那些咖啡都带到了办公室,愤愤地想,那帮人何德何能,居然敢喝凌悦汐亲手泡的咖啡——他都是第一次喝到!

"真是好喝啊。"

裴秘书看着黎渊一脸享受地喝着这便宜的咖啡,露出了不忍直视的表情。他轻咳一声,提醒说:"黎总,您将在半小时后接见威尔森先生。下午,您将出席一个核心会议,发言稿我已经写好了……"

"你说,这个世界上为什么会有,这样温柔贤惠又漂亮的女孩子呢?"

"您说的是……"裴秘书试探地问。

黎渊只觉得面前的文件、屋子里的家具都变成凌悦汐甜蜜的笑靥,心里只有一个冲动——见她。

可是,要找什么理由见她呢?

"说起来,公司已经很久没有团建了吧?"黎渊说。

"其实,公司一直在团建,只是您没有参加……"

"我没有参加的活动,算什么团建。安排下,今天就去温泉酒店度假。"

"好的,是所有高管都去吗?"

"他们去没有意义,研发部的去就可以了。嗯,就是那个小组……叫什么来着,是谁在的那个小组……"

黎渊暗示成这样,裴秘书只好配合地问:"是不是凌悦汐那个小组?"

"对,就是!那就按照你的意思,叫他们晚上一起去温泉酒店团建吧。"

裴秘书在心里吐槽,这件事和他什么关系都没有,但还是去了研发部。

凌悦汐所在的小组在研发部地位最低,所以他们在最差劲的办公环境里,裴秘书一去就闻到了浓浓的泡面味儿,也觉得这里简直没办法下脚。

他说了黎渊的决定后,原以为大家会为此欢呼,没想到他们都默默看着他,眼镜中透着呆滞的光芒。

"真的要去吗？我情愿在家打游戏。"

"我也是。"

"你们去的是温泉，那里的温泉水对皮肤超级好！"裴秘书拼命游说，可是大家还是提不起兴趣。

裴秘书加大筹码："那里的网速超级快，打游戏可棒了。"

"那倒是可以。"

"去就去。"

宅男们听说可以打游戏就答应了，裴秘书松了一口气。他笑着看凌悦汐："悦汐啊，你也去的是吗？"

"啊，去吧。"凌悦汐有点犹豫。

她倒是挺喜欢温泉的，可是有点担心安思源一个人在家。

算了，应该不会出事，就好好享受温泉吧！

凌悦汐想着，对温泉之旅充满了期待，裴秘书也完美交差。

到了下班时间，他们一起在黎渊的车前等着。

他们却没想到，裴秘书指着一辆大巴车说："你们的车在那里哈。"

"凌小姐，请你上车。"裴秘书说。

"我？"凌悦汐看着其他同事的目光，摇头说，"我和他们一起。"

"凌小姐……"裴秘书为难了。

"既然是团建，总要大家在一起啊。"

凌悦汐坚持坐上了面包车，裴秘书也没有办法，只好去和黎渊汇报。他以为黎渊会生气，没想到黎渊的表情只是暗沉了一下，就若有所思地说："那么讲义气，不愧是凌悦汐啊。"

"黎总，你真的不觉得，她是单纯不想和你坐一起吗？"裴秘书小心地说。

黎渊一个眼神杀过去，然后站起身："既然这样，我也去坐大巴车。"

裴秘书真的不知道，凌悦汐到底有什么魅力，可以让挑剔至极的黎渊，屈尊降贵坐上了大巴车。

黎渊还是第一次坐这样的交通工具，觉得椅子非常不舒服，手脚也无处伸展。但是，看在可以坐在凌悦汐身边的份上，似乎这一切又都能忍受了。

他在想，要和凌悦汐怎么开始话题比较好。

他想了想，问："凌悦汐，你对××贸易战的问题怎么看？"

"什么问题？"凌悦汐愣住了。

"就是……算了。没什么。"

"哦。"

黎渊一开口，他们两个人就进入了尬聊模式。凌悦汐专心看着窗外，根本不看黎渊一眼，这让黎渊心里很不爽。

偏偏王组长还不愿意错过这个好机会，凑上来说："黎总，谢谢您带我们出来玩！我们一定会努力工作，不辜负黎总对我们的厚爱！"

黎渊没说话，对凌悦汐说："今天的天气很不错。"

黎渊暗想，这句话总没有问题了吧，没想到话音刚落，车外就开始下雨。凌悦汐用一种看智障的眼神看着黎渊，配合地笑了笑。

在面对女孩子的时候，黎渊在商场上引以为傲的口才，似乎瞬间消失不见。

他低声说："给我查一下，和女孩搭讪的100种方式。"

科学家们真的想给黎渊一巴掌，可还是把资料送到了黎渊眼前。黎渊经过筛选，终于选了最安全的："你的口红是什么色号？"

"啊？我，我没擦口红……"

凌悦汐说着，凑近了黎渊，方便让他看清楚。黎渊只觉得，一股若有似无的香气袭来，他看着凌悦汐红润的嘴唇，脑中一片空白。

"原来，没擦口红啊。"他呆呆地说。

黎渊想起之前也问过凌悦汐这个问题，看着她的嘴唇，脸红心跳地想这个世界上怎么会有人不化妆就那么好看！

他也觉得，自己的反应就好像毛头小伙子一样，但是他根本控制不住纷乱的心情。他专注地看着凌悦汐，看着她玩了一会儿手机，看着她打哈欠，然后睡觉。

凌悦汐在车上觉得困倦了。她的脑袋靠在窗户上，随着大巴车的颠簸一抖一抖的，有时候会疼得她在睡梦中皱眉。黎渊伸出手，小心翼翼地把凌悦汐的头放在自己的肩膀上。

在睡梦中，凌悦汐只觉得脑袋突然不疼了，这个姿势还挺舒服的，于是在黎渊的肩膀上蹭了蹭继续睡。黎渊感受着凌悦汐均匀的呼吸，觉得心好像被羽毛拂过一样，简直酥软成一片。

他微微笑了起来，也闭上了眼睛。

3

大家到达温泉宾馆，已经是一个小时以后的事情了。凌悦汐和小雯都可以有个单间，这让她窃喜不已。

凌悦汐到了房间，躺在榻榻米上，忍不住滚来滚去，觉得度假真是太美妙啦。

裴秘书来敲黎渊的房门,说大家都已经在餐厅,就等黎渊一个人了。

"我现在就去。"黎渊说。

黎渊到了餐厅,不动声色地打量了全场,看到凌悦汐的身影时微微勾起了唇角。他坐在了首位,举杯说:"今天是公司的团建活动,大家尽情吃好喝好就行。"

"谢谢黎总!"

"黎总真是世界上最好的老板!"

大家都感动了起来,而黎渊下句话却说:"对了,前几天游戏出现了大问题,很多玩家来投诉,这事儿是怎么搞的?"

众人:……

凌悦汐抬头,特别无语地看了黎渊一眼。凌悦汐明明什么都没有说,黎渊却觉得自己好像看懂了一切。

他轻咳一声:"这个话题好像不太合适……那么,大家平时都喜欢喝酒吗?"

"喜欢。"有人怯怯回答。

"那是喜欢拉菲1984,还是波尔多的红酒?"

"我们都喜欢喝啤酒。"凌悦汐看不下去了。

"啤酒啊……行,那我们就喝啤酒。"黎渊打了个响指,"拿啤酒过来。"

大家觥筹交错的时候,黎渊一直看着凌悦汐,却发现凌悦汐没怎么看他。

这是为什么呢,这样的事情不可能发生啊?

黎渊想着,越发认真地看着凌悦汐,发现凌悦汐正在闷头吃菜,似乎眼前的螃蟹比他帅气一百倍。

她又为什么会和那个家伙说话!

黎渊看到凌悦汐和一个员工谈笑风生，似乎在讲笑话的样子，只觉得怒气横生。

就在黎渊要发火的前夕，凌悦汐突然站起身，从他身边经过去了洗手间。

黎渊简直不敢相信，凌悦汐会对他视而不见到这个地步。

凌悦汐从洗手间出来回到座位上。黎渊看凌悦汐的目光充满了柔情，站起身说："凌悦汐，你跟我出来一下。"

"啊？"

在众人的目光中，凌悦汐简直如坐针毡。她跟着黎渊出去，在心里疯狂祈祷黎渊不要再发神经病，而黎渊一言不发地把她带到了花园里。

漆黑的花园让凌悦汐紧张了起来，她暗想黎渊应该不至于丧心病狂到兽性大发吧。

就在凌悦汐胡思乱想的时候，黎渊微微一笑。他打了个响指，然后整个花园里的彩灯都亮了。

璀璨的灯光让凌悦汐呆住了，她此时才发现花园里竟然开满了蔷薇花，正在夜色中发出醉人的芬芳。

而在漫天的灯光中，黎渊说："凌悦汐，你赢了。我发现，我真的对你有好感。做我的女朋友吧，你想要的一切，我都能让你得到。"

黎渊的表白，让凌悦汐愣住了。她呆呆看着黎渊，第一反应就是他是不是在耍她。

就在凌悦汐脑中纷乱一片的时候，黎渊以为凌悦汐被巨大的馅饼砸晕了——这样的反应很正常，他也可以理解！他想着，再打了个响指，然后漫天的玫瑰花飘了下来。

凌悦汐抬头看着玫瑰花瓣组成的花瓣雨，忍不住打了个喷嚷——该死的，只是花瓣也就算了，为什么会有香水味啊！

一片花瓣掉到了她的眼睛上，她虽然扫掉了花瓣，但还是忍不住流了眼泪，而黎渊宽容地看着她。

真是的，居然感动到哭泣……一定没有人曾经这样对待过她，她真是可怜。

黎渊想着，放柔了声音："我知道女孩子都很害羞，你的答案我已经知道了。下面，该是……"

当黎渊眼前浮现出巨大的"接吻"两个字以及各种接吻技巧的时候，他的脸色微微一红。

他当然不能在凌悦汐面前露怯，淡定地朝着她走了过去，把她的下巴挑起。当他的嘴唇要覆盖上去的时候，凌悦汐简直要疯了："停、停下！我没有答应你啊！"

"抱歉，我是不是听错了什么？"黎渊的脸上还是挂着彬彬有礼的笑容。

"你没有听错……黎总，谢谢你的厚爱，可我们到现在都没说过几句话，我真的很奇怪你为什么会喜欢我……而且很抱歉，我已经有男朋友了。"

你在说谎！

黎渊想起和凌悦汐单独相处时，凌悦汐散发的满满的单身狗气场，简直想要当场戳穿她。他的目光变得犀利又不友善，凌悦汐也很心虚，急忙解释："真的。我有男朋友了，叫安思源，我们感情很好，也准备结婚。黎总，你是个好人，但我真的不方便。"

"原来是这样啊。"

黎渊的心情非常微妙——呵呵，被发好人卡了，而且情敌就是他自己。

他比谁都清楚那个"安思源"的真面目，偏偏凌悦汐还说："我真的很喜欢我男朋友……他的性格很温柔，也很会撒娇……"

"呵呵，什么温柔，那是懦弱！凌悦汐，你不要犯傻。"

凌悦汐说："黎总，话不是这样说的。喜欢一个人的话，并不会在乎那么多东西，只要真心相爱就好了。"

"呵呵，真心……如果你和他一起住桥洞，风餐露宿不知道下顿饭在哪里，你怎么真心？"

黎渊想起自己那些不愉快的经历，不想和凌悦汐就这个问题纠缠下去。他烦躁地阻止了工作人员继续撒花瓣："我最后问你一次，你的答案还是拒绝吗？"

"嗯。"凌悦汐点头。

黎渊居高临下看着凌悦汐，嘲讽地想，想不到这个凌悦汐居然是个傻子。

呵呵，拒绝这条对她来说最容易甚至可以一步登天的路，却要选择最艰难的那条吗？

既然她是傻子，那么就丝毫不值得留恋。

"既然这样……"

黎渊说着，就想走。没想到，凌悦汐开口："那个，虽然我拒绝了你，可是你刚才说的还算数吗？你刚才说，会满足我需求什么的？"

黎渊简直被凌悦汐的不要脸程度弄震惊了，甚至腹部又开始隐隐作痛了起来。他不可置信地问："你拒绝了我，还想要好处？"

凌悦汐挤出一个笑容："黎总，你不要那么绝情嘛。就算我们不是恋人，也是……对，是朋友啊！朋友，可是比恋人更持久的关系呢。恋人会分手，但是朋友是一辈子的。"

凌悦汐说得一脸真诚，甚至带了一丝悲壮，黎渊冷笑："你觉得我缺朋友吗？"

"那你还不是看上了我。其实，黎总你真的没什么朋友吧。你总是一个人吃饭，一个人回家，听说逢年过节都是在公司加班……"

黎渊只觉得心中最隐蔽的那部分，就这样被凌悦汐揭穿了，恼怒地说："闭嘴！谁说我没有朋友，我的朋友不知道有多少，而且各个都很高端！凌悦汐，你别自恋了，我根本不缺你这一个女人。今天的事情，就当没发生过。"

黎渊说着就想走，凌悦汐咬牙拉住了他的衣袖："黎总，买卖不成仁义在，我们的关系总比一般人要亲近吧。我的手里有一张很重要的芯片，可以说是跨时代的产物。我……我考虑把芯片出售哦。"

看到黎渊的脸色变了，凌悦汐知道自己抓住了黎渊的痛脚！黎渊装作不知道的样子问："是什么芯片？"

"是……"

就在凌悦汐要回答的时候，黎渊突然觉得自己疼了起来，轻哼一声："我还有事。"

"黎总，求你答应我……"

凌悦汐死缠烂打的时候，黎渊的肚子剧烈叫了一声，这声音在寂静的夜晚显得格外响亮。黎渊捂住了肚子，满是仇恨地看着凌悦汐，凌悦汐恍然大悟："黎总你肚子疼？"

"你声音还能更大一点！"

"我陪你去洗手间……啊不是，这里就快到我房间了，不如去我房间上厕所吧。"

只要黎渊还能撑一分钟,他绝对不会屈辱地去凌悦汐的房间,可是他别无选择。他坐在马桶上,还是不太明白一场充满了诗意的表白,为什么会镜头一转到了卫生间里。

他对着镜中的自己说:"黎渊,你真是个傻瓜。"

而他还有一场硬仗要打。

4

黎渊走出卫生间,他看着凌悦汐殷勤地给他倒水,忙前忙后的样子,只觉得嘲讽无比。

"黎总,黎总……"凌悦汐开始撒娇,"你最好了,黎总……"

黎渊只觉得毛骨悚然:"不会撒娇就学一下,你这样很可怕你知道吗?"

"黎总,你说话好难听啊!人家辛辛苦苦带你来人家的房间,还给你喝茶,你真的不考虑下吗?"

"凌悦汐!你这是在威胁我吗?"

"当然不是!黎总那么文雅的人,怎么会做急着去厕所的事情呢,一定是误会啦。"

黎渊看着凌悦汐,真的很想掐死她。他冷静下来,呵呵一笑:"凌悦汐,你说要做朋友什么的,其实也不是不能考虑。"

"真的吗?"

"你把你的男朋友说得那么好,那么就让他来公司上班吧。"黎渊故意说。

凌悦汐脸上的笑容维持不住了:"黎总,他的文化水平也就那样,我们公司怕是……"

"没关系,可以学啊。你让他也来酒店,我正好给他安排个面试。"

黎渊盘算好了——呵呵,他到时候就以安思源的身份到公司来,让凌悦汐把脸都丢光,这样也算是对她的报复。

看着凌悦汐的脸色越难看,他越是觉得痛快:"怎么了,你很为难吗?"

就在这时,门外响起了敲门声:"悦汐,一起去泡温泉啦,你在干吗啊?"

凌悦汐暗叫糟糕——只顾着和黎渊说话,都忘记和小雯约好一起去泡温泉!她忙说:"好了,我这就出来。"

凌悦汐示意黎渊不要说话,黎渊轻哼一声,表示自己才没那个兴趣。没想到,小雯说:"悦汐你开门,我想看看你的套房是什么样子的。"

如果拒绝的话就太不通人情了,但让小雯看到黎渊的话……到底该怎么办啊?凌悦汐求助地看着黎渊,黎渊保持在沙发上的坐姿不动:"你别想让我藏起来。"

"嘿嘿,什么藏起来,就是战略性转移……我卧室的衣柜不错,你要不要感受下?"

"凌悦汐,是什么让你觉得,你住着我付钱的房间,还要听你的话做偷偷摸摸的事?我在你心里就是那么好脾气的吗,嗯?"

黎渊气场全开,居高临下的样子让凌悦汐惊慌了起来。她低声说:"我知道,可是你也稍微为我考虑下……"

"你的事情,我为什么要考虑?"

凌悦汐火了:"你不是喜欢我吗,你就是这样对待你喜欢的女孩子的？"

"可是你拒绝了我。"

"就算我拒绝你，你翻脸也太快了吧，你真是没风度！"

"呵呵，是吗？那我现在就去开门。"

眼见黎渊朝着门口走去，凌悦汐情急之下抱住了他的腰："黎总，不要！"

凌悦汐的身体是那么柔软，黎渊怔住了。

凌悦汐再接再厉："黎总，我真的不想被同事排挤，求求你帮我。如果你帮我这次，我就和你约会一次怎么样？"

"你以为我稀罕这个？"

"黎总，求你了！"

凌悦汐楚楚可怜的样子，到底让黎渊不忍心，轻哼一声去了卧室。去卧室不去衣柜，这已经是黎渊最后的尊严！

凌悦汐长舒一口气，终于打开门。小雯不满地说："怎么过那么久才开门啊，是不是藏了个男人？"

"呵呵，是啊，还很帅，你要不要看？"凌悦汐硬着头皮开玩笑。

"得了吧，就算再帅哪有黎总帅！悦汐，今天黎总和你一起走了，你们到底说什么去了啊？"

凌悦汐装傻："他就是问我一些公司的事情。"

"公事的话，需要和你私下说吗？我知道了，难道他……想让你打小报告？好恶心！"小雯说。

黎渊完全没想到，她们根本没有为了他争风吃醋，而是说他恶心……该死的，怪不得这帮女人到现在都没有男朋友！

黎渊只觉得怒火中烧，而凌悦汐也尴尬至极。她打哈哈说："也不是啦，就是问了对公司的一点意见……啊呀，别说这个了，我们去泡温泉吧。"

"温泉又不会跑，你急什么。啊呀，你好幸福，能住在这样的套房里，比我的大多了。你房间多大呀？"

小雯说着就要去开门看看，凌悦汐急忙阻止："我房间有点乱，别去了。"

"去看看嘛。"

小雯说着，还是要往房间走，凌悦汐只觉得紧张到心脏都要跳出来了！她疯狂祈祷，黎渊已经躲在了衣橱里，当看到空荡荡的房间时，只觉得劫后重生。

她擦擦汗水："呵呵，真没什么好看的，我们走吧。"

"等等，这穿衣镜不错，让人显得很瘦。我房间就没有，我们来自拍吧。"

小雯好像发现了新大陆，直接脱掉浴衣，露出了比基尼，凌悦汐的眼珠子都要掉了。她看着面前白花花的一片，艰难地说："我们还是去温泉再脱……"

"都是女人有什么呀。悦汐，你怎么还不换衣服？"

"我去温泉再换……"

"到时候直接下去吧，你就在这里换啦。"

小雯在床上看到了泳衣，殷勤地让凌悦汐换掉。凌悦汐心想，这样还不被黎渊看光，急忙拒绝："不要啦。"

"害羞什么？"小雯不解，"我们都是女人啊。"

小雯说着，朝凌悦汐冲了过来，去脱她的衣服。凌悦汐知道今天是没办法逃过一劫了，盖住胸口说："我，我在这里换就是了。不过你出去，不然我会自卑。"

"好吧。"

小雯听话地出了房间。凌悦汐看着面前的泳衣发呆，黎渊从衣柜里出来，呵呵一笑："所以，你打算在这里换衣服吗？"

"我……"

"你到底为什么不懂拒绝别人？你这样的性格很容易被欺负的，好吗！"

"我不是没想到那么多嘛。我现在那么尴尬，还不是好心收留你……"

看到黎渊阴沉的表情，凌悦汐生生把"上厕所"几个字收了回去。她咬牙说："我穿着衣服出去的话，她肯定会把我扒光，我就在这里换吧。你，你不要看。"

"你以为我稀罕看你？我的腹部有六块腹肌，六块！你有吗？"

黎渊的恶言恶语，从来没让凌悦汐这样喜欢。她松了一口气，轻声说："那，那你转过去。"

"哼。"

黎渊转过身，面对窗口站着，凌悦汐开始换衣服。不知道为什么，她觉得自己还是挺放心黎渊的，这样的感觉连她自己都不明所以。

黎渊也没想看凌悦汐的身体，突然听到凌悦汐"啊呀"一声。

黎渊下意识朝凌悦汐看了过去。

凌悦汐怒气冲冲地说："不许看！"

"谁稀罕看。你到底怎么了？"

"头发被卡住了。"

凌悦汐说着，试图把那缕头发拽断，疼得她再次想尖叫。当她的目光看向水果刀时，黎渊心知不妙："你不会想把头发割断吧？"

"只是一缕罢了，没事的。"

凌悦汐说着，就要动手，黎渊抓住了她的手腕："不要。我来帮你。"

黎渊的表情是那么认真，凌悦汐不知道该怎么阻止，只能任由他站在了自己身后。黎渊小心翼翼解开了她缠在项链上的头发，手指轻触她肌肤的时候，凌悦汐的脸红成一片。

她不断对自己说，把黎渊当成 AI 机器人，这样的尺度根本没什么，可到底控制不住面颊不断上升的温度。当黎渊终于说"好了"的时候，她简直觉得劫后重生。

"谢谢黎总。"

凌悦汐压低声音说完，急忙披上浴巾出了门，只留黎渊一个人站在凌悦汐的房里。他只觉得，刚才近在咫尺的温暖就这样消失不见，脸上露出了茫然的神色。

他就好像被母亲抛弃的孩子一样，茫然不知所措地站在房间中央，简直能激起所有女人的保护欲。

而在下一秒，他低声说："呵，居然拒绝了我……我会让你知道，拒绝我的代价。凌悦汐，你等着吧。"

他是那么阴沉，哪有刚才可怜兮兮的模样。

5

凌悦汐知道，自己无意中招惹了一头极其凶残的野兽，但她也没办法。直到泡到温泉里，她才舒了一口气。

糟糕，黎渊要见安思源的话真的有点难办。不知道黎渊会不会认出来，安思源其实不是人类。还有，安思源会不会害怕见那么多人……

"悦汐,你怎么看?"

"啊,什么怎么看?"凌悦汐问。

"我问你,如果我们公司真的出了真人版男朋友,你想要什么样的?"小雯说。

我们公司就是出了好不好!凌悦汐在心中默默吐槽,然后说:"我也不知道,你想要什么样的呢?"

"我想要和夏子鸣一样的!全能执事什么的,简直太赞,家里肯定每天干干净净。"

"你想多了。如果他出现问题,会把你家炸了。"

"那吕程吧,大侠风范好有安全感。"

"如果他的格斗技能出现问题,那你就等死吧。"凌悦汐说。

"凌悦汐,你怎么老是泼冷水啊。安思源总不错了吧,温柔软萌,绝对不会说个'不'字。"

"是啊,但是经常会哭着看着你,出问题的时候也很凶残……"

小雯冷静地说:"凌悦汐,你怎么老说问题。我们集团出品的AI机器人,不可能有那么多问题,不然是我们的失职。真人机器人不是真人,如果和真人一样有自主意识,经常情绪化的话,那我们的研发也没有意义了。"

小雯只是随口一说,而凌悦汐只觉得心中一凛——是啊,机器人怎么可能有那么多问题!可如果对方是真人的话,就能解释了!

想起来,那几个AI机器人,都有着极其类似的容貌……如果他们不是AI,而是人呢?就好像小说里那样?

不,不可能,有谁会那么无聊啊。

凌悦汐想着，在心中埋下了怀疑的种子，都没什么心情泡温泉了。她回到房间后，第一时间给安思源打电话，当然是被黎渊接听了。

"姐姐，你找我有什么事吗？"黎渊语气甜甜，却杀气腾腾地问。

"没什么，就是想看看你在干什么。"

"我在家里，和'包子'一起做游戏呢。'包子'好可爱啊，喵~"

凌悦汐突然觉得，自己的怀疑太没有道理——是个人就不会觉得"包子"可爱，安思源一定是AI没错了！而且，她那时候明明见过，爸爸做的和真人相差无几的机器人！

她想了想，说："安思源，我想你了。你到温泉酒店来好不好？"

"好呀好呀。姐姐，你把地址发给我。"

"嗯，明天见。"

凌悦汐说着，把地址发给了安思源，然后在床上闭上了眼睛。在梦里，她看到AI机器人一个个出现在她的面前，纷纷对她争宠。

"主人，选我，我会唱歌。"

"主人，选我啦，我厨艺好。"

"主人，主人……"

正当她四顾不暇时，惊变发生了，所有机器人都出现了问题。他们有的开始砸盘子，有的闹着要出门，还有一个更过分，直接挑起了她的下巴。

"凌悦汐，我对你表白，你为什么拒绝我？呵呵，我要让你付出代价！"

于是，所有的机器人都变成了黎渊的样子。

几个黎渊变成了几百个，然后变成了成千上万个。他们一起朝着凌悦汐走过来，对她招手……

"啊！"

凌悦汐从睡梦中醒来，庆幸这只是一场噩梦。她擦擦额头上的汗水，换好衣服出门，发现大家齐聚在餐厅围观什么，也好奇去看了一眼。

然后，一个人形物体飞奔了过来："姐姐！"

凌悦汐突然想起来，她确实让安思源过来，可她真的没想到他来得那么快！所有人的目光都在她身上，凌悦汐急忙把那只"八爪鱼"抓住，讪讪地说："呵呵，大家都起很早啊……"

"凌悦汐，你又换男朋友了！"有人妒忌地说。

"这个……可能是因为我美吧。思源，你在房间等我，我今天拓展结束就去找你。"

"啊呀，不要那么麻烦了，一起去拓展呗。别客气了，大家一起吃饭吧。"

凌悦汐着急了："他不能吃东西。"

"不能吃？"

"我的意思是，他最近在减肥……是吧，思源？"

凌悦汐紧张地看着安思源，生怕他不知变通当众打脸，幸好安思源点头："是的。"

"你也不胖啊，怎么会那么严格？难道你是模特儿？"

"呵呵，差不多吧。"凌悦汐含糊地说，"啊呀，不要管他了，我们吃吧。"

黎渊眼珠一转，一脸纯情地说："虽然不能吃，但我可以拿了看看吗？"

"可以啊。"小雯觉得黎渊好可爱。

而她很快就不这样认为了。

小雯看到，黎渊拿起了盘子，疯狂去取自助餐的东西。他把三文鱼拿了一盘，甜点等也拿了一大堆，几乎每一样都不放过。他也不吃这些，就一脸向往地看着，看了一会儿后继续去拿。

有人忍不住说："是不是拿太多了，吃完再拿比较好吧。"

"反正是自助餐，不用付费——对吧，姐姐？"

凌悦汐只觉得丢人到了极点。她压低了声音说："你又不吃，不许拿了。"

"可是刚才那个姐姐允许我拿的啊！就是脸大又有斑点那个！"

凌悦汐惊呼："闭嘴！"

"怎么了，难道我没说对吗？大象腿哥哥、黑皮肤哥哥、单眼皮蛤蟆眼哥哥，你们给我评评理。"

黎渊一下子就得罪了一大片，所有人都气得说不出话来，凌悦汐觉得头都开始晕了。她呵呵一笑："对不起，他比较喜欢开玩笑……"

"姐姐，这可是你平时对我说的呀。"

"凌悦汐你怎么回事儿，你就是这样说我们的？！"

"想不到你是这种人！哼！"

大家生气了，纷纷离开了凌悦汐，凌悦汐无奈至极。小雯拍拍凌悦汐的肩膀，压低了声音说："你这男朋友长得是不错，但脑子……"

小雯说着，指指太阳穴，暗示黎渊的脑子有点问题。凌悦汐无奈一叹："他平时不是这样的。"

"说起来他眉眼间好像和黎总有点像……"小雯说。

"矮倭瓜，你和姐姐说什么呢？"

见黎渊又开始荼毒小雯，凌悦汐再也忍不住了，把他拉到了一边。她强压着愤怒说："安思源，你今天怎么回事儿，谁让你给我的同事起外号的？"

"可是，这样比较容易记得住，他们也一定很高兴被人记住吧。"

"没有任何人会高兴！"

"是吗，那我不说了。"

黎渊现在反而乖巧了起来，让凌悦汐有气发不出来，更加郁闷。凌悦汐忍不住问："喂，我的外号会是什么？"

"哇，姐姐你想知道吗？那当然是小眼睛、厚嘴唇、大屁股、凹胸小丸子……"

"闭嘴！"

凌悦汐是那么后悔，居然会问安思源这个问题，觉得他真是变得不可爱了。黎渊见状，冷笑着暗想这只是开始。

呵呵，凌悦汐，真期待看到你郁闷想死的表情啊。

凌悦汐看着黎渊委屈的表情，闭上了眼睛。她对自己说，安思源这个人物经常出问题，你早就知道该怎么处置，对吗？

这么一想，凌悦汐不再生气，而是淡淡地说："好了，别闹了。跟我回房间吧。"

"姐姐？"

"跟我来。"

凌悦汐的平静，让黎渊有了不好的预感，但还是跟着她到了房间。他没想到，他刚进入房间，凌悦汐就说："对不起了，安思源。你是个很不错的人，但是我……更换模式。"

她,她居然……

黎渊没想到,自己反而成了被放弃的那个,震惊地看着凌悦汐。他们的注视仿佛有一个世纪那么长,黎渊终于闭上了眼睛,而凌悦汐轻声说:"真的,对不起。"

她关门离去。

第七章 被总裁表白怎么办

1

凌悦汐离开房间，独自走在花园里，心情糟糕到了极点。

其实，说起来夏子鸣才是她喜欢的类型，吕程给了她保护和感动，她也不知道为什么，居然会对这个经常哭哭啼啼的安思源有了动心的感觉。

可能，是因为他刚才保护了她？呵，真是可笑。明明这家伙，就和黎渊一样讨厌啊。

凌悦汐想起黎渊对自己的表白，再一次心烦意乱了起来，简直不知道要怎么面对他才好。她实在想不通，黎渊到底为什么喜欢她，这一切又是不是玩笑一场。

"黎渊……安思源……男人什么的，真是太烦了！"

凌悦汐说着，心烦意乱地走到了水池边，没想到看到了一个熟悉的身影。她认出那人是吴江，正犹豫要不要跟吴江打招呼，却见一个人走到了吴江身边。

"吴总，我已经按照您的吩咐，收购了WE公司的核心技术。这是合同，您看一下。"

"嗯。"

"吴总，您真的要这样做吗？黎总，怕是不会愿意吧。"

"呵，什么时候轮到你教育我了？"吴江的声音冷了，"这天下是我打下来的，难道我说一句话都不可以了吗？"

"是是是，吴总说的是。还有，上次那批人已经送去了国外，相信那位，不会查出来的。"

"下一次找靠谱点的人，不能再让这小子跑了。"

凌悦汐虽然没听懂他们在说什么，但直觉这件事很重要，竖起了耳朵。可惜，吴江环视四周："听说他们也在这里，我们说话还是要注意。"

"那当然。"

他们说着，就离开了花园，凌悦汐是那么庆幸没被发现。回去的路上，她一直在思考这到底是怎么回事，要不要让黎渊知道……

如果让黎渊知道的话，这没头没尾的，他也不会信。可是不让他知道的话，好像又有点过分。

啊啊啊，到底该怎么选啊？

凌悦汐纠结了一晚上，觉都没有睡好，对AI机器人会随机成什么性格也没什么期待。她甚至根本不愿意去想这件事。

早上醒来的时候，她去阳台上看了黎渊一眼，却没有看到黎渊的踪迹。

她心中一紧，暗想黎渊不会不见了吧。她跑到楼下，正好遇到了小雯，小雯说："凌悦汐，你昨天后来干吗去了，我们找你好久。"

"我有事……你看到我男朋友了吗？"

"我看到他自己坐车回去了。"

"什么？！"

凌悦汐还是第一次遇到这样的情况，简直懵逼了。她慌乱地想，AI机器人不会失踪了吧，到时候她要怎么赔偿啊！她急忙打电话，但是电话被挂断了。

啊啊啊，挂断了！一个AI机器人居然挂断了主人的电话！

凌悦汐的直觉告诉她，这个人格可能更可怕，顿觉得头痛了起来。她现在就想回去看看，但偏偏要跟着大家一起回公司，还被安排了许多工作。

凌悦汐根本没心思上班，简直焦头烂额。与此同时，黎渊也回到了办公室。

黎渊一想到自己再次被凌悦汐抛弃，只觉得满腔怒火不知道该怎么发泄。这时裴秘书走了进来，黎渊一看到裴秘书就说："出去。"

"是，是。"

裴秘书不知道黎渊又发什么神经，不想撞在枪口上，立马往外走。黎渊却改了主意："你手上拿的是什么？"

"是策划部的一些方案。呵呵，其实也没什么好看的，我让他们再改进下。"

裴秘书说着又想溜，黎渊说："策划案给我看。"

裴秘书没办法，只好把策划案递给黎渊，在心里默默为撞在枪口上的策划部同事祈祷。黎渊随手翻了下，冷笑说："机器人大赛……呵，他们以为自己三岁吗？打回去重做。"

"好的。"

裴秘书拿着策划案想走，黎渊又叫住了他，让他回来。裴秘书无语地想这都是什么事儿啊，脸上却带着笑容。他见黎渊的食指有节奏地敲击桌面，然后说："通知下去，这个大赛现在就开始报名。"

"啊？"

黎总你为什么要亲自打脸，你的脸不会痛吗？！

裴秘书震惊地看着黎渊，黎渊突然笑了："让全世界的人都来参加这样的比赛，也只有我们这样的公司才能做到了。第一，对公司是个很好的宣传，让民众和同类公司都看看我们的实力。第二，可以选拔一些民间的程序员，说不定会有惊喜。第三，凌悦汐也会来参加吧。到时候，可以给她一点特殊关照啊。"

裴秘书自觉终于抓住了黎渊的想法，忙点头说："对对对，凌悦汐一定可以拿第一，一举成名！"

"谁说要她一举成名了？"黎渊淡淡地说。

裴秘书：……

所以说，这就是所谓的相爱相杀吗？知道凌悦汐小姐喜欢什么，偏偏不让她得到……

唉，被黎总这样的男人喜欢，还真是你的悲剧啊，凌悦汐。

黎渊很快就敲定了机器人大赛的事情，消息在第一时间传遍了公司。正在上班的凌悦汐也知道了，她立马决定报名参加。

经过一上午的工作，她觉得自己之前怀疑机器人有可能是假扮的，实在是太可笑了。如果真是假扮的，那么类似的容貌，只可能是黎渊假扮。

可是，这根本不可能。先不说黎渊那么忙，根本不可能那么做，就说黎渊和安思源一起出现……

等等，他们好像真的没有一起出现过！就算时隔不长，也没有一起同框过……这到底是怎么回事？

凌悦汐下班后第一时间赶回了家里。她的所有怀疑，在遇到新的"恋爱机器人"时消失不见。

她开门的时候，听到一个声音冷冷地说："谁让你不敲门就进来了？"

凌悦汐：……

凌悦汐简直怀疑自己走错门了，退回去看了一眼门牌号，然后看到一个神似黎渊的男人坐在沙发上。他穿着黑色西服，正气定神闲地喝着咖啡，眼皮都没有抬一下。

这正是被化妆师打扮好的黎渊。

凌悦汐只觉得心跳加快:"黎总?"

"黎总,那是谁?不要在我李远面前,说其他男人的名字,知道吗?"

黎渊似乎已经对精分行为习以为常,甚至觉得自己根本不是"黎渊",而是这个根本不存在的"李远"。

不得不说,李远这个角色是最让他舒服的,他只要本色出演就可以。

比起上个角色来,这个简直信手拈来。那个只会哭的安思源,真是让人恶心。

黎渊的眸色变得深沉了起来,他勾起凌悦汐的下巴:"我和你说话,要记得回答。"

"我知道了。"凌悦汐配合地说。

"我们出去吃饭吧。"

黎渊说着,站起身往外走去,凌悦汐也跟了过去。

黎渊轻车熟路带她去了一家高级餐厅,点了昂贵的牛排和红酒。凌悦汐觉得这么贵的东西就是好吃,黎渊安静地看着她吃,突然说:"你平时就是这么穿的吗?"

"啊,是啊。怎么,有什么不对劲吗?"

凌悦汐觉得自己的格子衬衫和牛仔裤很美啊,黎渊摇头:"影响我的食欲。换一身。"

"这里是餐厅,怎么换?"

"服务生。"

黎渊叫来服务员,对他耳语了几句,服务员下去后很快就带了一个衣架子来,上面摆着许多衣服。

凌悦汐捂脸:"这也行?"

"这算什么？我的女人，必须是最美的。去换那条淡紫色的。"

凌悦汐不得不承认，黎渊的眼光果然毒辣。

她有点不习惯这样打扮，坐下来的时候时不时拉扯裙子。

她突然想，自己那么配合做什么啊，这该死的只是根据剧情飙戏罢了啊！这只是恋爱机器人，她是真正的人类，为什么要被机器人牵着鼻子走？

在凌悦汐打算重新占据优势地位的时候，黎渊突然起身，吻住了她的唇。

凌悦汐瞪大眼睛看着他，脑中一片空白，反应过来后急忙推走了他。

"你，你做什么啊？"

"这样，你的身上只有我的味道了。"

黎渊第一次觉得，需要给设计台词的人发奖金，这样的话真是特别符合他此时此地的心境。

"凌悦汐，你为什么就是不听话？"黎渊淡漠地问，"我对你不好吗，你为什么还要去见别的男人？哼，我真是平时太纵着你了。从现在开始，不许出门，直到我满意为止。"

"喂，你这台词程序有点过了吧，我现在就要更换模式！"

"抱歉，时间不满72小时，无法调换模式。"

"这是什么规矩啊，还有强买强卖的？"

"为了避免玩家过于频繁更换模式，这写在了合约里，难道你没看？"

凌悦汐当然知道这一条，但一想到恋爱机器人要保持三天这样的状态就心烦，只好安慰自己三天很快就过去，忍忍就好。

她拿起包想离开，黎渊一句话让她如坠深渊："悦汐，你忘记买单了。"

"买单？怎么是我买单？"

"小姐您好，牛排套餐、红酒加上裙子一共23000元，承蒙惠顾。"

凌悦汐颤抖着手看着账单，简直心如刀割。这一瞬间，什么黎渊的表白啊、智障机器人啊，都被抛到了脑后，她简直不敢相信自己要花掉23000块——这是她几个月的工资了！

"哪有总裁让女人花钱的！"凌悦汐生气地说。

"我没有钱，只是提出建议，而你都接受了。如果有异议的话，你应该去和公司交涉。"

"我真是……"

凌悦汐只觉得上当受骗，没有了吃饭的心情，默默回家。

2

黎渊住在凌悦汐家中的时候，嫌弃这个东西不是惯用的牌子、那件睡衣质地不好，分分钟让凌悦汐想发飙。

她不断安慰自己，忍过这几天就好了，看到黎渊充电的样子才终于松了一口气。

她起身给"包子"喂食，摸摸它肥胖的下巴，轻声说："我有点想安思源了——不过，李远这样也挺好。"

这样，就能把她的某些感情扼杀到萌芽状态。

真的挺好的。

凌悦汐想着，去书房里开始思考，到底要做什么才可以拿到比赛的第一名。

她以前在爸爸凌伟的指导下，倒是做过一些机器人，可是现在已经那么久没做了。更何况，全世界的大师都参加，她要赢得第一名简直难如登天。

真是的，黎渊怎么突然推出这个活动啊！可是她刚拒绝了他……

凌悦汐几乎可以肯定，黎渊这么做是为了报复自己，但她怎么可能因为这个低头。她在网上搜索了一些机器人的资料，发现它们都超级厉害，悲剧地发现自己怎么做都不可能拿第一。

如果技术层面上不行，那么就考虑实用性呢？

凌悦汐想着，在台灯下开始画设计图，都没有看到房门被悄悄开了一条缝。黎渊从门外看着凌悦汐，心理说不出是什么感觉。

为什么要这么拼？黎渊想。

明明接受他的表白，就可以得到想要的一切，可她还是拒绝了。明明有捷径，她还是选择了最难走的一条路……

这时，凌悦汐打个哈欠，控制不住在桌上睡着了。黎渊走过来，看着凌悦汐在睡梦中紧紧皱眉，蜷缩成一团的样子，把她抱了起来。

他小心翼翼把凌悦汐抱到床上，就好像抱着什么易碎的玻璃制品一样。凌悦汐在睡梦中好像说了什么，黎渊凑上去想听，但是什么都没听到。黎渊刚想离开，偏偏这时凌悦汐的嘴唇擦过了黎渊的耳垂。

黎渊只觉得，浑身好像被通电了一样，就连血液都开始沸腾了。他似乎听到了自己心跳的声音，他温柔地看着凌悦汐，伸手抚顺了凌悦汐的长发。

他不知道，自己为什么会喜欢凌悦汐。她明明只是一个再平凡不过的女孩子，而且嘴毒又花心，还不知好歹……

"凌悦汐，你别仗着我喜欢你，就那么嚣张啊。"

黎渊都觉得自己是个傻子，冷哼一声想离开，却发现凌悦汐枕住了他的衣袖。他想把衣袖抽开的时候，凌悦汐就会皱眉，到后来黎渊就放弃了。

他在凌悦汐身边，把头枕在凌悦汐的床沿上，慢慢闭上了眼睛。他简直不敢相信，他会在这么恶劣的环境，在一个还算陌生的人身边睡着，但他确实睡着了。

这样的安全感，就好像父母在身边一样……真是奇怪的感觉啊。

第二天，凌悦汐起床后当然没有吃到"爱心早餐"，急忙赶去公司。

当她在办公室工作的时候，黎渊居然在她身边坐了下来，可把她吓得不轻。

"黎总，你、你、你干什么啊？"

"这是我的公司，我在哪里需要你批准吗？"

凌悦汐尽力不去想黎渊就在自己身后，继续工作。不知道是不是错觉，她觉得黎渊的气场越发阴沉，简直像要下雨一样。

她用余光偷偷瞄了黎渊一眼，分明看到黎渊身上似有黑色的气体蔓延，简直像恐怖片。

好可怕！

凌悦汐能感觉出，黎渊生气了，他的四周都散发着阴郁的气场。

可是他为什么生气？她哪里惹他了吗？

黎渊在凌悦汐身后不知道坐了多久，他离开的时候，凌悦汐只觉得劫后余生一般。

她之前关于AI机器人的疑惑还是没有打消，黎渊走后，她趁着王组长喝水的时候凑上去问："组长，我们集团的恋爱机器人，什么时候正式投产呀？"

"我怎么知道。"王组长白了她一眼。

"组长，不知道现在恋爱机器人研发到哪一步了？所谓的和真人没什么差别，到底具体是什么样呢？"

"哟，这个问题你可问对人了！我上次去闫总监办公室的时候，正好他们小组在开会，我听到他们说什么，已经可以模仿人类的语气，还能在主人不开心的时候给个拥抱。"

"程序化的好做，这样拟人化的非常难。原来已经那么厉害了啊。"凌悦汐心中一松。

"可拥抱模拟人的时候，没控制住力道，把模拟人的脑袋都夹扁了，哈哈！"

王组长说着哈哈大笑了起来，明显在幸灾乐祸，凌悦汐的心再一次揪起。她想起家里的恋爱机器人，在这方面好像从没出过差错。她接着问："那性格上呢？会不会经常切换模式什么的？还会有那种没办法调节的情况？会不会机器人之间也存在着技术差异？"

"这个……你问我干吗啊，你直接去问闫总监啊！"

"我可不敢。"

凌悦汐说着就郁闷了起来，王组长突然凑近，笑嘻嘻地说："怎么，是不是觉得自己不可能赢啊？那个机器人大赛都是给大佬准备的，你去的话初试都过不了，你就别想了。你啊，还是安安心心工作，争取年底加薪更现实。"

凌悦汐不满地说："都没试呢，怎么知道我不行。"

她一进家门，就觉得气氛不对，然后看到黎渊坐在沙发上，手里抱着"包子"。

说来也奇怪，平时彪悍凶猛的"包子"，今天在黎渊手里居然很乖巧——或者说，是被镇压住了，丝毫不敢动弹。

黎渊的手抚摸它的皮毛，还滑过了它的后颈，"包子"露出了无奈又隐忍的表情，可怜巴巴地看着凌悦汐。

"'包子'，如果你被绑架了，你就眨眨眼。"凌悦汐下意识说。

"呵，你还真是幽默。现在都几点了，你还记得回来？"

黎渊的语气是那么不好，凌悦汐郁闷地想，自己请来的不是AI机器人，简直是祖宗！

不过，这真的是机器人吗？为什么黎渊今天心情不好，他看起来也心情不太好？他们生气的模样，也太像了吧！

凌悦汐说："也没多晚。有饭吗，我好饿哦。"

凌悦汐怀疑地看着黎渊。她觉得这个机器人模式，和老板比起来，无论容貌还是性子都实在太过相似了。

其实，要分辨他是不是机器人也很简单，如果他是机器人的话，应该可以很轻易把脑袋摘下来吧。要不，就让他这么做吧。

"我也饿了。"在凌悦汐陷入思考的时候，黎渊一把抱住凌悦汐。

黎渊的怀抱是那么强有力，凌悦汐的心跳也乱了节拍。她瞪大眼睛看着黎渊，眼睁睁看着黎渊的手指划过了她的面颊，一直划到了她的脖子上。

黎渊的表情是那么冷峻，又是那么满是占有欲。凌悦汐觉得她就像黎渊手中的"包子"一样，被黎渊死死把住了命门，丝毫动弹不得。

在一瞬间，她忘记了所有试探，有的只是惊慌，和另外一些不清不楚的情感。

"李远，你、你、你想干什么啊？"

"我想吻你。"

黎渊说着，把凌悦汐压在了沙发上。凌悦汐只觉得后背一阵生疼，黎渊的占有欲更是让她慌乱至极。她用力去推黎渊："你干什么啊？放开我！我命令你放开！"

"抱歉，命令失效。"

黎渊说着，再次吻上了凌悦汐的嘴唇，把凌悦汐的双手缚在后面。他原来只是想给凌悦汐一个教训，到后来自己也觉得情难自控。

愤怒、郁闷、占有欲等情绪，充斥他的心中，他只想狠狠惩罚凌悦汐，却逐渐无法自拔。

他想要凌悦汐。他想要她温顺听话，想要她不想别人，让她的眼睛里只有自己。

到底怎么样才能做到，他怎么办才好？

凌悦汐：……

"为什么会命令失效？你应该完全服从主人的，不是吗？！"

"李远不是。"

3

黎渊突然那么喜欢李远"霸道总裁"的人设，他的任性妄为也让工作组们捂住了眼睛，不敢看下去。有人小声提醒："黎总,这样是违反机器人法则的,凌小姐也许会怀疑……"

"关掉。"

"你说什么关掉?"凌悦汐愣愣地问。

"我说,这些灯都要关掉。"

黎渊说着,抬起手来。工作人员很配合,帮他控制灯光系统,把所有灯光都熄灭了。一片黑暗中,凌悦汐的不安感越来越浓,被黎渊抱着也根本动弹不得。

"你放开我!"

凌悦汐的眼中满是泪水,让黎渊呆住了。他不知道,自己为什么又伤害了凌悦汐——他真的不想这样。

在黎渊松开手的瞬间,凌悦汐抓起身边的电棒,对准黎渊猛地打了过去。黎渊虽然不甘心,还是只能闭上了眼睛,装作晕倒的样子。

黎渊倒地后,凌悦汐整理下发丝,觉得疲惫至极。她费力把黎渊拖到了一边,轻轻触碰黎渊的面颊,用力捏了下去,并没有感觉出金属的质感。

为什么会这样?是她把骨骼和金属弄混淆了吗?

凌悦汐微微皱眉,制定了一个计划。

第二天,凌悦汐把黎渊从头到脚捆了个结结实实,确保他不能动弹,才外出上班。

她到了公司,确定黎渊在公司后立马请假回家,准备看看李远在不在。如果他不在的话……

凌悦汐急匆匆回到家,推开房门,果然没有看到李远的身影。一看到她,"包子"就冲了过来,凌悦汐轻轻抚摸"包子"的后颈,觉得一切很不对劲。

为什么黎渊和机器人从来不在同一时间出现?这件事里,

黎渊到底扮演什么角色？

"李远，你在哪里？说话啊！"

凌悦汐在家里喊着，可是没有人理她。凌悦汐给李远打电话，李远倒是接听了："女人，找我有什么事吗？"

"你在哪里？"

"我就在书房，你没看到吗？"

"什么？那我叫你，你为什么不答应？"

"我为什么要答应。"黎渊在电话里冷静地说。

凌悦汐疑惑地去开书房的门，但是根本没有打开。她说："你开门啊！"

"可能门锁坏了。女人，阳台上的花都要干了，你还不去浇水？"

"不会吧！"

凌悦汐是那么心疼她的小蔷薇，急忙去了阳台。这时人在公司会议室里的黎渊开启了一级战斗状态。

"凌悦汐突然回来，发现我不在。动用一切力量，赶回家。"黎渊放下手中的文件，沉着冷静地说。

接到黎渊下达的命令，整个工作组都紧张了起来。一架直升机从天而降，裴秘书陪着黎渊从特殊通道上了直升机，直升机就朝着凌悦汐家所在的方向飞去。

"黎总，这附近没有适合的停机坪，请问我们该怎么办？"飞行员紧张地问。

黎渊没有回答，只是淡然一笑。

在下一秒，一条绳索钩在了凌悦汐家的窗台上，黎渊单手拉着绳索从天而降！他的表情是那么冷峻，帅气着地后，想要从窗户进去。

偏偏这时，凌悦汐再次走到书房门口："我找到钥匙了，我来开门。"

眼看凌悦汐就要开门，到时她就会发现秘密！该怎么办才好？！

门锁发出了清脆的声响，眼看就要打开了。而此时，黎渊的身体还只进去了一半。

"门开了啊。"

当听到这个消息的时候，黎渊的脑中一片空白。他对自己说，一定要冷静，绝对不能让凌悦汐发现秘密！至少，不能是现在……

"呀，这是什么？"

就在这时，窗外放起了烟火。凌悦汐没想到有人会在白天放烟花，站到了窗边。当凌悦汐的注意力再回到门锁的时候，窗外又飘过了巨大的红色气球。

再然后，有漫天的玫瑰花、飞起的信鸽……

凌悦汐的注意力被吸引的时候，黎渊顺利进入了书房。几乎在下一秒，凌悦汐就推开了书房门，看到的正是被绑住的黎渊。

"李远，你真在里面啊！"

"不在这里，我在哪里？"

黎渊简直不敢想象，如果晚一秒钟进来会发生什么事情。凌悦汐凑近他，奇怪地问："咦，你的呼吸为什么那么快，怎么额头好像还有汗？"

"你看错了。"

凌悦汐呵呵一笑："我就是问问，你反应那么大做什么啊……真是的，这样的脾气还是像黎渊那家伙。"

"黎渊是谁,是你喜欢的男人吗?"

"不是啦,是我的老板。也是一个奇葩。"凌悦汐意味深长地说。

"奇葩,这是什么形容词?"

"就是说,一言难尽……呵呵,你对他很感兴趣哦,而且你们长得也很像。穿上西装的感觉,简直是一模一样。"

凌悦汐说着,故意靠近了黎渊,想看看他会是什么反应。

黎渊脸上不动声色地说:"你不该给我松绑吗?"

"对哦,抱歉抱歉。"

凌悦汐急忙给黎渊松绑:"不好意思啊,你没事吧?机器人的手臂又不需要血液循环,呵呵呵呵,肯定不会有事。"

凌悦汐说着,看到黎渊手上的青紫,再一次皱眉。

这很不对劲。就算是拟人化,但是青紫怎么可能和人类一模一样?不如测试一下,他到底是不是机器人吧。

她想着,对黎渊说:"李远,把家里的灯都打开。"

"好。"黎渊说着,灯光在工作人员的操作下全开了。

凌悦汐又问:"明天的天气是什么样的?"

"明天 15—26 摄氏度,局部有雨,紫外线等级良。"

"我想要最近股市的分析报表。"

"最近股市一片大好,以新能源股票最为强势……"

黎渊完美回答了凌悦汐的每一个问题,凌悦汐觉得自己确实有些多心了——这样的事情,怎么可能是人类能做到的?而且,黎渊在办公室,就算赶回来起码也要半小时,现在才过去十分钟而已。应该就是她想多了。

她轻声说:"真是的,我居然以为你是黎渊那个家伙……怎么可能哦,你就是我的乖乖机器人啊。"

黎渊心中一凛："哼，不要把我和其他人混为一谈。"

黎渊见凌悦汐不再怀疑下去，心里悄悄松了一口气，知道自己总算过了一关——这关过得也太险了！

他不知道，凌悦汐下一次什么时候会再怀疑，什么时候会更换模式。他也不知道，换了模式后，要以什么面目面对凌悦汐呢？是天真可爱，还是霸气十足？

这样的他，又还是他吗？

呵，是不是又有什么意思，只要能得到凌悦汐，那就好了啊。

在她没有爱上他之前，就这样待在她的身边吧。不管是以什么样的身份……

黎渊看着凌悦汐，突然皱眉说："你的嘴巴是怎么回事？"

"啊，什么啊？"

"你被人打了吗？"

黎渊说着就要触碰凌悦汐的嘴唇，凌悦汐躲开了。她摸着嘴唇说："哪里被打啊，我就是今天涂了个口红……有那么夸张吗？"

黎渊点头："你就好像被人家打过。"

凌悦汐无语地看着黎渊，心想这个模式是怎么回事，简直就是大直男！为了面子，她死撑说："我这是妆花了，所以有点奇怪。你等等，我给你展现下技术。"

凌悦汐说着，拿出了粉底液拍在脸上，觉得脸看起来就好像涂了一层面粉，但是她自我安慰说："只是底妆有点白，没事没事。"

凌悦汐继续化妆。她努力画了很久，眉毛还是一高一低，后来只能不去管它。这一次抹口红倒是顺利，至少没画到嘴巴外面。

"下面是眼影。"

凌悦汐知道眼影是重头戏，深吸一口气才拿过了眼影盘。她给自己涂上了淡绿色眼影，觉得怎么看怎么奇怪，更是把睫毛膏糊在了脸上。她崩溃地说："算了，我不化了。"

"化之前好歹是个人，化了以后就好像鬼。"黎渊没好气地说。

"你怎么对主人说话呢！"凌悦汐炸了，"你来啊！"

"我……"

"作为居家型的恋爱机器人，你肯定会化妆吧。你来给我化。"

4

黎渊没想到，在继必须使用武力、险些被怀疑后，又遇到了这样的危机。

他轻轻咳嗽一声，这时他背后的工作团队立马忙碌了起来。一帮直男疯狂在搜索化妆技巧，展现在黎渊面前。黎渊粗粗一看，觉得也不算难，胸有成竹地说："好。"

黎渊拿起粉底液后，很快发现自己太乐观了。他一用力就挤出了半瓶粉底液，顶着凌悦汐要杀人的眼神说："用足够的量才会效果好。"

"是吗？"凌悦汐狐疑地说。

"闭上眼睛。"

黎渊表现得很自信，凌悦汐也只好闭上眼睛。黎渊看着掌心的粉底液，一咬牙全部涂到了凌悦汐脸上。他给凌悦汐画上了亮闪闪的眼影，还有歪歪斜斜的眼线，最后涂了死亡芭比粉的口红，还不小心把口红涂了出去。

他心虚地用手给凌悦汐擦拭，凌悦汐睁开眼睛："好了吗，给我看看。"

凌悦汐看到镜子里的自己，一下子沉默了。黎渊也心虚到极点，但还是真诚地说："你太美了。"

"我美？"

"对！看你白皙的肌肤，红润的嘴唇，深邃的眼神……你就是我的女神。"

黎渊说着，轻轻亲吻凌悦汐的手背，凌悦汐觉得自己简直要被他洗脑了。她摇摇头，不让自己上当受骗，崩溃地问："这就是你的手法？相信我，不管你平时多被人喜欢，你把你主人化成这样，绝对会被惩罚！"

"不要那么说。"黎渊温柔地一笑，"毕竟每个人的审美都是不一样的。"

"你还真是睁着眼睛说瞎话。"凌悦汐觉得自己就要被气炸了，"要你有什么用啊，要是有自动化妆机就好了。对了，自动化妆机！"

凌悦汐只觉得有一道闪电，把她脑中的迷雾一下子驱散，困扰她许久的问题终于可以解决。

凌悦汐知道，要是比科技含量的话，她很可能初赛就被淘汰了，但是换个角度出发呢？

他们都做高大上的机器人，各个有众多技能，她只专心做一种。她精准定位女妆客户，只为客户解决化妆这个问题，说不定能杀出一条血路。

"李远，谢谢你！"凌悦汐突然抱住了黎渊，"我找到我该做什么了!"

黎渊还没反应过来的时候,凌悦汐已经进了家里的工作室,开始忙碌地制作。黎渊发现,她工作的时候,面容冷静又沉迷,简直像换了一个人一样。

她的表情是那么严肃,甚至带了一丝虔诚。她的动作行云流水,而他真是该死,喜欢透了这样的她!

"凌悦汐……"

他目光深邃地看着她,想象着把她抱在怀里的样子,喉结滚了滚。

求我吧,凌悦汐,求我吧!只要你愿意求我,我什么都答应你!

你什么时候才能属于我?!

"悦汐,我去充电。"

黎渊生怕自己做出不受控制的事情,朝着阳台走过去,而凌悦汐并没有注意。凌悦汐的所有心思都在化妆机器人上,制作告一段落后才觉得腰酸背痛,也发现已经是深夜了。

第二天,凌悦汐起来后,突然很有兴趣打扮。她换上粉色的连衣裙,穿上米色的风衣,还把头发卷了下,看起来温柔又妩媚。黎渊总觉得她有什么事,只觉得心中的醋意就要弥漫开了,却还是不动声色:"你要去哪里?"

"没哪里啊,就是和小黄燕逛街,去买买衣服什么的。"

不是吧,你以前可都不会打扮。

"这样啊。好好玩。"

"嗯嗯,我走啦!"

凌悦汐说着就出了门,而黎渊也瞬间出门,恢复了他的本来面目。

他坐在车里，拿出手机，给凌悦汐打电话。凌悦汐没想到黎渊会找她，愣了一会儿后决定装死，可黎渊持之以恒地打。

凌悦汐没办法，只好接听了。黎渊冷峻地说："我在朝阳商场门口等你，下午三点不见不散。"

"喂，喂！"

凌悦汐想拒绝，但是黎渊已经挂断了电话。

凌悦汐不管黎渊，快乐地去参加了聚会。她这一玩就是一整天，当她准备回家的时候，犹豫了一下，还是朝着和黎渊约定的地方走了过去。

她撑着伞来到商场门口，什么人都没有看到，自己也觉得好笑了起来——都多久了，黎渊怎么可能还在等她，他才不会那么傻。

她觉得自己真是蠢透了，扭头想走的时候，发现花坛那里站着一个人。

就算下着瓢泼大雨，但那人也直直站着，好像根本不知道在下雨一样。雨水疯狂打在他的脸上，他连眼睛都睁不开了，看起来执着又无助。

凌悦汐简直不敢相信自己看到了什么，撑着伞朝他走了过去，喃喃地说："黎渊……"

他真的来了吗，他到底等了多久？

黎渊猛地回过头。他的眼中瞬间闪过一丝欣喜，然后气愤地说："凌悦汐，你怎么搞的，为什么那么久才来？"

"我根本没说我要来，你把我的电话挂断了，我都没空说！你怎么那么傻啊，为什么一直在这里等我？"

"可你也没说不来！我给你打电话你没有接，我就想万一你来呢，我根本不敢离开！我等了你整整六小时，你知道我的时间多值钱吗！我都要冻死了！"

"谁知道你干吗那么傻，你可以去咖啡馆里等啊！"

"万一你看不到怎么办！"

凌悦汐真的没想到，黎渊居然会这样做，心里也满是奇异的情绪。

她放缓了声音："好啦，我错了，我不该不看手机。快走吧，别着凉了。去我家洗个澡吧。"

"不，去我家。"黎渊说。

凌悦汐深知理亏，也只好跟着黎渊一起到了他家。

管家让凌悦汐也泡个澡去去寒气，凌悦汐没办法拒绝，只好也在浴室里泡澡。

她走到客厅的时候，发现了不少好看的画和装饰品，忍不住伸手去摸。就在这时，她的背后多了一个黑影。

凌悦汐回头一看，发现黎渊也到了。黎渊显然刚洗好澡，身上还带着沐浴露的清香，正目光炯炯地看着她。凌悦汐吓了一跳："黎总……"

黎渊在沙发上坐下，问凌悦汐："你有什么话要对我说吗？"

"没什么啊。时间不早了，我先回去了。"

"凌悦汐，不许走。"黎渊站起身。

黎渊带给凌悦汐压迫感，凌悦汐很不喜欢这样的感觉。她后退一步说："现在不是在公司，我干吗要听你的？黎总，你想开除我什么的，都随便。"

"我……"

我怎么可能开除你，我只是想让你留下来！

眼见凌悦汐就要离开，黎渊心一横朝着地上倒去。随着巨大的声响，凌悦汐诧异地看着黎渊："黎渊，你怎么了？医生，有医生吗？"

"不要医生。"黎渊睁开眼睛，"就是很难受……"

"你不会发烧了吧？"

凌悦汐摸摸黎渊的额头，发现还真的有些烫。就在这时，家庭医生急忙赶到，把黎渊扶到了床上。

医生给黎渊测量了体温："黎先生，您有一点点发热，不过问题不大……"

医生刚说完这句话，就看到了黎渊阴沉的表情，真是吓了一跳。他试探地说："不过需要好好休息。"

"咳咳，是吗？我觉得很晕。"黎渊说。

"您这场病很严重，一定要好好休息！"医生严肃地说，"如果休息不好，很容易有后遗症。"

"那麻烦你照顾我了。"

"可我今天有事，大家都有事，怎么办呢黎总？"

黎渊不说话，看着凌悦汐，凌悦汐真是"亚历山大"。她试探地说："要么，我照顾你？不过我也不太会……"

"好的，就这样说定了，黎总再见。"医生说着，和其他工作人员一起离开了黎渊的房间，速度之快简直留下了一道残影。

5

凌悦汐现在想后悔也没办法了，拿过医生留下的药递给黎渊。

"我不要吃。"黎渊摇头,"睡一觉就好了。"

"医生说你生病很严重,你怎么可以不吃药!你该不会是害怕吃药吧?都多大的人了,你还怕这个?"

"哼,我怎么会怕。"

黎渊嘴上说着,却根本不敢看药一眼。凌悦汐真是无奈极了,好声好气地说:"这样的药根本不苦的,可甜了,不信你尝尝。"

"凌悦汐,你当我白痴吗?"

"真的不苦,不信我喝给你看。"

凌悦汐说着,假装喝了一口,然后露出惊喜的神色:"我以为会有点苦,居然甜滋滋的。好奇怪啊,这药是改良后的新配方吗?"

"你以为我会上当吗?"黎渊轻哼。

"不信算了。"

凌悦汐白了黎渊一眼,继续假装喝了几口,美滋滋的样子让黎渊怀疑了起来。黎渊也喝了一口,眼睛和鼻子都皱了起来,险些把药水喷出去!

"凌悦汐,你骗谁啊!这个也太苦了吧!"黎渊愤怒地说。

"是吗,我真没觉得苦啊,甜滋滋的呢。你是不是味觉有问题了?"

凌悦汐说着,又假装喝了一口,一脸真诚看着黎渊。黎渊也怀疑自己是不是出问题了,再一次喝了一口,瞬间变成了苦瓜脸。

"张嘴。"

"你干什么啊?"

黎渊的话还没说完,凌悦汐就塞了一块巧克力到他的嘴里。

黎渊只觉得一股甜味压制了口中的苦味，然后这股甜味弥漫到了身体的每一个细胞中，奇异的感觉让他的身体有些战栗。

"还要。"黎渊说。

"好啦。"

凌悦汐想，黎渊还真的好像小孩子一样，而这一次黎渊轻轻咬住了她的手指。他的舌头划过凌悦汐手指的时候，凌悦汐的身体好像触电一般，她急忙抽出了手指。

"很甜。"

凌悦汐不知道，黎渊说的是巧克力还是自己，脸变得通红。

"你是不是好了，好了我就回去了。"凌悦汐气愤地说。

"头很疼……"

黎渊的反应从来没有那么快过，急忙捂住额头，倒在了床上。凌悦汐愣住了，只好蹲下身："你头疼怎么办啊？我看看医生留下的医嘱——有头疼的情况，要按摩太阳穴放松。好，我帮你按摩吧。"

"那太麻烦你了吧。"黎渊装作为难地说，"好疼，越来越疼了……"

"闭嘴！"

凌悦汐说着，在黎渊的太阳穴上轻轻揉了起来。她的手是那么轻柔，黎渊原来只是想骗她关心他，现在倒是真的越发不舍得放手。

他冷静地想，不管凌悦汐今天去哪里约会了，但是到底过来了，所以她对他不是全然无动于衷。

她看到他淋雨的时候，分明露出了心痛的表情，所以弱者对她来说更为被关注。想起来，确实她对安思源那小子比较好……

是时候制定一套作战战术了。

黎渊想着,学着安思源的样子,轻声又虚弱地说:"谢谢,我好多了。咳咳……"

"你身体没好就别说话了,快睡一会儿吧。"

"你要走了吗?你走的话也没关系,你怎么会留在我家呢?"黎渊凄然地说,"你走吧,我没事的。我啊,早就习惯一个人了。"

黎渊这句话倒不是在飙戏。

作为黎家的继承人,他从小就承担了太多东西,也被迫要成熟稳重。当别的小孩在父母身边撒娇的时候,他已经开始学习各种商业课程。他生病难受的时候,是那么想要父母的安慰,而他注定只有一个人。他还记得,当时抬头看着天花板,拼命咳嗽的孤寂。

他已经习惯了一个人硬扛,而凌悦汐却进入了他的生命。

一切,到底是不一样了。

"悦汐,谢谢你。"黎渊轻声说。

"什么啊,你还真是烧糊涂了。我、我、我去给你倒杯水。"凌悦汐面红耳赤地说。

"不要走。"

黎渊拉住凌悦汐的手,然后闭上了眼睛。黎渊的手滚烫,凌悦汐不放心他,在他身边坐了很久,直到他传来均匀的呼吸声才松了一口气。

她小心翼翼把手抽了出来,觉得身体酸疼到了极点。她轻声说:"真是的,怎么就这样睡着了……害得我还以为……"

还以为什么,她也说不下去。

她到底不放心,去黎渊隔壁房间休息了一晚上,而第二天黎渊一早就醒来了。

昨天发烧其实并不严重，他吃了药今天就好了，只是身体略有些不适罢了。他想起昨天凌悦汐对他的彻夜照顾，打装秘书的电话："现在来我家，有重要会议要开。对了，找一些已婚的高管过来。"

"好的，黎总……嗯，已婚高管？现在吗？"

"半小时内赶到。"

黎渊才不管大家是不是在天南地北，挂断电话，装秘书只好瞬间把大家召集了过来。

他们以为公司有什么重要决策，没想到黎渊坐在家中的会议室里，意味深长地问："我有一个朋友，喜欢上了一个女孩，但是那个女孩拒绝了他。不，虽然拒绝了他，但是他相信她的心里也有他。"

"哈哈，拒绝就是拒绝嘛，什么心里还有啊！"

有个高管忍不住笑出声来吐槽，在看到黎渊表情的时候，顿时聪慧地不再开口。

黎渊冷冷地看着众人："大家有什么好的意见，可以让他们两个有情人终成眷属吗？"

"我觉得吧，首先他们肯定是互相有好感，但是碍于某些原因不能在一起罢了。咳咳，女孩子就是口是心非，一定要认真追，给足她们面子。如果她喜欢音乐，就带她去音乐会；她喜欢游戏，就给她买手机……总之，可以投其所好。"

"嗯，投其所好。还有呢？"

"还有还有，就算是恋爱，其实也是有经营成分在的！比如我以前喜欢温柔的，我老婆就伪装成温柔的，天天给我做饭，就算婚后原形毕露我也来不及了。如果你……你那个朋友，知道对方喜欢什么样的人，可以朝这方面发展啊。"

"嗯。"

黎渊想，凌悦汐说过她那时候喜欢那混蛋穿白衬衫青涩的样子，那么他也这样打扮就好。

黎渊听了许多意见，在心里认真地一一记录，最后严肃地说："明白了。对于这样的女人，最有效的作战方针，就是利用她的愧疚心理和同情心，然后一举拿下。现在，给我去准备各种年轻态的物品，必须达到看起来只有20岁的初恋效果。还愣着干什么，快去做！"

当凌悦汐从睡梦中醒来的时候，高效率的黎渊已经完成了前期的准备工作。凌悦汐揉揉眼睛，打算去厨房倒杯水喝，然后后知后觉发现她穿着睡衣就出了门。

糟糕，现在是在黎渊家，又不是在她家，怎么就这样出门了！

就在这时有人说："你不是……那个丫头吗，你怎么会来这里？"

"啊？"

第八章 黎总你的马甲掉了

1

凌悦汐抬起头，看到了黎董事长，瞬间神情紧绷了起来。她真不知道自己怎么会那么倒霉，急忙解释说："昨天黎渊……不，黎总身体不好，我就送他回来了。"

"哦，原来是这样。你还真是个乐于助人的好姑娘。不然，我还以为你在我孙子家里过夜了呢，哈哈！"

"怎么可能啊，我们就是最普通的……"

"悦汐，你起来了？"就在这时，黎渊出来了。

他换上了雪白的浴衣，露出了结实的胸肌，正闭着眼睛，半倚在门框上。他精心计算过角度，知道这样侧面45度最是英俊帅气，而且若隐若现的胸肌，纯洁的白色……

呵呵，他就不信凌悦汐不上钩！

"哦，真的没有啊。"黎老爷子呵呵一笑。

凌悦汐的脸涨得通红，而黎渊睁开眼睛，在看到爷爷的时候跟跄了一下，险些摔倒了。他急忙扶住门框稳定住身体："爷爷，你怎么回来了？"

"我来看看你，给你个惊喜，看起来好像打扰到你了啊。"

"确实打扰了。"

"一点不打扰！"

黎渊和凌悦汐同时开口，黎老爷子笑呵呵地说："很默契啊。来吧，一起吃早餐吧。"

凌悦汐捂着脸回房间换衣服。她对自己说，黎董事长根本不知道黎渊曾经对自己表白的事情，她也必须把这件事情忘掉。

"嗯，你可以的，凌悦汐，加油加油！"

凌悦汐调节好心情后，离开了房间。

她神态自若地坐在桌子旁，笑着和黎老爷子问好，而当她看到黎渊的时候，口中的水一下子喷了出来。

"黎、黎总？"

平时总是西装革履的黎渊，今天穿着干净的白衬衫和牛仔裤，配上冷峻的表情，看起来实在太违和了。

他也意识到自己表情有点奇怪，揉揉面颊，微笑着说："悦汐，昨天休息得好吗？"

"好……"凌悦汐呆呆地说。

"昨天多亏你了，不然我说不定就晕过去了。唉，身体太娇弱了，咳咳咳咳……"

黎渊说着，剧烈咳嗽起来，黎老爷子看他的表情就好像在看智障。黎渊用心飙戏，没想到凌悦汐没有和他预料的一样安慰他，而是说："黎总，既然你的病那么严重，快去医院吧。"

"好了，别咳嗽了，快吃饭吧。"黎老爷子一眼就看出了黎渊的把戏。

早餐有粥、各式各样的点心，还有香喷喷的豆浆和油条。凌悦汐倒是很少吃到这样新出炉的油条，轻轻咬了一口，幸福感爆棚。

黎董事长笑呵呵地问："你怎么不吃别的点心，就吃油条？"

"小时候爸爸会买这个给我吃，现在倒是很少吃到了呢。哇，这个简直和小时候的味道一样！"

"呵呵，有眼光。这油条可是我特地找人做的，我也最喜欢这个。你这丫头，很有品位啊。"

"董事长过奖啦。"

黎渊真不知道,吃根油条他们有什么好聊的,也想起刚才有人说,在吃饭的时候一定要有绅士风度。

那人举例说,可以在女朋友吃牛排的时候,帮她把牛排切好,这样显得自己温柔体贴。可是,吃中餐的时候怎么办才好?

"油条拿过来。"黎渊伸手。

凌悦汐一脸蒙把油条递给了黎渊,只见黎渊精心把油条切成了整齐的小块儿,然后递还了过来。凌悦汐只觉得满头黑线:"谢谢啊。"

她都不知道该学黎渊的样子,拿刀叉吃油条,还是直接上手去抓好了。她干脆去喝粥,黎渊却抢先拿掉了粥碗。

黎渊这是怎么了,不打算让她吃饭吗?

凌悦汐继续一脸蒙,只见黎渊把白粥吹了吹,送到她嘴边:"凉了,现在可以吃了。"

凌悦汐:……

别说凌悦汐看不下去,就连黎董事长也受不了自家孙子那么丢人!他咳嗽一声:"自己管好自己,快吃吧。"

黎渊轻哼一声,暗想爷爷真是年纪大了,怎么变得那么不解风情。

不过没关系,他只要靠自己,就能搞定凌悦汐。他就是这样迷之自信。

黎渊一直含情脉脉地看着凌悦汐,凌悦汐只觉得在黎渊家如坐针毡,都没吃饭的胃口了。

黎老爷子想离开这个尴尬的场景,就说要钓鱼。凌悦汐下意识说:"那个,我陪您一起去。"

凌悦汐和黎老爷子一起去了湖边。她还以为黎老爷子是个高手，可是他战绩并不好，什么都没钓到。

凌悦汐安静地坐在黎老爷子身边，久久没有开口，倒是让黎老爷子很诧异。

"凌悦汐，为什么不说话？"

"我怕把鱼吵走了，到时候你怪我。"凌悦汐耿直地说。

"哈，真是个诚实的孩子啊。其实这钓鱼，也不在乎说话不说话，反正说不说的都钓不到。"

"啊，为什么会这样？"

"因为，这些鱼被我钓了那么多年早就成精了。我啊，也是无聊来寻个乐子，就当是喂喂它们。不说这个了，你和黎渊是什么关系？你们在恋爱吗？"

"没有！"凌悦汐忙说。

"哦，原来是我孙子在单恋你啊。这个家伙，还真是没用啊。今天还特地穿成那样……他以为自己十六岁吗？"

黎老爷子摇摇头，一副痛心疾首的样子。凌悦汐也不知道该怎么解释，她低着头不说话。

黎老爷子说："你不喜欢黎渊吧？"

"黎董事长……"凌悦汐愣住了。

"你不喜欢他很正常，我看就没什么女人喜欢过他……这小子啊，天生智商高，但是情商简直是负数。以前有个女生对他说，其他人都会趁着她喝醉了动手动脚，只有他不会，所以对他很有好感。你猜他怎么说？"

"怎么说？"凌悦汐好奇地问。

"他说，我是嫌弃你长得丑。"

"噗！"

凌悦汐捂着嘴巴，没忍住笑出声来，黎老爷子也笑了。他无奈地说：“我看得出，他很喜欢你，如果他做了什么傻瓜事情，你别计较。这孩子啊，不容易。”

"黎总他哪里会不容易？"

"他的爸爸妈妈，也就是我的儿子、儿媳妇，是在一次车祸中去世的。他啊，当时就亲眼看到了这一幕，我去医院看到他的时候，他都不会哭了，只是傻傻站着。后来，那些不长眼的开始抢财产，幸好我顶住了。有个人甚至把他绑架了，他平时还管那人叫叔叔……那时候，天天有人来要钱，黎渊也在那时候发誓要把公司撑下去。在其他孩子玩玩闹闹的时候，他就在学习，只是想快点可以独立。现在，他做到了。"

"是啊，他做到了，而且做得很好。"凌悦汐愣愣地说。

"他啊，真的没怎么快乐过，所以遇到自己喜欢的人，也不知道该怎么办吧。好啦，不说这个了，我们还是钓鱼吧。呀，有鱼咬钩了！"

"哇，快拉起来！"

他们到头来还是没有钓到鱼，黎董事长气呼呼地离开了。

凌悦汐再一次看到黎渊的时候，想起他和她极为相似的身世，心里满是柔软。

她理解他。

那些个孤单的夜晚，他是强迫自己成长起来的吧，正如她一样。不能遗忘，也不能天天回想，他也一定很难过吧。

"黎总，我该回去了。"凌悦汐说。

"我送你回去。"黎渊说。

2

凌悦汐以为黎渊会开车送她，当看到黎渊骑着自行车出来，她眼珠子都要瞪出来了。她不可置信地说："黎总，你打算骑自行车送我吗？我家离这里很远，开车都要半小时。"

凌悦汐一脸诧异，而黎渊点头："嗯，我骑车送你回去。其实，开车什么的很没有意思，我平时都爱骑自行车。"

"是吗，我可没见你骑过。"

凌悦汐嘟囔着，而她别无选择。她哪里知道，黎渊也不知道有多久没骑车了，只是为了让她感受"初恋"才特地这样的。

凌悦汐坐到了黎渊自行车的后座，觉得手都不知道该往哪里放，尴尬至极。而黎渊发现，他的这个方案简直聪慧到了极点！这可是开车不会有的福利！

为了让凌悦汐主动和他亲密接触，他故意往家里一些崎岖的地方骑，颠簸的感觉让凌悦汐紧张了起来。

她觉得身体都要飞起来了，却死死抓住后座不放手。黎渊心里有点不爽，温柔地说："路上太颠了，你抓住我的衣服吧。"

"不用，我可以坚持。啊！"

黎渊把车子骑到了坑里，凌悦汐觉得自己就要栽出去了，只好抱住了黎渊的腰。黎渊的后背结实有力，温热的触感透过衣服冲击过来，凌悦汐觉得特别不适应。

黎渊勾起了唇角："这条路很颠，你抓住了。"

不得不说，抱住黎渊的腰，比抓着座椅稳固得多。凌悦汐很怕自己摔个半身不遂，只好用力抱住了黎渊。黎渊只觉得心中满满的幸福感，于是放慢了速度，对凌悦汐说："你看这里。我撒了种子，到明年春天的时候，这里就会是玫瑰园了。"

"这么大一片都是吗？"

"嗯。"

"哇，那一定很壮观。"

凌悦汐想象着那么多玫瑰一起盛开的场景，向往了起来，黎渊说："到时候请你过来一起看。"

"好。"

凌悦汐觉得很奇怪。他们的关系照理说应该很尴尬，但黎渊却好像什么事情都没发生的样子，甚至对她比以前温柔了。

所以说，她之前误会了他，他到底还是个很有风度的男人吗？

凌悦汐想起黎渊昨天痴等她的样子，只觉得心中一软，既无奈又有了一丝说不清道不明的情绪。她轻轻把脸贴在了黎渊的后背上，居然有一种初恋的感觉。

黎渊……他真是个奇怪的家伙啊。为什么会喜欢上她？他到底喜欢她什么？

凌悦汐越想越茫然，就在这时，突然有个孩子摔倒在车前。

黎渊停下车，站到孩子身边。孩子的妈妈跑来了，一脸紧张："黎总对不起，我儿子今天没有人带，我才会带到您家来的。我真的，真的不是故意的……"

黎渊眯起了眼睛。他一向是个公私分明的人，特别厌恶别人侵犯他的领地。可是，他现在身边有凌悦汐……

黎渊想着，低头摸了摸那个孩子的头，放低了声音："摔伤了吗？"

"没，没有。"孩子怯生生地说。

"疼不疼?"

"疼。"

孩子一副要哭但忍着不哭的样子,黎渊对他妈妈说:"找个医生给他看看。"

"黎总,那我……"

"以后不要这样了。没有人带孩子的话,可以找孙管家,让他帮你安排下幼儿园。"

"谢谢黎总,谢谢谢谢!"

这个妈妈一直在感激道谢,黎渊觉得自己的笑容简直太光亮了。他保持着摸孩子头的姿势,在心里说,凌悦汐你快点赞美我啊,快点爱上我啊!

他的祈祷终于起了作用。凌悦汐走上前,给那个孩子整理了下衣服,然后看着黎渊。在黎渊期待的眼神中,凌悦汐疑惑地问:"我好像在哪里见过这个妈妈……我想起来了,是在吕程的别墅里。可是,她怎么会在你家呢?"

黎渊只觉得心中一凛,暗暗悔恨自己输在了这个细节上,脸上却不动声色:"你在说什么吕程?"

"就是游戏里的人物……你真的不知道吗?"

呵呵,这可是云上集团的主打游戏,黎渊为什么好像第一次听说的样子?

想起来了,上次李远是过了十分钟才开门的。如果开车的话,确实不可能赶到,但她刚才分明在黎渊家看到了直升机!

如果是飞机的话,这一切就说得通了。

"悦汐,你怎么了,为什么这样看着我?"

"没什么……好啦,我们回去吧。"

凌悦汐到底没有说出来,坐着自行车回了家。她在家门口对黎渊道谢，打算回家看看机器人还在不在。

黎渊见凌悦汐心不在焉，心知不妙，拦住了凌悦汐的去路："悦汐，你有什么事情那么着急吗？"

"没什么，就是想回家看看猫。黎总，谢谢你今天送我回家。上次的事情，我就当没发生……"

"不，不要当没发生。"

"什么？"

"我说过我喜欢你，不是一句玩笑话。凌悦汐，我喜欢你，希望你做我的女朋友。我从来不是那种爱在心里有口难开的人，喜欢你我就要让你知道。就算你拒绝我也没有关系，这并不影响我对你的喜欢。"

"你，你说什么啊！黎总，你到底为什么喜欢我啊？"凌悦汐只觉得脑子乱成了一团。

凌悦汐想到了什么，瞪大眼睛说："对了，我想起来了，你之前一直问我芯片的事情！你是不是早就知道了我爸是凌伟，你们一直找的芯片就在我手里？你是为了……"

"你以为是因为那个破芯片吗？没有那个，我黎渊也是首富。我就是喜欢你。我喜欢你长得漂亮，眼睛很大，嘴唇很红。还喜欢你的腰很软，说话的声音好听。还有，你认真工作的样子太好看了，和我吵架的时候也很可爱……凌悦汐，你有那么多优点，难道你不知道吗？"

"别说了啊，我、我、我回去了。"

凌悦汐只觉得面红耳赤，心跳从来没这么快过。黎渊一把抓住凌悦汐的手："我相信，你对我也是有感觉的。悦汐，我会等到你认清楚自己心意的那一天。我，永远不会放弃。"

黎渊的语气是那么势在必得，凌悦汐想说什么又说不出口，黎渊对她微微一笑就离开了。

凌悦汐捂着胸口："什么啊，突然表白……"

她真的有那么好吗？

啊啊啊，想这个做什么啊，真是烦死了！

凌悦汐脸红心跳到极点，而在她愣住的时候，黎渊再一次动用了紧急预案。

在工作人员的帮助下，他通过直升机到了凌悦汐家，赶在凌悦汐开门之前装作在浇花的样子。

"怎么现在才回来？"黎渊嚣张地问，"女人，不要让我等你！"

"原来你在家啊。"

凌悦汐想，她从楼下到进来只有五分钟，黎渊怎么都不可能那么快进来，应该是她想多了。她摸摸黎渊的头，也不知道是有点失望，还是松了一口气。

黎渊却知道，这一切没有那么简单就结束。凌悦汐分明对他起了疑心，可现在不是暴露的时候。

凌悦汐还没有爱上他。如果她知道，他以机器人的身份在她身边，那么她一定会炸。

是时候做点什么了。

她最喜欢的是夏子鸣这样温和的男人。虽然让人很生气，但是……好像这样并不难。

第二天，凌悦汐去公司上班，黎渊在她后脚到了。全场安静地看着黎渊，因为黎渊今天穿着粉红色的衬衫，和以往的风格截然不同。

粉色是很娇嫩的少女色。这风格并不适合他，幸亏他容貌足够出色，才会看起来没有那么违和。

他没有去自己的办公室，而是朝着凌悦汐的方向走来，这让凌悦汐觉得很紧张。幸好，他没有说什么让她为难的话，而是说："研发组最近辛苦了，中午我请你们吃饭。"

"哇，谢谢黎总！"

王组长带头鼓掌，黎渊摆手说："不要那么客气，大家都是……对，大家都是兄弟，哈哈。"

黎渊说着，拍拍王组长的肩膀，王组长简直觉得受宠若惊。他突然不知道该说什么，所有人也诧异地看着黎渊，简直不敢相信黎渊会这样。

"不光是他，你们所有人都是我的兄弟，都是我的姐妹。感谢你们进了公司，让公司发展得那么好，太感谢了。"

黎渊说着，对大家鞠了一躬。大家互视一眼，只觉得世界末日就要到了。最后，王组长颤抖地说："谢谢黎总……那个，公司是不是遇到了什么，什么难办的事情……"

是不是公司就要倒闭了，所以黎总才会这样精神失常？

大家心里都是这样想的，凌悦汐也猜出了大家的想法，只觉得头疼了起来。大家都看着凌悦汐，示意凌悦汐说点什么来圆场，凌悦汐回瞪过去。

"为什么我来圆场，我和他也不熟悉。"

"我不管，黎总就是你招过来的，你要负责。"

"对，快把他赶走，我们都要吓死了！"

他们没有说话，但是从彼此的眼神里看出了一切，凌悦汐没有办法只好硬着头皮上去。她挤出笑容："谢谢黎总的鼓励，我们一定会好好工作的！"

"嗯，加油加油！"

黎渊对凌悦汐做出了加油的姿势，然后回了办公室，觉得自己刚才的反应简直可以打一百分。

3

裴秘书送来报表，云上集团旗下商场的负责人也来了。
"这就是上个月的业绩，下跌了20%？"黎渊皱眉问。
"黎总，真的很抱歉！"
商场负责人知道黎渊是说一不二的性子，根本不敢为自己辩解。黎渊脸色阴沉地把报表丢在桌子上，朝他走去。
商场负责人觉得自己似乎在下一秒就要被黎渊杀了，没想到黎渊拍拍他的肩膀说："没关系，下个月继续努力。"
"黎总请你不要……什么，下个月努力？"
"嗯，一时的成败无所谓，只要以后努力就行。去吧。"
商场负责人简直不敢相信自己有这样的好运气，感激万分地出去，在办公室门口看到了吴江。
他神色复杂地看了吴江一眼，轻轻咳嗽一声就离开了，吴江皱起眉来。
这个负责人非常重要，性格很别扭，一直不肯投奔他。就在一周前，这个难啃的骨头，终于松了口，答应走到他这一边。
谁想到，黎渊突然一改以往的作风，居然对他采取怀柔政策？
黎渊他到底想干什么，难道公司里的好人缘，他也要抢走吗？
"黎总，听说商场上个月业绩不好，你也别太生气。这些人啊，就要好好管教，不然不知道厉害。"吴江故意说。

黎渊淡淡地说："上个月隔壁新商场刚开业，自然会受到影响，对他们也不要太苛责。"

吴江一愣："黎总，无规矩不成方圆。"

"是啊。不过，吴副总你倒是一直挺和善的，怎么倒劝起我来了？也行，那我就告诉他，吴副总你想给他一些惩罚，你看呢？"

吴江的脸色飞快变幻："呵呵，我就是给你一点建议，你不听也就算了。"

"吴副总，你今天找我是有什么事情吗？"黎渊问。

"海芒星公司的机器人，已经到了试用阶段。我想我们公司的必须尽快提上议程，一定要抢占商业市场。"

"哦，那么快？"

这并不是一个好消息，黎渊皱起了眉。吴江继续说："唉，黎总啊，当初我让你用国外团队你就是不肯，不然现在也不会被人抢先了。不管怎么样，我们可以调整方针，让国外团队过来……"

"我们现有的团队已经是最顶尖的。我真不明白，为什么吴副总一直想让国外的团队过来？你到底想要什么？"

"呵呵，黎总你想多了。我只是想要尽快把这件事做好罢了。"

"是吗？我倒是以为，你是想安插你的人进来呢。"

"黎渊，这话可不能这样说啊！我一心一意为了公司……"

"那可能是我误会你了，不好意思啊。"

吴江的脸憋得通红，都说不出话来了。黎渊突然觉得，对吴江不能硬碰硬，采取凌悦汐所说的"温柔"策略也不错。

这时，吴江继续说："黎总，除了AI机器人外，公司的'星芒计划'已经很成熟，应该尽快进行人体试验，才能尽快推广抢占市场。你为什么……"他没说完，黎渊突然打断了他。黎渊抓住吴江的手，深情款款地说："吴副总，你就别那么操心了，这些年来真的辛苦你了。你看看你，头发都白了，我看着真是很难受。裴秘书，吴副总还有多久的假没有休？"

裴秘书一愣，然后说："吴副总的年假，每年都是不休的。"

"这样怎么可以！看我叔叔的身体都成什么样了！这样吧，今天就开始放假，海岛啊欧洲啊去起来！"

"我不要放假……"

"吴副总，你真是让我感动！走吧，公司给你报销。"

黎渊说着，示意裴秘书把吴江带出去，只觉得心情愉快了起来。他觉得凌悦汐真是他的福星，为了取悦她采取的方法实在太有效，以后一定要对凌悦汐更好才行。

为了赢得比赛，凌悦汐把精力都用在了制作机器人上。

这个机器人一开始有很多问题，在涂口红的时候甚至会把口红戳到使用者的眼睛里，后来终于解决了这个技术难题。

凌悦汐设计的机器人可以设置化妆的各种模式，使用者闭上眼睛享受就好，精准的操作可以拯救手残党。凌悦汐还增加了梳头、编辫子等程序，女孩完全能用吃早餐的时间就可以完成整个造型。

小黄燕尝试过，对此简直赞不绝口，这也让凌悦汐信心满满，认为自己过初赛应该问题不大。初赛到来了，这天她带着李远，很早就到了会场。

她发现已经有不少选手到来，有的人拿着看起来就很高大上的机器人，也有人拿着很奇怪的东西。

凌悦汐看到有个人的机器人很像虫子，好奇地看了好几眼。那人走上来说："是不是觉得我的机器人很厉害？你可真有眼光！"

"你这个是做什么用的？"

"可以飞起来传播花粉，还能做侦探设备使用！你看，有录像功能！"

那人一脸兴奋，凌悦汐呆呆地说："可是，无人机什么的不是早就发明了吗？"

那人的脸色瞬间变了。他目瞪口呆地看着凌悦汐，勉强说："我这个比较有野趣。"

"呵呵，也是哦。"

不得不说，这个人给了凌悦汐很大的信心，而当她看到那些自动洒水机器人、捶背按摩机器人的时候，更是觉得她的机器人简直完美无瑕。虽然，没办法和云上集团的恋爱机器人比。

凌悦汐看了一眼黎渊，突然郁闷起来。黎渊不知道凌悦汐在想什么，怀疑地看着她，听到凌悦汐说："李远，你平时很寂寞吧？"

黎渊被问得不知所措，心想：为什么突然说这个？

凌悦汐拉着他的手："我平时对你的关心还是太少。我不在家的时候，你只能和'包子'在一起，连说话的人都没有。不过没关系，今天正好有机会。你看现场，都是你的同类，说不定会有和你一样聪明的。去吧，去和大家聊聊天。我觉得那个洒水机器人就不错。"

不知道是不是错觉，黎渊觉得凌悦汐看他的眼神简直充满了母爱。

母爱……这是什么鬼！她是在关心宅在家里、不愿和其他小朋友玩耍的傻儿子吗？

黎渊简直要被气笑了："不用。"

"啊呀，你别害羞啊。"凌悦汐鼓励说，"多交点朋友，说不定以后还能约着一起出来玩什么的。"

"我说了不用！"

"怎么脾气那么差。算了，那就和我的小妆做好朋友吧。你们握个手。"

凌悦汐说着，把美妆机器人拿了出来，示意黎渊握手，而黎渊只觉得火气一下子来了。

他都后悔让凌悦汐去参加比赛了，因为她这些天眼睛里只有这个美妆机器人，根本没有他的存在。现在，她还要他们做朋友？她脑子装的到底是什么！

"不要。"黎渊拒绝。

"啊呀，试试看嘛。"

凌悦汐非要黎渊和美妆机器人握手，黎渊不耐烦地挥手，没想到正好打在美妆机器人上。凌悦汐下意识去抓，但还是晚了一步，美妆机器人就这样掉在了地上。

凌悦汐简直不敢相信自己的眼睛。她在心里疯狂祈祷机器人没事，小心翼翼地捡起美妆机器人，发现它还是崩溃了。这个美妆机器人已经四分五裂，更可怕的是不知道哪里出了问题，都没办法开机。

要知道，半小时后比赛就正式开始了！

她怒气冲冲瞪了黎渊一眼，眼中盈盈有泪，黎渊讪讪地说："我，我不是故意的。"

凌悦汐已经没时间和黎渊计较了，她火速拿出工具箱开始修理机器人。随着时间越来越近，她也越来越紧张，在离比赛还有十分钟的时候，她终于崩溃了。

她一把揪住黎渊的领子："你说怎么办？"

"要不找别人修修看？"

黎渊下意识为自己辩驳，凌悦汐没有听出不对劲，继续生气地说："我真是讨厌死你这个人格了！我现在就要更换模式！"

凌悦汐说着朝黎渊走过去，黎渊下意识后退。就在这时，突然有人说："凌悦汐，你怎么在这里，怎么还不去比赛？"

在看到闫总监的瞬间，凌悦汐的身体比脑子还快。她飞快拿外衣盖住了黎渊的脸，然后搂着黎渊干巴巴笑着："我现在就去。"

"你身边这个是……"

"是我男朋友，陪我参加比赛的。他比较害羞，不想和外人见面。"

凌悦汐看起来一本正经，其实内心已经紧张到极点。她害怕闫总监认出她就是那个幸运玩家，幸好闫总监只是说："那抓紧时间吧。"

闫总监离开后，凌悦汐松了一口气。她摘掉外套看着黎渊，咬牙说："事到如今，也只能这样了。"

黎渊有了不好的预感："你想做什么？"

"过来。"

凌悦汐拿来一些金属外壳，把它们全部套在黎渊的身外，他整个人就在一个壳子里。就算是这样凌悦汐还不满足，拿出金属头套给他戴上，然后说："走走试试。"

黎渊往前走，险些就要摔倒，凌悦汐眼疾手快把他扶住。

凌悦汐看着手机说:"我的排号比较靠后,你还有一点时间。你好好练习走路、跑步这样的基本技能,对了还要学一下化妆。"

"你要我假装美妆机器人?"黎渊真不知道凌悦汐的脑子是怎么想的——要一个机器人假装成另外一个机器人,而且是更LOW的那种,他绝不会答应!

"你弄坏了小妆。"凌悦汐控诉地看着黎渊。

黎渊:……

看着凌悦汐可怜兮兮的样子,他突然觉得这样也不是不行。

"可是……"

"我知道你在担心什么。这个比赛是云上集团做的,他们说不定会认出你来,所以我不是给你伪装了一下吗?你到时候换个声音,这对你来说不是难事吧。加油加油,我们起码要把初赛过了!复赛什么的,都可以更换不同的机器人!只要过了初赛,到时候……"

凌悦汐没有说下去,而黎渊已经明白她要说什么。他勾起唇角:"你等着我拿全场第一来!"

4

黎渊屈尊降贵蜷缩在机器里,和凌悦汐一起到了比赛现场。这里什么样的机器人都有,黎渊的造型并没有引起大家的怀疑,甚至都没有人多看这里一眼。

黎渊稍稍放松了些,这时台上的机器人正好展示完毕,需要他上台。黎渊昂首挺胸走上台去,并没有听到想象中的欢呼声。

"这个大家伙看起来很奇怪。"

"是啊,感觉很笨拙。"

评委也看着手中的资料,闫总监问:"凌悦汐,你报上来的机器人可不是这个尺寸啊。"

"花一样的钱,拿最大的不是挺好吗?"凌悦汐尴尬地说,"我准备了大小两个尺寸,今天带来了大的,希望下次可以给各位评委老师展示小尺寸。"

"行吧。第一,是要展现机器人的灵活性。先让他围着舞台走两圈。"

凌悦汐心想这也太简单了吧,对黎渊点点头,黎渊就开始慢慢往前走,大家也开始不断点头。凌悦汐却不知道,光是这一关就能淘汰掉许多制作粗糙的作品,有很多机器人连协调性都做不到。

黎渊顺着舞台走了两圈后,评委点头:"关于灵活性,还有其他要展示的吗?"

凌悦汐看着黎渊,心想拼了:"他还可以跳跃。"

"是吗!"评委来了兴趣。

"还能冲刺跑!"

"哦,那么厉害!"

"还能做仰卧起坐和俯卧撑!"

"真不错啊!"

随着凌悦汐的命令,黎渊只好一次次表演。当凌悦汐喊出"胸口碎大石"的时候,黎渊的脸色终于变了。

"你可以的!"凌悦汐目光闪闪地说。

"不,我不行!"

黎渊还没来得及说这个,胸口就被压上了石块,他觉得内脏都要出来了！他看到凌悦汐对大家挥手示意，然后拿着锤子劈了下去。

"是不是好棒？！"

台下响起了欢呼声，凌悦汐也对大家招手，简直就像世界巨星会见粉丝。黎渊艰难起身，这时听到评委说："嗯，灵活性是不错，接下来要看专业性了。既然是自动化妆美妆机，给我们展示下吧。"

凌悦汐最怕的就是这个。她想起了上次黎渊给她化妆的惨烈场景，觉得心脏都要跳出来了。黎渊慢慢朝她走近，凌悦汐轻声说："李远，都靠你了。"

然后，她视死如归地闭上了眼睛。

黎渊看着凌悦汐紧张的样子，一句话都没有说。在下一秒，他的面前出现了投影，工作人员紧张地说："黎总，请你先拿出粉底液，挤黄豆大小在掌心。对，就是这样！"

工作人员一步步教导，黎渊也一步步照做。自从上次把凌悦汐化成女鬼后，黎渊就专门让他们去补充这个功能，倒没想到今天会用上。

亲自去学化妆？别说他是黎渊，就算他是普通男人，也没有人会这么做的。可是他就是去学了，只为了今天的不时之需。

他也知道，自己对凌悦汐太关心，也太好了。

可是，他根本控制不住。

这样的感觉……实在很美妙。不要任何回报，只是对她好，就能让他幸福无比了。

"好了。"

当黎渊画好后，轻轻触碰凌悦汐的面颊，凌悦汐也鼓足勇气睁开眼睛。她做好了大家都嘲笑她的准备，没想到评委说：

"嗯，确实还不错。"

等等，怎么回事？

凌悦汐拿出手机照着自己，发现她被黎渊化了个淡妆，技术确实还不错。四周响起了掌声，凌悦汐只觉得自己投机取巧赢了，也不好意思了起来。

闫总监总结陈词说："恭喜，你过关了。"

"谢谢闫总监！"

凌悦汐猛地对闫总监鞠躬，简直喜悦到极点。闫总监面无表情地说："只是初赛罢了，没什么值得高兴的。第二场比赛是武力值，你好好准备下。"

"好的……等等，武力值是什么意思？"

"就是机器人对战，脆皮的那个被淘汰。好好准备吧。"

不管怎么样，赢得初赛实在太让人高兴了，凌悦汐带着黎渊一起去庆祝。

她倒了两杯啤酒，自己全部喝掉，笑嘻嘻地说："李远，今天真是谢谢你。不管怎么样，我们过了第一关！太棒了！"

"嗯，还行吧。"黎渊显得不以为然，"悦汐，你到底为什么那么想赢？"

"因为我想让大家看到，女人也能做程序员，而且是特别厉害的那种！"凌悦汐握拳，"都什么年代了，怎么还有性别歧视？我就等着看王组长后悔！"

"你就为了这个？"

凌悦汐的语气低沉了："当然不纯粹是为这个。一方面是想证明自己，另一方面也想看看我爸之前工作的地方吧。李远，你说人类和机器人之间的差别到底是什么呢？"

"那你觉得是什么？"

"应该是心吧。"凌悦汐想了一下说，"男人这里是心脏，可你是程序。你的喜怒哀乐，都是程序，就算你吻我的时候，脑子里也是数据……可我就不一样了。"

"嗯？"

"比如，我亲你的时候……只要遵从自己的心就好了啊。"

凌悦汐说着，突然凑上去亲了一下黎渊，然后笑盈盈地看着他。黎渊看着凌悦汐，只想把她揉到身体里，让她一辈子不要离开。

"我爱你。"黎渊突然说。

"啊，怎么突然说这个啊？"凌悦汐捂住了面颊，"虽然知道是程序，但我还是很高兴啊。"

"我说的是真的。"

"嗯嗯，知道是真的。"凌悦汐安抚说，"我家李远最好最好了。"

"我不叫李远。"

"啊？"

黎渊真的受不了，凌悦汐看着他的时候，总是在叫其他人的名字。他那么认真地看着凌悦汐，让凌悦汐的心剧烈跳动了起来。

巨大的违和感再次来袭，她觉得面前的人根本不是机器人，而是真正的黎渊。

一模一样的容貌，一模一样的性子，还有一模一样的占有欲……

"你到底是谁？"凌悦汐呆呆地问。

如果，只是如果……如果李远不是机器人，或者有人类的情感的话，会更麻烦吧。而她最讨厌的，就是麻烦了。

凌悦汐去上班后，黎渊也到了办公室。他没有和往常一样工作，而是看着窗户发呆。

"你说，如果我让凌悦汐知道我的真实身份，会怎么样？"

黎渊这话听起来很像自言自语，所以裴秘书没有说话。黎渊的眼神瞬间犀利了起来，裴秘书只好说："黎总，你，你是想公布身份吗？如果你问我意见的话，我还是建议不要这样。"

"为什么？我这么陪着她，她不应该高兴吗？"

看着黎渊那么理所当然的表情，裴秘书换了个说法："当然，被您这样的男人喜欢，绝对是荣幸。"

当黎渊露出"果然这样"的表情时，裴秘书小心翼翼泼凉水："可是凌悦汐小姐呢，和一般的女人不一样，一点都不爱慕虚荣。当然，我的意思不是说您虚荣，我的意思是她更看重别的东西，比如兴趣爱好什么的。"

"嗯，凌悦汐就是这样的傻瓜。"黎渊不屑地说，"不光是她，很多女人都会犯傻。呵呵，人的外貌、性格、家世是不会变的，可是她们偏偏喜欢什么虚无缥缈的'对她好'。她们不知道，人心才是最容易变的啊。"

"所以说她们傻。"裴秘书也感慨，"黎总，不知道你和凌悦汐在一起的时候，是不是，是不是有什么亲密接触？"

"什么算亲密接触？我们都在一起睡了。"黎渊理所当然地说。

裴秘书觉得他就要被口水呛死了。他轻轻咳嗽一声："除了一起睡呢？"

"一边做面膜一边剪指甲……真是很可爱啊。"

相信我，那是因为她以为你是机器人！如果她知道她是在一个男人面前这样，要么羞愧自杀，要么杀了你！裴秘书想。

"黎总，你觉得这些事，凌悦汐小姐会不会在你面前做？"

"当然不会，她又不是脑子有问题。"

"所以……"

黎渊终于明白了："你的意思是，她会更生气？"

"黎总英明！"裴秘书在心里松了一口气，心想黎总你终于明白了，我都要哭出来了好吗！

黎渊低沉地说："可是事情已经这样了，怎么让她知道比较好？"

"也许让她一辈子不知道比较好。找个借口说机器人需要回收了，然后你可以在她难过的时候好好安慰她……而且，那个芯片的事情……"

"我明白了。"黎渊深深舒了一口气，"对了，机器人大赛的第二场比赛要比武力值，你给我准备一下。"

5

因为之前参加比赛落下了一些工作，此时，凌悦汐正在公司里通宵加班。她累得趴在桌子上睡了一会儿。当她迷迷糊糊睁开眼睛的时候，看到有人在王组长的电脑旁，一下子清醒了过来。

王组长的电脑，特地加了密码，里面有不少珍贵资料。凌悦汐想，难道是组长回来了，但是那人的身影分明不是啊。凌悦汐下意识站起身："你是谁？"

来人没想到，这个办公室里还有人在，她一下子慌了。他急忙往外跑，凌悦汐见他拔掉了U盘，也急忙往外跑去。

"你还不下班，真是运气不好啊。"

那人见凌悦汐是个单身女人，干脆反过身来，顺手拿起一根棍子就朝凌悦汐打了过去。凌悦汐被击中了手臂，疼得不行，还是咬牙说："把U盘还给我！"

"看来被看到了啊。你说你，为什么要看到呢？"

男人说着，突然笑了起来，那笑容让凌悦汐不寒而栗。她突然后悔自己不自量力跟了上去，这时她的手机响了起来。

凌悦汐想去拿手机的时候，男人扑了过来，她摔倒在地。就在他露出凶狠表情的时候，突然额头上鲜血直流。

"李远……黎渊？"

凌悦汐突然分不清楚这个突然出现把她抱在怀里的人，到底是黎渊还是那个被注入程序的机器人李远了。

黎渊也没想到，他回家后那么久见凌悦汐还没有回来，重回公司后却看到了这样的场景。

"悦汐，你要不要紧？"

"我没事！他，他拿着U盘拷走了资料！"

"我带你去医院。"

"等等，先看看电脑……"

"悦汐，没有什么比你的身体更重要。现在就去医院。"

黎渊特别强势地把凌悦汐带去了医院，听医生说凌悦汐没有大碍才松了一口气。这时，不好的消息传来，原来那台电脑被植入了病毒，所有数据都没有了。

凌悦汐知道这件事的紧迫，只觉得窒息了起来，愤怒地说："该死的，这也太狠心了！幸好我们有存档，不然该怎么办啊！"

"你不用想这个。你现在要做的是先把身体养好,懂吗?"

这时医生给凌悦汐挂水,说观察一晚上,第二天她就能出院了。黎渊接了个电话后说:"是警察局打来的,嫌疑人是公司之前的员工。他什么都不肯说,只说我之前对他不好,才会蓄意报复的。"

"黎总,真的是这样吗?"

"你信吗?"

"我不信。"凌悦汐摇头。

"为什么?"

"如果他想报复的话,就是个人行为,那么怎么会拿到电脑的密码?他一定有帮手。"

"嗯,我也是这样判断的。悦汐,我们这样算不算是心有灵犀?"

对于黎渊到现在还有心情说这些,凌悦汐翻了个白眼。

"你为什么一直盯着我看?"黎渊总觉得凌悦汐有点不对劲,暗想她是不是被吓傻了。

"没什么。我好想我男朋友,我要打个电话给他。我的手机坏了,你的可以借给我吗?"

凌悦汐说着,伸手向黎渊要手机。黎渊不动声色地说:"我的手机也没电了。"

"啊,这么巧啊。"凌悦汐显得很遗憾。

这时护士走了进来。她给凌悦汐测量了体温后,凌悦汐问:"护士,请问你的手机能给我用下吗?"

"你不要……"

"可以啊。"

黎渊想阻止,但护士已经爽快地把手机给了凌悦汐。眼睁睁看着凌悦汐开始拨"李远"的号码,他立马起身往外走,可是凌悦汐拉住了他。

"黎总,不要走,我很怕。"

凌悦汐的小脸上满是惊慌,黎渊的心一下子软了。如果是在平时,他肯定会留下来陪她,但是现在不可以!不然他怎么解释身上有"李远"的手机,或者"李远"不接电话?

"我突然想起来有很重要的事。"

"不急在一时。"

凌悦汐死死抓住了黎渊的衣袖,开始拨打电话,黎渊都感觉到另外一个手机在西装口袋里震动!可是,他只能装作什么都没有发生的样子。为了掩饰震动的声音,他甚至开始吹起了口哨。

"呀,怎么没有人接啊?黎总,你有没有听到奇怪的声音?"凌悦汐问。

"哪有奇怪的声音,你听错了。"

"是吗?"

凌悦汐说着,又打起了电话,黎渊也只好再次唱起了歌。幸好幸运之神终于眷顾了他,护士要回了手机,对黎渊说:"这位先生,不知道你现在有没有空啊?"

"什么?"

"那个,有个病人要抬到轮椅上,但他亲属不在,不知道你能不能帮下忙?"

"好好好!"黎渊巴不得立马脱身,站起身脱掉外套,"我最喜欢的事情,就是帮助别人了,你还真是找对人了!"

"太谢谢你了!"

护士急忙把黎渊带了过去,凌悦汐也拿着吊瓶跟了过去。

凌悦汐看到，黎渊辛辛苦苦把一个瘫痪的老人抱到了轮椅上。

这个老人下身不能动弹，只能依靠黎渊，黎渊明明很不喜欢这样的接触，却还是努力把他抱了上去。

"谢谢你啊。"

当一切结束的时候，老人和护士一起道谢，黎渊只是摇摇头。一回到病房，他就立马洗手，然后意识到这样不好。

他对凌悦汐解释说："我不是嫌弃他，我就是真的不习惯和人接触……"

"我知道。黎总，你最近为什么那么奇怪？"

"什么？"

"你为什么要强迫自己做不喜欢的事情？大家都在说，你是不是精神受到了什么刺激……"

凌悦汐不再说下去，黎渊的脸色越来越差："奇怪的事情？呵，你说你喜欢清澈少年，我就打扮得很青春；你说你喜欢温柔的，我就极力让自己改变……凌悦汐，你居然问我为什么要这样？！"

黎渊越说越生气，觉得自己简直成了一个笑话。他的眼眸中满是怒气，也有些委屈，让凌悦汐只觉得心中一软。

凌悦汐笑着说："我只是随口说的，你怎么就……不对啊，我好像没和你说过吧，你是怎么知道的？"

黎渊只觉得心中一凛，却倨傲地说："你说过，你自己不记得了吗？"

"我真的说过？"凌悦汐问。

"当然！"

黎渊觉得凌悦汐的目光很奇怪，犀利到好像看出了什么，又好像他想多了。就在气氛有些尴尬的时候，凌悦汐的肚子突然叫了起来。她的脸红了，黎渊松了一口气说："想吃什么？"

"都行。"

"你倒是好养活，从来不挑食。"

"我小时候其实挺挑食的。那时候我妈刚走，我非要吃我妈包的包子，外面买的一概不吃。我爸没办法，只好拼命给我包包子，试了好多次，我才肯吃饭。那时候我太不懂事了，可把我爸折腾得不轻……"

凌悦汐突然不再说下去。

"凌悦汐，你在想什么？"黎渊觉得凌悦汐不对。

"没什么。"凌悦汐说。

她想，她找到爸爸留下的线索了。

那个……芯片的密码。

小时候，凌悦汐最喜欢吃的就是烤红薯。她还记得，每到下雪的时候，爸爸下班回来就会像变魔术一样，从大衣里拿出一个烤红薯。

烤红薯又香又甜，还冒着热气，她每次都吃得龇牙咧嘴但还是忍不住要吃，而凌伟就会笑嘻嘻地拍拍她的脑袋。凌伟工作的时候，凌悦汐就在一边安安静静地看着。凌伟问她长大后想做什么，凌悦汐大声说想做程序员。

"是吗，那悦汐你可要好好努力，要比爸爸更厉害！"

"我会的！"

"爸爸给你准备了礼物哦。"

"啊，是什么礼物啊？"

"等你长大就知道啦。"

可是，意外发生了，凌悦汐到底没有等来那份礼物。

爸爸，这是你给我留下的解谜游戏吗？真是对不起，我一直都没有猜对。

凌悦汐想着,眼睛酸涩起来,也没有心思留下来。她想快点回家,去证明自己的想法,刚准备下床,黎渊就问:"你想干什么?"

"想回家。"凌悦汐怯怯地说。

她知道黎渊会反对,果然黎渊皱眉说:"都受伤了还想着回家?没好之前哪里都不许去。"

"黎总……"

"这件事没得商量。"

凌悦汐郁闷地白了黎渊一眼,也知道自己是没办法回去了。反正已经那么久没有打开,再等几天也没什么关系。

可是,他到底为什么以自我为中心啊?她又为什么惯着他?

凌悦汐越想越郁闷,黎渊突然问:"你在骂我?"

"我没有。"凌悦汐忙说,"你耳朵有毛病了吧。"

"我知道你在骂我。你在心里骂我。"

黎渊的目光是那么深邃、肯定,凌悦汐一时之间不知道该怎么反驳,只好轻轻咳嗽一声。

凌悦汐觉得有些尴尬,就在这时她的肚子叫了起来。她想假装什么都没有发生,而黎渊笑了:"想吃什么?"

"想吃烤红薯。"凌悦汐下意识说。

"冬天才有烤红薯,现在哪里有的卖。而且烤红薯有什么好吃的,又甜又腻,还容易放……"

黎渊想说还容易放屁,到底顾及形象没说出口,而凌悦汐白了他一眼:"还容易放屁是吗?想说就说啊,端着多累。"

"除了这个还想吃什么?"

"皮蛋粥？"凌悦汐试探地说。

"好，就皮蛋粥吧。"

黎渊出去接了个电话，这时凌悦汐紧张的神经终于放松了下来。她尝试抬起手臂，发现手臂动一动就疼得钻心，再想到这个礼拜就是复赛，越发难受了起来。

她受伤了，可能会影响修理小妆的进度。幸好第二场是比格斗，李远的坚硬度和战斗力都没的说，问题应该不大。

不对，战斗力超强的是吕程并不是李远，为了保险起见是不是换个人格比较好？

第九章 总裁柔弱不能自理

1

当凌悦汐再次打电话过来的时候，黎渊接了电话，然后回到医院，以李远的身份陪伴在凌悦汐身边。

他假装什么都不知道，问她发生了什么事，凌悦汐只是摇头："没什么。啊唷！"

凌悦汐想自己倒水，没想到牵动了伤口，疼得钻心。黎渊白了她一眼，给她倒了水："身体不好就不要硬撑，这样更给人惹麻烦。"

"切，你的嘴巴还真是毒啊。"凌悦汐盘腿坐着，"我真是好奇，你这个人格是不是黎渊添加的？他对自己很有信心啊。"

"要么你问问他？"

"我才不问，不然显得我多关心他似的。"

黎渊觉得这是个好机会，故意问："悦汐，你很讨厌他？"

"你问这个做什么？"

"就是好奇。"

"你居然不吃醋？"凌悦汐怀疑地看着他。

"我知道你是我的。其他人谁都抢不走。"

"哟，还挺自信啊。"凌悦汐微微一笑，"其实我对他……"

"嗯？"

黎渊把耳朵伸过来，想知道答案，却被凌悦汐轻轻点了点额头。凌悦汐笑嘻嘻看着他："不告诉你。"

黎渊的脸色瞬间凝固了。

凌悦汐突然说："李远，我想看星星。"

"今天是阴天,没有星星。"

"我知道,所以我才想看呀。可以吗?"

凌悦汐的难题,在黎渊看来并不是难题。他打了个响指,后台工作人员急忙按照计划开始工作。病房的音响开始播放优美的音乐,而他再次挥手的时候,房间突然黑了。

"你干什么啊?"

凌悦汐突然什么都看不到,顿时慌乱了起来,而黎渊抓住了凌悦汐的手臂。在下一秒,一切都变了。天花板上突然出现了璀璨的银河,裸眼3D技术让人觉得银河简直触手可及。凌悦汐伸手触摸银河,只觉得心里是那么安静。

她把头倚靠在黎渊的肩膀上,说:"李远,谢谢你。"

"这只是小事情。"黎渊轻哼一声,"不要好像没见过世面的样子。"

"李远,你打架厉害吗?"凌悦汐认真问。

"会打,但是不算擅长。"

"在你的朋友里,你的武力值处于哪个位置?"

"比安思源和苏凉好。"

"那就是比其他人格都要差?"凌悦汐郁闷一叹。

"也不能这么说——我有保镖啊,根本不需要那么厉害。你问这个做什么?"

"没什么。"凌悦汐微微一笑,"李远,你会一直陪着我吗?"

"当然会。"

"如果,如果我不是你的主人,我们只是朋友……你会一直陪着我,喜欢我吗?"

"我……"

在星空中，黎渊看不清凌悦汐的面容，也不知道凌悦汐为什么突然问这个。凌悦汐笑着说："你知道吗，我觉得我发现了一件事，可是我需要证实一下……谢谢你这段时间的陪伴。再见了，李远。"

当凌悦汐再次更换模式的时候，黎渊闭上了眼睛，心里也是难受至极。他一次次被凌悦汐抛弃，有时候他都分不清楚，到底是机器人被抛弃，还是他一次次被拒绝。

他多么想听到凌悦汐说"你就一直陪在我身边吧"，可是他始终没有等到。

悦汐……

黎渊脑子里满是凌悦汐的身影，闭上了眼睛。不知道过了多久，他才听到凌悦汐轻轻一叹。

"我好像，我好像……再见。"

第二天，凌悦汐睁开眼睛，看到有人站在窗前。凌悦汐想，这应该是机器人的新人格了吧，心里也有点难受。

可是她必须这样做。

她已经快分不清，黎渊和李远之间的区别，也不能再一直沉醉在虚拟的时间里了。机器人大赛让她清楚地看到了人和机器人的区别，她也看到了自己和其他人的差距，必须把精力放到工作上去。情情爱爱什么的，都只是浮云罢了。关键是尽力通过比赛，还有找到爸爸给她留下的东西！

凌悦汐想着，打开电脑。

为了安全起见，她一直把芯片随身带着。她想输入密码打开芯片，不知道为什么犹豫了起来。她看着屏幕发呆，到底深深呼出一口气，把笔记本合上。

一直以来，寻找爸爸给她留下了什么，是她的全部信念。现在，答案就在眼前，她却突然害怕了起来。

她曾对爸爸说，要做最优秀的程序员，但是她还没有做到。就算解开了芯片，那又怎么样？出卖爸爸的心血，拿到一笔钱，然后呢？

结局，只可能是无尽的虚无吧。

所以，等她做到让自己满意的一天再打开芯片吧。这也是她对爸爸最深的思念。

下定了决心，凌悦汐觉得轻松了不少。她看着不远处的黎渊，声音温柔至极："你在窗边干什么，过来呀。"

黎渊站着没有动，就好像没听到一样。

凌悦汐的直觉告诉她，这个模式可能不太好搞——不过，要是战斗力很强的话，倒是也可以忍。毕竟，安思源模式已经出现过了，只要不是苏凉，其他模式她都能接受。

应该，不会那么惨吧。

"宝贝儿？"凌悦汐又试探着叫了一下。

黎渊缓缓回过头来。

凌悦汐看到，一个美少年就这样回过头。他穿着复古的层层叠叠的蕾丝衬衫，头发是浅金色，眼珠也是漂亮的琥珀色，面色有些苍白。她的心里涌现出不好的预感，继续说："你，你是……你是苏凉吗？"

黎渊没有说话，看着远方，凌悦汐简直欲哭无泪。要知道，苏凉的人物设定是热爱音乐的忧郁美少年，他的武力值是垫底的！

她以为自己还有很多机会，怎么都不会抽中苏凉，可是谁想到偏偏就抽中了。

啊啊，到底怎么办才好啊？！

"那个，你会打架吗？"凌悦汐抱着最后一丝希望问。

"我拒绝暴力。"

"呵呵。"

凌悦汐看着黎渊，想起之前在现场看到的那些高大威猛的机器人，觉得脑袋都开始疼了。她自我安慰说："没事，我把小妆修好就行。应该……可以吧。"

凌悦汐又生气又着急，突然忍不住放了一个屁。轻微的声响在安静的房间里显得格外响亮，凌悦汐的脸一下子红了。

她装作什么都没有发生的样子，而黎渊捂住鼻子，终于开口："你吃了什么？"

该死的，一定是因为烤红薯！

"我没吃什么啊，不是我放的。"凌悦汐恬不知耻地说。

"不是你的话，还是我吗？"

"对哦，也不可能是你……那么，就是错觉，错觉啦。真是的，这个问题有什么好说的。我们出院吧。"

办理好出院手续，凌悦汐觉得整个人重新活了过来。她回到家里就进了工作室，尝试修好化妆机器人，到天黑都没有出来。

黎渊闲着没事干，就开始逗"包子"。他训练"包子"和他握手，不然就不给它猫粮吃。

"喵！""包子"怒了。

"握手。"

"喵！"

"人家小猫还会跳火圈呢，我就是对你要求太低了。快点握手。"

黎渊就这样和"包子"杠上了，凌悦汐出来喝水的时候，刚好看到黎渊高高举着猫粮，而"包子"要挠他的场景。凌悦汐无奈地说："真是的，怎么无论你是什么人格，都会和'包子'闹不愉快啊。'包子'，乖乖。啊！"

凌悦汐想喂"包子"吃罐头，没想到"包子"眼明手快去抢，直接从凌悦汐脑袋上踩了过去。凌悦汐一下子怒了，拎起"包子"就是一阵蹂躏，黎渊看着"包子"被虐的样子，心里爽翻了。

他的高兴没持续多久，凌悦汐说："苏凉，跟我走，帮我个忙。"

"嗯？"黎渊心里有了不好的预感。

"你去了就知道啦。"

凌悦汐拉着黎渊的手，带他到了一所小学。黎渊真不知道凌悦汐为什么带她来这里，这时凌悦汐才说："小黄燕今天负责给这家小学做甜品，其中有个环节是要有人给他们表演乐器。可是他们的音乐老师突然生病了，所以她就找我救场。"

这和我有什么关系？

苏凉的人设就是忧郁、不爱和人说话的天才少年，于是黎渊淡淡地看着凌悦汐，没有说话。凌悦汐嘿嘿一笑："你不正好最擅长提琴吗，叫你来最适合了！对吧？"

2

他、他最擅长提琴？

呵呵，苏凉好像还真的是这样！

虽然他很久没有拉提琴了,但是在工作人员的帮助下,重新演奏也不是什么难事。可是,他为什么要配合?反正苏凉就是个性格古怪的人啊!

"我拒绝。"黎渊说。

"我命令你。"凌悦汐立马说。

黎渊:……

按照机器人守则,他没有任何理由拒绝凌悦汐的命令。所以,他只能跟在凌悦汐身后,进了音乐教室。这里都是小学生,大家目光闪闪地看着他们,当看到黎渊的时候都开始鼓掌。

凌悦汐和小黄燕打了个招呼,对她说:"这就是苏凉。"

小黄燕捂住脸:"你又……又换了?你到底是多沉迷游戏啊,怎么一次次都找和游戏里一样的男朋友!"

"嘿嘿,快开始吧。"

凌悦汐说着,目光炯炯地看着黎渊,黎渊在万众瞩目下,拿起了小提琴。他的眼前出现了演奏提琴的一系列技巧,开始他的动作有些生涩,但很快便纯熟了起来。

美妙的音符开始流淌,他沉浸于音乐的样子是那么令人迷醉,可是意外却发生了。

"哇,这个提琴好漂亮,我也要玩!"

有个小男孩猛地扑了过来,一下子撞到了黎渊。为了保护提琴,黎渊下意识往外跌倒,在巨大的冲击力下,手臂一下子撞到了地面。他似乎听到了骨头断裂的声音。凌悦汐冲上去扶他:"你没事吧!"

"没事。"黎渊只能淡淡摇头。

"只是摔一跤罢了,真是娇气,就好像女孩子。"小男孩嘟囔着。

这下连凌悦汐也听不下去了。她想说什么，黎渊却对她摇摇头。

交给我。黎渊似乎用眼神这样说。

这时，黎渊拿起提琴，继续演奏起来。

在工作人员的帮助下，黎渊的提琴拉得极为娴熟。这一曲忧伤而高雅，所有人都如痴如醉地听着，凌悦汐也呆呆看着黎渊。

好梦幻啊。凌悦汐想。

在游戏里，凌悦汐和苏凉约会的次数并不多，也并不喜欢这样性格阴郁的人。可是，提琴就好像有某种魔力一样，让他整个人看起来像在发光。凌悦汐看着他，眼前浮现出夏子鸣、吕程、安思源和李远的身影。

他们都是那么相似，他们又是那么不同。在游戏里他们只是虚拟的数据，而在现实中他们却真实地陪伴在她身边，和她分享喜怒哀乐。

她甚至不敢想象，如果没有遇到他们，她的生活会是什么样。也许，她还做着之前的工作，根本不可能做程序员，更不可能参加机器人比赛。

她真的……好想他们啊。

当一曲结束的时候，全场响起了热烈的掌声，那些孩子崇拜的眼神让黎渊觉得骄傲无比。这时，那个小男孩又说："哼，会拉提琴有什么了不起，你会弹钢琴吗？"

"我会。"黎渊说。

所有人：……

黎渊弹完钢琴，全场再次响起了热烈的掌声，比上一次还要轰动。

小阳生气地说:"那你会,你会画画吗?"

"会。"

黎渊画了一幅向日葵油画,简直是名师级别。

"你会讲故事吗?"

"会。"

黎渊讲了小美人鱼的故事。他的声音低沉好听,故事讲得绘声绘色,结局的时候女孩子都哭了起来。

"你会打篮球吗?"小阳最后生气地问。

"会。"

黎渊说着,和那帮孩子一起到了操场上。他展现了过人的篮球技术。

小黄燕羡慕地说:"悦汐,你男朋友可真优秀。"

"是啊,真是好优秀。可是,他应该不擅长打篮球啊。"

凌悦汐轻轻说着,出神地看着黎渊,突然不愿意想下去。黎渊打完篮球,却没有朝着她走来,而是看着刚才那个小男孩:"现在满意了吗?"

凌悦汐拒绝了和小黄燕一起吃晚饭,和黎渊一起走回家。

深秋的风吹在脸上已经很凉了,凌悦汐抖了下,看了一眼黎渊。黎渊感受到凌悦汐的目光,奇怪地看着她:"为什么看着我?"

"好冷哦。"凌悦汐说。

"嗯,是很冷。"

凌悦汐满怀期待地看着黎渊,可是黎渊就好像什么事情都没发生一样,甚至把外套的扣子又扣上了一格。他的脸上像是写着"幸好我穿衣服了"。凌悦汐忍不住说:"你不把外套给我吗?反正你又不怕冷!"

"你可以把手放到口袋里。"

虽然这个答案不是凌悦汐最想要的,但是这样也不错。凌悦汐的脸微微一红:"真的吗?"

"当然。"

"那我,那我不客气了。"

凌悦汐想,虽然这个苏凉脾气有点古怪,但也不是无可救药。哇,把手放在男朋友的口袋什么的,是每个女孩子都期盼的吧。

恋爱机器人,真是很不错呢。

凌悦汐想着,打算把手放到黎渊的口袋里,却被黎渊阻止了。黎渊问:"你想干什么?"

"不是,不是你让我把手放到口袋的吗?"

"我让你放到自己的口袋里,这样就不冷了。如果还冷的话,你可以跑几圈,或者原地蹦一下。"

黎渊的表情一点都不像开玩笑,凌悦汐只觉得怒火中烧!蹦一下,这是男朋友该说的吗!这个世界上,怎么能有人那么没有风度?!

"苏凉,你把外套给我。"凌悦汐干脆下了命令。

"咳咳……"

"其实不给我,也没什么关系……"

"我也怕冷,不方便把外套给你,所以可以……这样。"

黎渊说着,用力把凌悦汐一拉,凌悦汐整个人就跌到了黎渊的怀里。黎渊的身体很热,凌悦汐的脸紧紧贴着他的胸口,他的气息也近在咫尺。凌悦汐只觉得不自在了起来,黎渊在她耳边说:"现在,大家都不冷了。"

凌悦汐抬起头,正好看到黎渊的下巴和他长长的睫毛。这样的场景，在游戏里她不知道经历了多少次，但是在真实世界里感觉又是截然不同。

"苏凉。"

凌悦汐轻轻叫着苏凉的名字，手指触碰他的面颊，眼中的迷恋让黎渊只想吻上去。黎渊的眼眸是化不开的黑夜，他的占有欲是那么明显，凌悦汐觉得他下一刻就会把她吃到肚子里。

不对，这是机器人该有的眼神吗？到底为什么会和人类那么相似？

准确说起来，是那么像黎渊……

"你有喜欢的人吗？"鬼使神差般，凌悦汐问。

"当然。"

"如果我不是你的主人的话……"

"那也只是你。"

黎渊说着情话，凌悦汐却突然难受了起来。她觉得这些情话都是根据程序设定出来的，而她却傻乎乎地一而再、再而三动了心。

她真是傻瓜。

"我们回去吧。"凌悦汐说。

黎渊不知道凌悦汐为什么突然情绪低落起来，跟着凌悦汐回家。

黎渊最近很闲，因为凌悦汐一回家就开始维修美妆机器人，一连几天都沉迷其中不可自拔。而当她终于彻底修好美妆机器人时，机器人比赛的复赛也到了。

这一次，她也一定要赢！

3

她带着美妆机器人，自信满满地到了比赛区域。

这一次比赛测试的是武力值，场面会非常火爆，所以来观看的人也不少。这次比赛采取极为开放的规则，同一参赛选手，可以在不同场合选取不同的机器人，更有人根据比赛规则对机器人进行了改装。

凌悦汐抽签抽到了68号，她兴致勃勃地对黎渊说："这个数字好吉利，很适合我，这代表我一定能通过。"

呵呵，这样就能过吗？你还真幼稚。

黎渊懒得理她，没有说话，越发显得高冷。黎渊的态度，并没有让凌悦汐放弃和他说话，她继续兴奋地说："过了复赛就能去决赛了！只要进入决赛，就算是得到认可的产品，可以在网上展示，接受大家的投票。前十名更是可以被研发！我真的对这个超级有信心！"

凌悦汐说这个的时候，脸上都闪闪发光。黎渊看着她兴奋的样子，嘴角不知道为什么勾了起来："嗯。"

"加油加油！"

凌悦汐和黎渊击掌，深吸一口气，一起往比赛场走去。她的满满自信，在看到其他选手的机器人时，瞬间消失殆尽。

等等，这是怎么回事……这到底是怎么回事啊？上次比赛，大家拿着形形色色的机器人，这一次比赛却像商量好了一样，所有人都拿着大家伙！

为了武力值比赛，大家都拼了。就是最矮小的机器人，也有真人一样高,其他大多数都有两三米高。更可怕的是,有的人背上还有锯子!

"这算是什么啊?"

凌悦汐看傻了眼,这时闫总监正好经过。闫总监淡淡地说:"你没看比赛说明吗?"

"没看。比武力值什么的,不就是比机器人的坚硬度吗?"

"是比坚硬度,也是比战斗力,所以允许更换和改装。要知道,我们的比赛不光是要找到优秀的产品,也是要找到最优秀的程序员。所以,大家都想尽办法展示自己,而你在做什么?"

"我……"

最近发生的事情实在太多了,凌悦汐确实没有仔细看比赛规则,现在懊悔到了极点。她根本不用想,就知道她的化妆机器人一定会输,而且是输得很惨的那种!

到底该怎么办?

凌悦汐的脸色变得极为难看,这时黎渊突然轻轻一叹。他觉得自己疯了,但是他之前做的准备,就是为了这一刻。

"我来。"黎渊说。

"什么?"

"我说,我来代替你那个美妆机器人参加比赛。毕竟,她算是我的妹妹,不是吗?"

黎渊说着,对凌悦汐淡淡一笑,他的笑容是那么平淡,凌悦汐觉得眼睛酸涩了。她犹豫地说:"可是我都没有对你进行改装,你也不是我造的……"

"我是你的,这样就行了。"黎渊在她耳边说。

黎渊说着,对凌悦汐淡淡一笑,然后朝着台上走去。凌悦汐突然有一种就要和黎渊诀别的感觉,下意识大喊:"苏凉!"

凌悦汐想阻止黎渊，但到底来不及了。黎渊的脚步一顿，继续朝着台上走去。凌悦汐只好眼睁睁看着黎渊穿上之前的装备，站到台前。

和其他机器人比起来，他的外形是那么普通，甚至有些可笑，都有人发出了不屑的笑声。他们纷纷议论，这个机器人一定会失败，当看到机器人的发明者是女性的时候，越发嗤之以鼻。

凌悦汐听着大家的议论，紧紧握拳，指甲都深深插到了掌心。而黎渊没有理会这些人，只是专注地看着面前的敌人。

他的对手是一个拟人的机器人。这个机器人，外形没有他们研制得那么成功，甚至面容部位还只是电子显示屏，但浑身散发着金属光泽，看起来很不好惹。

他的身高起码有两米五，黎渊站在它面前显得又小又破，完全不是一个重量级。这时主持人说："这是我们分会场的杀人机器，啊不对，应该是杀机器人机器！它到现在已经赢了三场，之前的对手都要回去维修，还有一些直接报废！不知道这一次凌悦汐选手的机器人会怎么样，它能赢吗？"

主持人的话，让凌悦汐本来就紧张的心情，变得越发紧张起来。她的眼前浮现出黎渊变成一地残骸的样子，只觉得脑中一片空白，呼吸都要停滞了。她突然走上前，对黎渊说："下来吧。"

主持人呆住了："这位选手，你这是要做什么？你是要退赛吗？"

"是的，我要退赛。"凌悦汐说，"走吧，我们回家。"

这一瞬间，她没有叫任何人的名字。她眼前的这个人，好像是苏凉，又好像是其他人。无论是谁，她只知道，与比赛相比，她更关注的是他的安全，而不是这个比赛的输赢。

她没有办法离开他！无论他是谁……

"你不是很想赢的吗？"黎渊淡淡地问，"为什么现在要我放弃？你真的愿意放弃你想要的吗？"

"我……"

"悦汐，你想要的，我都会给你拿来。不管要付出什么样的代价。"

黎渊说着，走到比赛台的边缘。他弯下腰，轻轻触碰凌悦汐的面颊，对她微微一笑，然后回到了属于他的"战场"。

黎渊发现，这个机器人比他足足高半个人的样子，看起来古怪又傻气。不知道程序员是怎么想的，机器人的拳头居然有一只成年猫那么大，脸上更是面无表情。要是人类的话，黎渊根本不会怕，因为他至少知道不敢惹他。

可是，它是机器人的话……

黎渊看着对面，轻轻咬了咬嘴唇，冷笑一声，暗想他什么时候怕过。他不会怕任何人，当然也不会怕任何机器人。要知道，他的手套是"星芒计划"的精华，他的背后，更是云上集团的一整个团队。

"两个机器人看起来体型差距有点大，但是我们也很期待这个美妆机器人的反攻啊。现在我们开始倒计时。三、二、一！开始！"

当主持人倒计时结束的时候，那个机器人猛地冲了过来。黎渊只觉得心头一紧，靠着黑科技躲闪了过去，饶是这样，那拳头的风还是扬起了他的发丝。

好险。黎渊想。

这个机器人的实力，比它看起来还要可怕。但是事到如今，不管怎么样也只能上了。而且，一定要赢。

"调节到打斗模式的最高级。"

随着黎渊下达命令,他身后的工作人员忙成一团。黎渊一次次躲闪掉机器人的进攻,主持人激动地说:"68号选手一次次躲避了24号选手的攻击,不知道68号选手,会不会成为本赛季的黑马?我们拭目以待!"

观众席也开始议论起来,凌悦汐目不转睛地看着黎渊,心里紧张到极点。当黎渊险些被打到的时候,她的心紧紧揪起;当黎渊躲闪过去的时候,她情不自禁为黎渊拍手鼓掌。

现在的她眼前只有一个人,那就是黎渊!要赢,一定要赢!

凌悦汐只觉得掌心都是汗水,而黎渊也终于摸清了对方机器人的套路,开始了反攻。他飞快闪身后,一拳重重打在对方机器人的脸上,它很快就踉跄几步。

"太棒了,太神奇了!68号选手简直是奇迹!"

主持人疯狂鼓掌,而黎渊却没有多高兴。要知道,他手上戴着的拳套是可以后台操控的,属于"星芒"计划中的黑科技!

这个力气简直能打败 头野兽,但是这个机器人只是后退几步,居然又站稳了。

该死的,真是意想不到的难搞啊。

"力量调节到100%。"

黎渊对后台工作人员说着,感觉到身体都在发热,像有什么力量呼之欲出。这个就是科技的力量,是人类永远无法达到的高度!

这也是他的巅峰!

"等死吧,大家伙。"

黎渊说着,猛地冲了上去,给了对方机器人致命一击。这个机器人虽然力气大，但是反应很慢，在黎渊百分之百的击打下更是踉跄了几步，险些摔倒在地。

"呵，就这么点水平吗？"黎渊不屑。

裴秘书在幕后看着黎渊嚣张的样子，忍不住摇头。这时，有工作人员说："我怎么有一种欺负人的感觉？"

"是啊，我们可是一个团队，而且这是我们研究了十年的产品，可这个机器人的主人，只是单枪匹马的机器爱好者。"

"唉，想不到我们居然要做这种事……"

工作人员开始长吁短叹，裴秘书严肃地说："都想什么呢，快给我干活！我们的工作是让老板满意，不管怎么样他开心就好了，懂吗！"

"裴秘书，你对黎总真是忠心。"有人拍马屁。

"那当然！你们别觉得黎总好像很难搞，其实他是一个心地善良的人，只是不太会表达。他啊，特别特别单纯善良呢。"

"差不多了，该结束了吧。"裴秘书说。

大家都觉得一切就要结束了。但他们都没有想到，一场意外发生了。

当黎渊准备给对方最后一击，结束整场比赛的时候，突然有个孩子往台上冲。

黎渊生怕伤害到孩子，下意识躲避。由于动作幅度非常大，以至于拳套掉在了地上，他的眼前也是一片模糊。

该死！

黎渊看着面前的"雪花"，心知不妙。他试图联系工作人员，可是什么声音都听不到，面前的影像也成为一片灰白。

他觉得他突然变成了一个聋哑人，顿时着急了起来。在黎渊企图去找感应设备的时候,那个机器人已经扑了过来。

"小心!"凌悦汐下意识大喊。

4

黎渊的第六感,让他快速躲闪开了对手的攻击。他在舞台的一角,终于找到了感应设备。他想把感应设备重新装上去的时候,没想到突然被对手撞到,感应设备又掉了。

幸好,这时备用耳机起作用了。听起来,那边已经乱成一团。

"天啊,怎么会这样!"

"黎总,拳套掉了,现在保护装置已经失效,快点离开现场!"

"黎总,快点!"

工作人员着急了,让黎渊赶快离开,黎渊自然也听到了。他轻轻咬了一下嘴唇,看了一眼机器人,知道他现在根本不可能和它硬拼,离开是最理智的选择。

可是,凌悦汐想要赢。

她……想要赢啊。

他既然答应过,那么,就如她所愿。

黎渊想着,咬牙朝着那个机器人冲了过去。他想既然就快被打败了,他努力下也不是不可以,没想到被一拳打飞了。

"啊!"

巨大的变故让大家惊叫了起来。他们都没想到黎渊刚才的表现那么好,转眼间会变成这样。有人为黎渊担心,更多的人开始鼓掌叫好，觉得这场比赛实在太精彩了！

黎渊一点都不激动，甚至大脑空白了几秒钟。他被打倒在地，只觉得麻木过后，就是浑身的骨骼都要裂开的疼痛感。他想站起来，但是根本使不上力气。

这样的惊变，让凌悦汐呆住了，她大声说："苏凉！你，你快下来！我们不比了！"

"不。"黎渊用口型这么对凌悦汐说。

只要是答应你的事情，我就一定要做到。

只要是你所希望的，我就一定要让你得到。

不管是付出多大的代价。

谁让我……就是喜欢你呢？

黎渊想着，用最温柔的眼神看着凌悦汐，然后瞬间坚毅了起来。当那个机器人再次打过来的时候，他特别惊险地躲避了过去，再次引起了一片嘘声。有人问黎渊是不是出故障了，也有人说"我看他也要被打散了"。

才不会。凌悦汐在心里说。

因为，他是最强大的机器人啊！

可是，凌悦汐的信任和祈祷，这一次没有起作用。当黎渊再一次被打飞的时候，凌悦汐难受到极点。

她知道，苏凉的设定不是强壮的少年，他怎么可能赢得这样的比赛？他这么做都是为了她！

可是她凭什么被他这样对待？因为程序，还是……

"68号选手再一次被打倒！这次看起来伤得很厉害！68号选手似乎不行了，我们来倒计时！十、九、八……"

当倒计时响起的时候，一切似乎都成了定局。大家都唏嘘了起来，凌悦汐觉得眼前一片模糊。

她紧紧咬着嘴唇，做好了机器人失败的准备。谁想到，他居然再次艰难地站了起来？

天啊，他是傻子吗？他不知道再被打的话，他就要散架了吗？

"苏凉，你快回来！"凌悦汐大声喊，"我不要赢了，我只要你，你快回来啊！"

黎渊觉得他的身体已经不是自己的了。他浑身的骨骼好像被人捏碎了一样，每一寸都生疼，他根本不能动。

凌悦汐那么紧张地看着他，让他感觉她的眼睛里只有他……而他清楚知道，这只是错觉罢了。

凌悦汐不爱他。无论他做什么，凌悦汐都不爱他。

为什么会这样？

可是他真的好喜欢她。不是像喜欢一件衣服、一款游戏或某种餐具那样的喜欢。她就好像他身体的一部分，抽出来会疼，离开了会窒息。他是那么想得到她，又怕伤害她。

他只想把全世界最好的都给她。

"悦汐……"

"68号选手好像在说什么，让我们把摄像机拉近！啊，我听到了，他在叫悦汐，这是程序员的名字！凌悦汐小姐，请问你是怎么设计出这么拟人态的机器人的？他除了样子奇怪外，其他方面真是太棒了！凌悦汐小姐？"

凌悦汐根本没管主持人在说什么，目不转睛地看着黎渊，也看着他一次次被打倒。她只觉得心就好像被极快的刀子划过，先是麻木，然后钻心地疼。

她不再让黎渊回来，因为她知道黎渊不会听。

那么，就赢吧，一定要赢！

"它不会转身！"

当凌悦汐喊出来的时候，黎渊只觉得豁然开朗。是的，面前这个机器人虽然力量大、冲击力大，却有一个致命的问题，那就是转身的时候会滞后。所以它才会一直主动攻击！

"该死！她犯规！"对方机器人的程序员生气地说。

"按照规定，程序员可以对机器人进行操作，语言上的提醒当然也没有什么。"主持人欢快地说，"反对无效！他们已经发现了对方机器人的致命缺点，可是能反败为胜吗？我们拭目以待！"

这场比赛一波三折，大家的注意力都被吸引，许多网络媒体也开始转播。他们看到，黎渊浑身伤痕累累，手臂软软垂着，看起来受了伤。

他看起来是那么凄惨，可是无论被打倒多少次，他还是会站起来。而这一次他站起来的时候，浑身的气场都变了。

他的眼睛就好像平静的大海暗藏着波涛汹涌。他尝试了几个假动作，发现这个机器人果然没有识别出来，后背更是他的盲区。

果然是这样。那么，一切就简单了。

黎渊顿时增加了自信心。他猛地朝着机器人的后背打了过去，却悲剧地发现意义不大——没有了装置后，他只是人类，而对方却是金属。这么点攻击根本没用，手倒是疼了起来！该死的，是不是断了！

黎渊下意识晃动疼痛的手臂，主持人激动地说："68号选手看起来好像真的很疼一样！这个拟人化也太棒了吧！"

闭嘴！

黎渊在心里怒吼，晃动手臂，再一次冲了过去，可是这一次的反击也没有什么用。而对方程序员看出了黎渊其实是一个脆皮，眼珠一转，顿时找到了好方法。

"抓住他的脖子，把他打趴！"

当黎渊被对方机器人抓住的时候，凌悦汐只觉得心脏都要停止跳动了。机器人抓住了他的脖子，黎渊觉得呼吸都困难了起来。对方那个可笑的面容，好像成了死神的笑容，黎渊只觉得面前一片虚无，他什么声音都听不到了，甚至连疼痛都感受不到了。

真是太蠢了。

他不断喘着粗气，好笑地想，他在凌悦汐身边久了，也开始傻了，居然会去做这样的事情。

明明是百害无一利，而且是毫无意义……到底为什么还在坚持？

可能，只是想看到她脸上的笑容吧。

"看来68号选手输定了啊。我们再次开始倒计时！10、9、8……"

"才不会！"凌悦汐冲着人群大喊，"他绝对不会输！"

因为，因为……

因为他是……

"黎渊。"

凌悦汐也不知道，自己为什么会喊出这个名字，这时黎渊正好一跃而起。

但是，他没有去打那个机器人，而是原地打滚。

那个机器人一拳没收住，不受控制地栽了下去，巨大的冲击力让它出现了问题，浑身都不断抽搐。

"你干什么啊，卑鄙！"

它的主人见状急忙赶过去，心疼到不行，凌悦汐也第一时间冲了过去。她抱起了黎渊，用力贴紧他，难受地说："你是不是傻子！你为什么非要和他硬拼！"

"别哭。"

当凌悦汐落下眼泪的时候，黎渊伸出手帮她轻轻擦拭，然后对她温柔一笑。凌悦汐猛地抓住了黎渊的手，就好像这里是她的整个世界。

他们就这样互相看着对方，只觉得周围的人都消失不见了，他们的眼中只有彼此。凌悦汐从没想到，他可以为自己做到这个地步。她对自己说不要哭不要哭，眼泪还是止不住往下流。

她爱他。就算相爱的结局，可能是悲伤，她还是爱他！

他们好像要对视到天荒地老。这时，一个声音打断了他们。

"那个……我们是维修部的，需要维修吗？"

"要，要！"凌悦汐如梦初醒地说。

5

凌悦汐看着黎渊被带走，想要跟上去的时候，却被拒绝了。闫总监真是烦死他们这些幼稚的游戏了，但只好睁着眼睛说瞎话："这是我们提供的服务，我们会把他修理好的，你耐心等待吧。"

"可是……"

他们趁着凌悦汐没有反应过来的时候把黎渊带走了。凌悦汐走在路上，一直想着刚才发生的事情，觉得怎么想怎么不对劲。

为什么这个机器人的皮肤会瘀青，就算是拟人也太逼真了吧。

而且，她拿到恋爱机器人的事情不是保密的吗？为什么她的同事们看起来并不惊奇？

如果失去他……凌悦汐简直不敢想下去。

凌悦汐心烦意乱到极点，黎渊也没好到哪里去。他被紧急送到了医院的私人病房，主治医生看到黎渊吓了一跳："黎总被人打了？"

"现在别管那么多了，快点给他看看。"裴秘书紧张地说，"他会不会残疾，会不会脑子坏掉？"

"目前看来都是皮外伤，不过具体的还要做了检查才知道。"

医生给黎渊去做全身体检，幸运的是只有轻微骨裂，休息一阵子就能恢复。当黎渊浑身被包扎好，躺在病床上的时候，裴秘书一脸欲言又止的样子。

黎渊懒得看他，轻声说："你眼睛坏掉了吗？为什么总是挤来挤去？"

这样尖酸刻薄的黎渊，才是裴秘书最熟悉的黎渊！裴秘书想起刚才在赛场上的那个陌生人，突然觉得这样的黎总才是最棒的！

裴秘书生气地说："那个家伙居然敢把你打成这样，我们立马让他退赛！而且永远不让他参赛，还要终身封杀！"

裴秘书越说越气愤，简直想当场把那家伙痛揍一顿，谁知道黎渊只是淡淡地说："不用。这只是一场比赛，他也只是想赢罢了。"

裴秘书没想到黎渊居然会轻易放过这个始作俑者，简直怀疑黎渊的脑袋被打坏了。

"我要多久才能出院？"

"您这次伤得很重，怎么样都要一周。您是不是想去找凌悦汐小姐，这绝对不行！"

"我不在她身边，她会怀疑的。"

裴秘书让闫总监过来解释。闫总监告诉黎渊，他的说辞让凌悦汐不会对他的去向产生怀疑，黎渊点点头表示知道了。

闫总监犹豫了一下，还是问："黎总，您打算继续到什么时候？"

"什么？"

"这样的骗局不可能是一辈子。凌悦汐随时随地会发现您的真实身份，到时候就麻烦了。所以，不如我们主动出击。"

"怎么做？你让我离开她吗？"

黎渊的眼神瞬间变得犀利了起来，闫总监只觉得心猛地一颤，还是按照计划说："不是，我只是觉得您可以慢慢退出。比如说，公司决定对您进行召回什么的……您也总是要以真实身份在凌悦汐小姐身边的。"

这个问题黎渊怎么可能没想过，只是一直不愿意去面对罢了。他低声说："我累了，你先出去吧。"

"好的。"

在闫总监出门前，黎渊说："给她安排个休假什么的……不要让她怀疑到这里。"

"我知道。"

闫总监和裴秘书出门后，黎渊闭上了眼睛。因为麻药起作用的关系，他并不疼痛，刚才发生的一切也好像一场梦一样。

他简直不敢相信，他会做出那么丧失理智的事情，而他明知道结局，还要继续下去。

因为,他不想离开凌悦汐。就算是骗局,也没有关系。

黎渊想起,他在比赛后半段快陷入昏迷的时候,似乎听到了凌悦汐在叫他的名字。不过,那应该是幻觉吧,凌悦汐怎么会这么叫他,又怎么会关心他?

他……怎么就那么无耻呢?为什么他把这个谎言,继续到现在了呢?黎渊抬头看着天花板想。

而凌悦汐在上班的时候,只觉得心烦意乱,心脏莫名跳得很快。她一会儿担心苏凉的安危,一会儿又觉得这件事从头到尾好像有哪里不对劲,但怎么也想不明白。

凌悦汐哪有心情工作,鼓足勇气去找闫总监。

闫总监看到她就皱眉:"凌悦汐,你找我有什么事?"

"那个,我那个受伤的机器人,不知道现在怎么样了?"

"还在维修。"

"要多久才能修好?"

"可能要两周,或者更久。怎么,有什么事吗?"

"我能不能自己修?"凌悦汐问。

闫总监最担心的事情发生了。他眉头一皱,厉声说:"自己修?你知道那个机器人工艺有多复杂吗?你修得了吗?"

"那是我的机器人……"

"到现在你还在装?那真的是你的机器人吗?"

"他,他……不是。"

凌悦汐没有办法昧着良心,只好说了实话。她担心被取消参赛资格,幸好闫总监只是说:"我其实早就认出来了,这是我们之前给出去的试用品。这样的机器人你根本没办法维修,就不要硬撑了。"

"那么……"

凌悦汐一脸纠结，闫总监好像看出了她的心思，说："你放心，这不是你主动公开，所以不算你违约。可是，我们也很可能要回收机器人。"

"为什么啊？这不是送给我的吗？"凌悦汐急了。

"体验期只有三个月啊。现在，三个月的时间就要到了。"

凌悦汐想起，当初确实有这个规定。一想起要和机器人分开，她的心里难受了起来。她简直没办法想象，没有机器人在身边的日子，愣愣地说："可以把他卖给我吗？"

"可以啊。一个亿，你要吗？"闫总监问。

"什么？怎么，怎么可能要一个亿啊？你们卖给别人，也不可能是这个价钱。"凌悦汐呆了。

"可这是内测版，具有非常特别的收藏价值，和其他量产的当然不一样。"闫总监鄙视地说。

"还会……还会量产吗？"凌悦汐问。

"不然呢？"

凌悦汐也意识到自己问了一个很傻的问题——不量产的话，公司靠什么赚钱？

可是，一想到其他女人也会与机器人这样拥着，甚至接吻，会一起入睡……凌悦汐只觉得心里难受了起来。

这时，闫总监说："要是你钱不够的话，也可以买量产的产品，到时候会便宜很多。定价应该在两百万人民币左右。"

嗯，真便宜，只要两百万。

对不起，打扰了。

凌悦汐在心里默默说着，终于问了最担心的事情："如果他被回收了，你们会对他做什么事情？"

"当然是恢复出厂设置的初始化程序。"

"也就是说,他会完全不记得我?"

"当然。"

当听到这个答案的时候,凌悦汐只觉得一盆冰水就这样浇了下来,浑身都冰冷到极点。一想到他会永远忘记自己,凌悦汐的眼睛酸涩了起来:"我想见他。"

"他在维修,好了自然会和你联系。"

"现在没到三个月,我还是他的主人,我当然可以见他。我现在就要见。"

闫总监并不擅长处理人际关系,凌悦汐的要求让他觉得脑袋都大了。他只能一再重复"不行",却说不出具体的原因,气势也越来越怂。

凌悦汐看出闫总监的怯懦,强势要求去看黎渊,于是闫总监一下子僵住了。

在凌悦汐打算硬闯研发室的时候,闫总监办公室的房门开了。黎渊看着凌悦汐,淡淡地说:"你在做什么?"

"苏凉!"

凌悦汐猛地抱住了黎渊。黎渊只觉得伤口再次要裂开了,伸出手轻轻抚摸凌悦汐的发丝:"不要哭。"

"我才没哭。"

凌悦汐用力擦了擦眼泪,吸了吸鼻涕。要是别人这样做,黎渊肯定觉得她恶心死了,可是他只觉得凌悦汐可爱到极点。凌悦汐问:"你被修好了吗?"

"算是吧,但还要休养一阵子,所以暂时会住在公司的医疗室里。"

"不应该是工作室之类的吗?"

黎渊意识到自己说漏了嘴,看着闫总监,闫总监只好说:

"为了人性化,我们会管那个叫医疗室。"

"确实很人性化。那么我能去参观吗?"

"当然不行。"闫总监立马说。

可是,黎渊说:"好啊。"

闫总监:……

裴秘书第一时间知道了黎渊的奇思妙想,简直要吐血了。

"现在就对医院改造,快!"

第十章 你不是机器人

1

裴秘书紧赶慢赶，在位于公司顶楼的黎渊的病房里加了很多维修机械的设备。凌悦汐进门前，他快速离开了。

凌悦汐看着淡粉色的病房，还有桌上的维修装置说："这里布置得还不错。"

"嗯。"

"他们要什么时候再次对你维修？"

"应该还要过一阵子。"

"我可以围观吗？"

"围观？"

"对啊，我也想学习下。"

凌悦汐兴致勃勃地进入了工作状态，黎渊只好说："我想应该可以吧。"

"哇，太棒了。"

凌悦汐看着黎渊，发现黎渊的面颊上还有伤。她伸出手轻轻触碰，黎渊"嘶"了一声。凌悦汐轻声说："疼吗？"

"我是机器人，哪有什么疼不疼的。"

"虽然这样，你当时也太傻了。你就不怕真的被解体吗？"

凌悦汐的声音是那么温柔，黎渊闻着她身上特有的香气，只想把她用力搂在怀里，然后他就这么做了。

凌悦汐想到黎渊很可能会被回收，突然难受了起来："你会忘记我吗？"

"当然不会。为什么会问这个问题？"黎渊问。

"只是觉得……所有人都会分开,我们也是一样的。苏凉,我们……算了,不想那么多了。在一起多久,就开心多久吧。"

黎渊觉得凌悦汐的反应很奇怪,默默看着凌悦汐。凌悦汐下决心不管怎么样,都要好好对待他,所以欢快地说:"我看你再修几天就可以啦。你有什么喜欢的吗,我给你带来。"

"没什么喜欢的。"

"呀,我知道了,你应该喜欢音乐。那我给你放音乐视频看吧。"

凌悦汐放着苏凉喜欢的古典音乐,黎渊只觉得眼睛酸涩了起来。

他对自己说就闭一会儿眼睛,一会儿就好,可是睡意却突然袭来。凌悦汐只感觉到身边的人突然不说话了,然后听到了均匀的呼吸声。

"苏凉?"

凌悦汐发现黎渊睡着了,轻轻一笑。她给黎渊盖好被子想离开,可是黎渊一直拉着她的手。她也不知道为什么,心软了起来,轻轻抚摸黎渊的头发,到底没有离开。

"如果,你不记得我了……黎渊……"

不知道为什么,面前苏凉的面容再一次和黎渊重叠,那天在赛场上产生的奇怪感觉也再次来袭。凌悦汐轻轻触碰黎渊的面颊,脸上都是她自己意想不到的温柔。

"你是个傻瓜,黎渊也是。真是奇怪,为什么会觉得你们是一个人?是因为你们的脸都是照着黎渊捏造的吗?"

凌悦汐笑着捏捏黎渊的脸,那么细腻的触感让她简直不想松手。她真不知道,自己喜欢的到底是恋爱机器人还是黎渊,她的心情简直是一团乱麻。

如果喜欢的是黎渊，那么为什么一次次对机器人动了心？如果喜欢机器人，那更是一场悲剧。

她到底怎么办才好？

她不断触碰着黎渊的发丝，这时有个人走了进来，看到凌悦汐时，急忙退了出去。

"你是……"凌悦汐眼尖地看到了来人。

"我，我找错房间了。"

那人说着急忙往后退，凌悦汐想起自己当初被袭击的事情，顿时警惕了起来，下意识追了出去。那人发现凌悦汐跟出去后，越走越快，后来居然跑了起来。凌悦汐也加快了脚步，最后在走廊的尽头把她按倒在地。

"你是谁，你为什么到这里来？说！"

"我，我就是来看看！"

凌悦汐发现，被她压在身下的是一个中年女人，和那天的男人没有任何相似之处。可就算这样，她还是没有放松警惕："那你为什么见了我就跑？"

"我发现，我发现我来错地方了，就想快点走，这没什么吧。快下来啊，我要被压死了。"

"可我觉得你很面熟。"凌悦汐盯着她看，"我们在哪里见过？"

"没有没有，我们没见过。"

"我真的觉得在哪里见过……啊，我想起来了，是在黎总家里，也在那个吕程的别墅里。你是来找黎总的吗？"

"对，黎总他身体……他身材挺棒的。"

"不对，你刚才明明不是要说这句话。黎渊到底怎么了？"凌悦汐厉声问。

凌悦汐的强势，给了她巨大的心理压力，她左顾右盼地说："真没什么，我就是来看看。我要走了。"

那个女人说着，硬生生挣脱开跑掉了，凌悦汐看着她离去的背影，只觉得有什么东西呼之欲出。

不对，这件事从头到尾都不对劲！她当时就觉得很奇怪，为什么这个女人同时在两个地方工作，而且还遮遮掩掩。现在更奇怪的事情发生了，她直接到公司来了！

这就是说，她和黎渊有着极其密切的关系。这其实也可以解释，可是她这么躲躲闪闪就很不对劲。她从一开始就特别避讳，甚至害怕她，这到底是为什么？

还有，苏凉的人设分明是虚弱的美少年，他怎么可能在赛场上打赢那个家伙！他看起来倒像是吕程！

不，不光是像吕程，他温柔的样子很像夏子鸣，以自我为中心的样子又很像李远……

呵，这么说起来的话，还是都像黎渊。她在赛场上，就失声叫了那个名字。

凌悦汐看看掌心，突然发现了一点点黄色的印记。她不记得自己什么时候接触过这个颜色，转念突然想到这个和苏凉的发色一模一样。

这是染膏的印记吗？他的头发是被染的。他为什么要去染头发？

还有，机器人受伤也就算了，为什么还会有瘀青，甚至还要住院？这根本不科学！

而且，他一次次出问题，那是真的问题吗？

凌悦汐想着，拿出手机打算给黎渊打电话，想了下还是换了种方法。她打电话给小黄燕，叫小黄燕拨打黎渊的号码，然后她悄悄靠近病房。

"喂？"黎渊拿起了电话。

当凌悦汐看到黎渊接听电话的时候，心中被巨大的怒气包围。她所有的猜测，在这一刻得到了证实，她只觉得被压抑的火山就要爆发了。

好，很好。黎渊，你真的很好！

为了在我身边，你不惜伪装成机器人，你那么能耐怎么不去拿奥斯卡？！亏得我还那么迷茫，甚至反省自己是不是花心！

你可真行！

凌悦汐死死盯着黎渊，到后来居然笑了起来。如果不给他一个终生难忘的教训，她才不是凌悦汐。

她下楼买了一束百合花，然后回到房间，当什么事都没有发生的样子，而黎渊火速把手机关机藏好。黎渊只觉得心跳不已，装作什么都没有发生的样子问："你去哪里了？"

"出去转了一下，给你带了点花。"凌悦汐笑吟吟地说，"喜欢吗？"

"喜欢。"

其实黎渊一点都不喜欢百合花，他还会有轻微的花粉过敏。全公司都知道这个，不能在办公区摆放百合花，也算是公司的隐形规定了。

凌悦汐偏偏带来了百合花，而且是一大束。她把百合花放在黎渊桌前，黎渊下意识打了个喷嚏。黎渊擦擦鼻子，还没说什么，凌悦汐抢先说："苏凉，你还和游戏里一样，会花粉过敏啊。"

"嗯。"黎渊点头。

呵呵，骗子。苏凉最喜欢的就是鲜花，怎么可能过敏？

"啊呀，你头发上好像有东西。"

凌悦汐没有急着揭穿黎渊，而是伸手在黎渊头上摸了一把，果然摸到了一点染料的痕迹。凌悦汐如今什么都确认了，看黎渊的眼神充满了仇恨。

呵呵，黎渊，可真有你的！你不但费尽心思在我身边，还和我一起睡觉，看我换衣服……黎渊，你怎么就那么无聊呢！你到底想干什么？！

啊，知道了，为了芯片吧。黎总，你可真是能做大事啊！准备好迎接我的报复吧！

"悦汐，怎么了？"黎渊发现凌悦汐有点不对劲。

"没什么。"凌悦汐轻描淡写地说，"你是不是该维修了？"

"时间上应该差不多了。"

"那我陪着你。"

凌悦汐说着，坚定地坐在黎渊的身边，黎渊也只好按照计划，开始他的表演。闫总监安排的工作人员都进入了病房，对凌悦汐说："你先出去，我们要开始工作了。"

"我不走，我不离开他。"凌悦汐坚定地说。

"可是这个关系到我们的行业机密。"

"我也是公司的一员，哪里有什么行业机密？"

"可你不是我们小组的。"工作人员死撑着找了理由，"这是我们的机密，要是你出卖我们怎么办？"

"那或者你先出去，等进行到不那么关键的步骤你再进来。"裴秘书打了个圆场。

"也行。"

2

凌悦汐想着，倒要看看他们到底打的什么主意。她在外面待了半小时后，终于进去了，她看到一个和黎渊一模一样的机器人躺在那里。它的胸膛完全是打开的状态，可以看到机械心脏和各种仪器。

其实这件事很简单，黎渊是假扮机器人的，而公司有一个真的机器人。他们通过巧妙的手段，让她觉得两者其实是一回事儿，她就陷入了陷阱里。

这简直是羞辱人智商的陷阱！呵呵，她居然还信了，她怎么就那么蠢。

不行，稳住，一定要稳住。只有忍住这口气，才能笑到最后啊。

凌悦汐深吸一口气，装作关心的样子说："他损伤严重吗？"

"还比较严重。"

"好可怜。"

凌悦汐看起来被他们说服了，那些工作人员也松了一口气。他们把机器人推走后，黎渊再次出场。黎渊就好像刚被维修过的样子，对凌悦汐说："悦汐，久等了。"

"没关系，是你辛苦了。"凌悦汐满怀爱意看着黎渊，"你什么时候能出院？"

"大概还要住两天。"

"那我陪你。"

就算知道凌悦汐陪在这里，会有很多风险，黎渊也不愿意拒绝。

"好。"黎渊轻声说。

黎渊看着凌悦汐，心脏再一次跳得飞快。

他看凌悦汐的眼神，好像要把她吃掉，真是让凌悦汐毛骨悚然。

凌悦汐冷笑想，你倒是想得还挺美的，一会儿就让你笑不出来。她捂着肚子说："啊呀，我饿了。"

"需要我给你订餐吗？"

"不用，我已经订了。"凌悦汐笑吟吟地说，"你陪我就好了，苏凉。"

不知道是不是错觉，黎渊觉得凌悦汐在"苏凉"这两个字上加重了语气。他觉得凌悦汐今天看起来有点奇怪，还来不及多想，凌悦汐点的外卖就到了。

凌悦汐点的是番茄面，味道十分鲜美，浓浓的番茄味在空气里弥漫，让到现在都没有吃饭的黎渊觉得肚子饿了起来。凌悦汐慢条斯理地吃着番茄面，一边吃一边感慨地说："啊呀，真是太好吃了。苏凉，你不能吃好可惜。"

"我不用进餐。"

"我知道你不能吃，所以觉得好可惜。啊，张嘴，让你尝一口怎么样？"

凌悦汐说着，夹了一块牛腩，黎渊觉得肚子疯狂叫了起来！他只觉得意志力逐渐被瓦解，对自己说，吃一口也没什么，反正这是凌悦汐要求的。

天啊，凌悦汐怎么可以那么温柔？她太可爱了！

黎渊想着，觉得自己周身都有粉色的气泡。他眼睁睁看着凌悦汐的筷子离他越来越近，正打算张口去吃的时候，没想到筷子硬生生转了一个弯，进到凌悦汐的嘴巴里了。

"那个，你筷子的方向是不是弄错了……"黎渊下意识说。

"我想来想去，觉得还是算了吧，万一你坏了怎么办啊。"凌悦汐关怀地看着他，"不，我绝对不能害了你。"

你来害吧，求你害吧！我扛得住！

黎渊实在太想吃了，硬是编了个理由说："工作人员给我进行了升级，我可以和人类一样进食……"

"不，还是测试期，万一你坏了可怎么办。苏凉，我都是为了你好，你可千万不要尝试啊，不然我会心疼的。"

"真没关系。"

"真不行。"

无论黎渊怎么明示暗示，凌悦汐就是不肯松口，坚决不让他吃东西，黎渊只能郁闷地不再说下去。

黎渊心想，没必要为这种小事情和凌悦汐起冲突，到时候找个机会吃饭就是了。凌悦汐哪里看不出黎渊的想法，冷笑着想，今天要是让你吃东西，我就跟你姓。

凌悦汐放下筷子，目光闪闪地看着黎渊："苏凉，我想听你拉琴了。"

"可是这里没有提琴。"

"简单。"

凌悦汐说着，打电话给琴行，很快就有人送来一架小提琴。

黎渊：……

黎渊只好饿着肚子，开始给凌悦汐表演。凌悦汐一边听音乐，一边打开笔记本开始编程。她专心工作，甚至都没有看黎渊一眼，黎渊觉得他简直像一个音箱。

"刚才的曲子不错啊,再来一遍。"当一曲结束的时候,凌悦汐说。

"好好听,再来一遍。就来个循环播放吧。"

凌悦汐的奇葩要求让黎渊几乎要吐血,但是他只能硬着头皮撑着。黎渊觉得手臂酸得不行,往门外看了一眼。

这时,就是裴秘书发挥作用的时候了。

裴秘书敲门进来,一脸严肃地说:"悦汐啊,你出去下,闫总监找你有事。"

"啊,有什么事?"

"我也不知道,你出去就知道了。"

"好吧。"

凌悦汐看了黎渊一眼,离开了病房,黎渊紧张的神经终于放松了。裴秘书也长舒了一口气,一把抓住黎渊的手:"黎总,你的手疼不疼啊?真是的,怎么让你拉了那么久的提琴,这个凌悦汐太不懂事了。我好心疼啊。"

裴秘书说着,眼巴巴地看着黎渊,眼中似乎还有泪水,黎渊觉得自己就要被恶心死了!他拼命甩手:"滚开,离我远点,再远点!起码保持一米的距离!"

看到黎渊嫌弃的样子,裴秘书觉得自己的心碎成了玻璃碴。他觉得凌悦汐简直是小三,而且是超级不懂事的那种!

为什么她一出现,他和黎总就渐行渐远了?该死的女人!

裴秘书在心里烦死凌悦汐了,心疼地说:"黎总,你到现在还没吃饭吧。我现在就叫人送上来。"

"嗯。"

黎渊确实饿了,可因为骨子里的修养,还是耐着性子等裴秘书把餐盘都在桌上摆好。当他准备拿起筷子的时候,没想到房门开了。

凌悦汐装出惊讶的样子:"裴秘书?你怎么还没走?"

没有人会想到凌悦汐会突然回来。

黎渊的脑中一片空白,就连一向反应迅速的裴秘书也愣住了。裴秘书下意识挡在了桌子前,但是他的身体怎么能挡住那么多菜?

黎渊不知道该怎么解释,看了裴秘书一眼。裴秘书只好咳嗽一声,严肃地说:"没看到吗,我在这里吃饭。"

"吃饭?好奇怪啊,你为什么不在自己的位子上吃,要在病房里吃?哈,总不能是给苏凉吃的吧。"

凌悦汐说着,目光炯炯地看着他们。凌悦汐的目光是那么深邃,裴秘书只觉得冷汗直流:"我在哪里吃饭,还要对你汇报?"

"也是哦,那你吃吧。"

凌悦汐说着坐下来,就一直盯着裴秘书看,根本没有要离开的意思。在她的注视下,裴秘书只好吃了一口,本来美味的食物现在真是味同嚼蜡。

求求你,快走吧!我可不敢吃黎总的饭!

"裴秘书,你怎么不吃啦?"凌悦汐关心地问。

裴秘书突然想起来,质问凌悦汐:"你不是要去闫总监那里吗,怎么回来了?"

"我没有去呀。我打了个电话问总监有什么事,他告诉我要做一个工作,我说今天给他,就可以了啊。有问题吗?"凌悦汐眨眨眼。

"你为什么不去公司工作?公司请你来,就是让你旷工吗?"裴秘书极力挑刺儿。

"我现在是休假状态啊。在休假状态还能继续工作，就不要苛求办公地点了吧，你说呢？"

凌悦汐的话实在太有道理，裴秘书一句话都说不出来。他只能眼睁睁看着凌悦汐拿出笔记本，坐在了沙发上，在心里疯狂呐喊她到底什么时候才能滚蛋。

裴秘书没想到，凌悦汐没有开始工作，目光反而一直在自己身上。裴秘书见黎渊的脸色已经开始难看了，恼火地说："你为什么一直看着我？"

"我是想，怎么那么多菜啊，这么多东西你吃得下吗？"

"我是不是吃得下，和你有什么关系？"裴秘书轻哼一声。

"好吧。"

凌悦汐死死盯着裴秘书，大有一种看他到天荒地老的架势，裴秘书想趁她不注意的时候给黎渊吃都没有办法。

明明很饿，明明食物就在面前，却不能吃，还要看着别人吃！这个世界上，就没有比这更可怕的酷刑了！

黎渊的脸色已经难看到极点，裴秘书也如坐针毡。他偷偷摸摸看了黎渊一眼，黎渊皱眉说："你为什么要在我这里吃饭，出去。"

"谁稀罕啊，出去就出去。"

3

裴秘书和黎渊完成了飙戏，立马出门，还生气地关上了房门。他出门后悄悄擦了下汗，郁闷地想，一会儿要想办法支开凌悦汐，再给黎渊送饭才好。

裴秘书一直关心着屋子里的动态，谁知道凌悦汐就好像铁了心粘着黎渊一样，简直寸步不离。黎渊在窗边的时候，她跟上去；黎渊坐在沙发上，她也坐到黎渊旁边；甚至黎渊去走廊的时候，她也在不远处看着！

裴秘书没办法，只好编造各种理由把凌悦汐叫出去。可是，不知道怎么回事，她总是会突然回来。

当裴秘书要给黎渊吃牛排的时候，凌悦汐推门进来，黎渊只好把牛排丢到窗外；当裴秘书要给黎渊喝粥的时候，凌悦汐的脚步声又来了，黎渊只好把热粥都倒在花盆里。

最离谱的一次，是黎渊都把汉堡吃到嘴里了，凌悦汐突然进来！他只好猛地把汉堡吐掉，而凌悦汐笑嘻嘻地说："好奇怪啊，房间里怎么会有汉堡味？"

"你闻错了。"黎渊淡淡地说。

黎渊简直怀疑，凌悦汐是故意整他——可是，这怎么可能？如果凌悦汐整他，那就是知道了他的秘密。可是，她如果知道了他的真实身份，怎么会那么平淡？

所以，这一切只是巧合罢了。他真的好饿……

黎渊想着，肚子突然叫了起来，凌悦汐听到了。凌悦汐冷笑想饿死你算了，然后一脸诧异地看着黎渊："你听到什么声音了吗？好像，好像是谁的肚子在叫。"

"是你饿了吗？"黎渊问。

"没有——苏凉，我想黎渊了。"

黎渊：？？？

黎渊只觉得巨大的惊喜把自己包围。他尽量控制自己，让声音不颤抖："你为什么想黎渊？"

"你不问我黎渊是谁吗？我不记得和你说过黎渊啊。"

黎渊一愣，然后飞快说："那天在赛场的时候，你叫过他的名字。"

"是哦。"凌悦汐若有所思地看着黎渊，"他……是我的老板啦。"

"你对他是什么感觉？"黎渊问。

"我觉得，我好像喜欢上他了。"

在这瞬间，黎渊似乎听到了烟花绽放的声音！他简直不敢相信，梦寐以求的幸福就在眼前。他都听到了自己心脏跳动的声音，艰难地说："你……确定吗？"

"我喜欢上他，你会生气吗？"凌悦汐楚楚可怜地看着黎渊。

黎渊呆呆地说："可能……会有点生气吧。毕竟你是我的啊。"

"啊，你会生气啊。好，我听你的，那就不喜欢了。"

黎渊：……

我不是这个意思，请你不要这么听话！

"我不会干涉你的想法。"黎渊斟酌地说，"比起我的希望来，我更希望看到你幸福。"

"啊，你不该是这么温柔的性格啊。"

凌悦汐一脸疑惑看着黎渊，黎渊觉得她的目光好像看透了他的内心。他只好说："你离开我的话，我就去死。"

"小乖乖，我可舍不得你死。我想了下，我更喜欢你，我还是不喜欢黎渊了。"

黎渊觉得自己就好像在坐过山车一样，一颗心忽上忽下。他简直气急败坏，一把抓住了凌悦汐的肩膀："你既然喜欢他，就坚持自己，不管别人怎么说，都要坚持啊！我确实不想你和别人在一起，但这只是我的想法，你为什么要管我？你都这么大了，难道没有自己的主见吗，嗯？"

"苏凉，我怎么觉得你好激动啊。"凌悦汐怔怔看着黎渊，"你好像很喜欢那个家伙？"

"呵，我怎么会喜欢我的情敌。"

"那不如你们见个面，你给我把把关吧。我现在就去找他。"

凌悦汐说着，就给黎渊打电话，黎渊是那么庆幸他刚才把手机调成了静音。凌悦汐当然一直没有打通，黎渊故意皱眉说："他没有接电话吗？"

"嗯。本来想告诉他，我喜欢他……既然不接电话，那就是没缘分，还是算了吧。"

黎渊一听急了，一脸严肃地说："既然想做就去做吧。我欣赏的凌悦汐，绝对不是这样轻易放弃的人。再打个电话吧，也许这次他就接了。"

"苏凉，你……"

"只要你幸福就好。我出去一下，毕竟我留在这儿不太适合。"

黎渊说着，快速走了出去，生怕凌悦汐叫住他，幸好这一次凌悦汐没有这样做。黎渊到洗手间拿出了手机，屏住呼吸等待凌悦汐打来，当电话响起来的时候他秒接。

他装作漫不经心的样子："凌悦汐，找我有什么事吗？"

"黎总，你在哪里呀？"凌悦汐没有回答，而是问黎渊。

"在家里——这个问题不重要。你到底找我有什么事？"

表白，快表白！不就是想表白吗，你还在等什么！

黎渊在心中疯狂咆哮，却不得不装出气定神闲的样子。凌悦汐故作为难的样子："黎总，我真的很抱歉这么晚打电话给你，可是我有件事必须和你说。我觉得，我，我……"

"你怎么？"黎渊只觉得心脏都快跳出胸膛了！

这时，凌悦汐终于说："我真的挺喜欢我现在的工作的。"

黎渊只觉得心猛地一沉。

凌悦汐为什么突然说这个，她不是来表白的吗？

不不不，她一定是想循序渐进，还真是个可爱到爆的姑娘啊。

他想了想，说："你喜欢工作，这是好事儿，以后我也会全方面支持你。凌悦汐，你不会就想和我说这个吧，一定有别的要说的吧。不要怕，你勇敢说出来！"

"我，我还是不说了吧。"

见凌悦汐似乎要退缩，黎渊忙说："你有什么要求尽管提——今天我心情好，什么都会答应你。什么都会。"

黎渊在最后几个字上加重了语气，心想凌悦汐这么冰雪聪明的人，肯定可以听出他的暗示。

凌悦汐在电话那头，显得很纠结，然后说："我……好吧，黎总那我就说了。我，我想加工资。"

"好的我答应你。等等，你说什么？"

黎渊简直怀疑自己的耳朵出现了问题："还有别的事情要对我说吗？我说了，我能满足你一切要求。"

就算你说要我，我也会答应你。

要我吧，凌悦汐，要我吧！

黎渊在心中疯狂呐喊，可是上天没有听到黎渊的祈祷。

电话那头，凌悦汐欢快地说"没有"，就挂断了电话，黎渊拿着手机，还是不太相信凌悦汐就这么放弃了。

她到底为什么要放弃？明明，明明可以拥有一切的啊……

她打这个电话来，又到底是什么目的？是为了表白，还是为了升职加薪？

"苏凉，你怎么在这里？你在干什么？"

当黎渊陷入迷茫的时候，凌悦汐突然出现了。黎渊下意识把手机丢进了马桶里，然后一脸无辜地说："我就是在这里洗手。"

"机器人也要洗手吗，你真是爱干净。"

凌悦汐看起来倒是没有怀疑，只是让黎渊快回病房，自己也跟着他回去了。黎渊还是挺想再听凌悦汐说起对自己的感觉，可是凌悦汐偏偏不再开口，让黎渊简直心痒难耐。

凌悦汐完全不懂黎渊的心思，打个哈欠说："好困啊。睡吧，苏凉。"

凌悦汐说着，把黎渊的手抓过来，枕在他的臂弯里。凌悦汐看起来是那么依赖他，就和往常一样，但是黎渊偏偏还是觉得她有什么地方不一样了。

黎渊出神地看着凌悦汐，这时凌悦汐说："苏凉，你给我讲个故事吧。你都好久没有给我讲故事了。"

"加载故事程序。"

听到凌悦汐的要求，黎渊背后的工作人员立马为黎渊提供了丰富的故事库，可是黎渊拒绝了。

他想了想，说："从前，在深林里有白雪公主和七个小矮人。白雪公主的后妈一直妒忌白雪公主的美貌，所以白雪公主才会躲到森林里，遇到了他们。这七个小矮人个性各不相同，有的很温柔，有的很活泼，有的很擅长做饭，也有的很爱唱歌……"

"就和你一样。"凌悦汐突然插话。

黎渊一愣,然后说:"对,和我一样。他们都很喜欢白雪公主,希望白雪公主和他们幸福地生活在一起。可是皇后来了。她装作老太太的样子,骗白雪公主吃了毒苹果,白雪公主陷入了永远的沉睡。然后王子出现了,王子亲吻了白雪公主,后来白雪公主和王子幸福地生活在一起。"

凌悦汐眨眨眼睛:"就这样?说完了吗?"

"嗯,说完了。你有什么不满意吗?"

"也没什么……真是奇怪啊,每一个童话故事,都是以王子和公主幸福生活在一起为结局。可是怎么没有人说,王子和公主结婚后怎么样?他们长时间在一起,会不会吵架?而且,公主会不会发现王子其实是个骗子?"

"什么?"

"比如说,王子其实是骗她的。"凌悦汐盯着黎渊的眼睛说,"那些小矮人,也都是王子接近白雪公主的手段。"

"你为什么会这么想?"黎渊只觉得心猛地跳了起来。

"没什么,我就是随便想想。"凌悦汐嘿嘿一笑,"睡啦。"

4

这里虽然是医院,可是布置得特别温馨,凌悦汐也不认床,很快就闭上了眼睛。黎渊看着凌悦汐熟睡的面容,却怎么都睡不着。

他不知道凌悦汐到底知道了多少,又不知道凌悦汐是不是真的会对他表白,心情就好像在油锅里一样,煎熬焦躁到极点。

他看着触手可及的凌悦汐,是那么想要拥抱她、亲吻她。

但是，不是以苏凉的身份，不是以任何人的身份，只是黎渊罢了。

闫总监建议他尽早结束这个游戏，也许就应该按照他说的去办。可是，这样做的结局会是什么样，还真不好说。

有更稳妥的方法就好了。那会是什么方法呢？

黎渊想着，也觉得迷糊了起来。就算是胃里饿得难受，他还是闭上了眼睛。而在他闭上眼睛的瞬间，凌悦汐睁开了眼睛。

"黎渊，这只是开始。"凌悦汐轻声说，然后微微笑了起来。

第二天，黎渊被工作人员用"还要进一步维修"为理由弄走了。昨天凌悦汐死活不肯放人，今天大家都做好了要打一场硬仗的准备，没想到凌悦汐说了声"好呀"，就非常轻易放走了他们，倒是让他们有一点怅然若失。

黎渊就这样到了他的办公室。在这期间，工作人员都紧张地环视四周，生怕凌悦汐突然出现，幸好有惊无险。

黎渊回到办公室，恢复了霸道总裁的身份，也长长舒了一口气。当造型师给他卸掉伪装的时候，裴秘书已经非常懂事地送来粥类和点心。

黎渊饿了一天，虽然姿态优雅，但是吃得很快，裴秘书看着黎渊，只觉得悲从心生。

裴秘书鼓足勇气说："既然都知道了芯片的下落，您也没必要这么扮演机器人了。凌悦汐小姐很明显已经开始怀疑了。所以，我还是建议您快点回归吧。"

这个问题，闫总监已经说过一次了。黎渊想起凌悦汐昨天对故事的评价，也没有再坚持。他想了想说："知道了。到时候就说时间到了，然后把我直接接走就好。"

闫总监轻轻咳嗽一声说:"最后一关,是比机器人的智能性,倒是没有什么危险。黎总,不知道你想凌悦汐小姐拿第几名?"

黎渊的目光顿时犀利了:"你是觉得,我要让你开后门吗?"

"不,我就是问问。毕竟要是比智能性的话,如果您以机器人的身份参赛的话,您必然会是第一名。"

"我知道该怎么做。"黎渊淡淡地说。

凌悦汐并不关心黎渊在忙什么。她实在懒得陪黎渊演戏,只想好好准备机器人大赛的决赛,却没想到,她近期在机器人大赛上大展身手的表现,让很多人看不顺眼。

王组长首当其冲。他本来就对凌悦汐有偏见,再加上她居然绕过他报名参加比赛,让他觉得威严被挑衅了。所以,他一定要对凌悦汐做出惩罚。

这天,凌悦汐上班的时候,觉得很多人在看她,可是回头的时候发现那帮人分明在工作。凌悦汐不信邪,装作喝水的样子猛地回头,和几个来不及转身的人,视线撞个正着。

凌悦汐越发确定有什么她不知道的事情发生了,转身问小雯:"你们到底怎么了?"

小雯刚想开口说话,突然捂住嘴巴摇了摇头。

凌悦汐下意识地问:"被绑架了?"

"没有……啊呀,我怎么说话了!"小雯懊悔地说,然后破罐子破摔,"算了,和你说就说了吧。王组长说,不许我们和你交谈,不然就扣工资。"

"啊?他为什么突然这样?"

"他可能要调整你的工作岗位,你要小心啊。"

小雯悄悄说完,就不再开口,凌悦汐只觉得心里紧张到极点。当王组长叫她过去的时候,凌悦汐提高了警惕,王组长果然劈头盖脸地说:"凌悦汐,你最近心思在哪里?之前让你做的计划书,怎么到现在都没有给我?"

"我早就发你邮箱了啊。"

凌悦汐说着,拿出手机给王组长看邮件,王组长见状脸色一沉——他是准备找茬的,结果反而自己没道理了。他厉声说:"你周三怎么那么晚来上班?"

"我去参赛……"

"参赛就可以迟到早退,违反公司制度了吗?你那么喜欢玩什么发明创造,可以直接辞职,自主创业啊,你还在公司做什么?我的员工,必须以公司利益为先,我绝对不要那种心怀不轨的!"

凌悦汐也火了:"王组长,我怎么就心怀不轨了?我之前报名的时候,你也是知道的,并没有反对,公司也没有说过员工不能报名。而且我都是处理好工作才请假的,并没有给其他人增加负担。而且这么说起来的话,我很多次加班都是义务的,根本没有申请加班工资。你这么和我算,不合适吧?!"

"你……"

王组长只觉得脸都要被凌悦汐打肿了,脸色难看到极点。他生气地说:"你是在质疑我吗?你就是这么对上司说话的?"

"王组长,我很尊重你。你的合理要求,我肯定会做到,可你这样抓考勤,我觉得特别奇怪。你,你是不是不想我得名次啊?"

听到凌悦汐这句话,王组长立马高声说道:"你的意思是我妒忌你吗？我需要妒忌你这个最底层的员工？你别搞笑了！你别以为弄个机器人什么的，就是行业大佬了？他们是可怜你，才给你一个奖项的"。

凌悦汐真不知道王组长为什么有这么大的反应，愣愣地看着他，只觉得怒火燃烧到顶点。就在这时，一个男人的声音说："原来我们的比赛是那么随性，因为可怜一个人就会给她奖项……我倒是没想到。"

"你谁啊，瞎说什么！黎、黎总……"

看到黎渊和闫总监一起过来，王组长秒怂。他不知道他们都听到了什么，先发制人地说："黎总，抱歉我没有处理好工作。这个凌悦汐最近一直迟到早退，还不完成工作，都是我的错。"

王组长一脸沉重，凌悦汐简直要被王组长颠倒黑白的能力给气死了。她气得身体都在发抖，偏偏一句话都说不出来，这时黎渊说："嗯，确实是你的错。"

"啊？"王组长愣住了。

"那么有潜力的员工，偏偏要通过比赛才能被发掘，这是你的失职——当然也是闫总监你的失职。"

"对不起，我对员工的了解确实比较少。"

王组长虽然不明白为什么闫总监会认这个，但还是说："黎总批评得对。我不能因为员工不和我汇报，就忽略了员工的优势，这真的是我的错误。"

"你的意思是，这是凌悦汐的责任了？据我所知，每次分配任务的时候，你都是给她最基础的，就算她提出申请也没有用。凌悦汐，是这样吗？"

"是。"凌悦汐点头，"不光是我，其他女性组员也是被王组长这样对待的。"

"你们觉得这样合适吗？"

"不合适。"凌悦汐飞快地说，"就算这个职业男性居多，但是并不代表我们就做得不好。这样的性别歧视，让我非常不舒服。"

王组长急了："什么性别歧视啊，才不是！我就是，我就是……"

王组长实在没办法解释，脸色变得灰白一片。

黎渊说："总之，我的集团，绝对不允许这样的事情发生。我们的公司绝对倡导平等，女性和男性有一样的工作机会和晋升通道。"

王组长只觉得脸被打得啪啪响，艰难地说："黎总，您的决定实在太正确了！我们公司肯定会成为业内的佳话……"

"业内佳话……难道到现在，你还觉得我是不相信她的能力，只是想博一点关注度吗？不。我信任她。我相信，她能和云上集团一起进入新的时代。"

黎渊的眼神是那么灼热，凌悦汐觉得自己都要被他的目光融化了。她只觉得有一种特别温暖的情绪从心里升起，她轻声说："我会加油的。"

"你一定要加油。"黎渊说完，便回了自己的办公室。

凌悦汐心情愉快地回到家，黎渊也已经等候多时。

凌悦汐见到黎渊愣了一下，然后说："苏凉，你已经被修好啦？"

"嗯，我现在很好。"黎渊说。

为了维持苏凉的人设，他故意咳嗽了起来，显得自己体弱多病。凌悦汐只觉得满脸黑线，心想你还真是很敬业。她眨眨眼睛说："为了庆祝你回家，我给你一个惊喜。"

"什么惊喜？"

"闭上眼睛，我告诉你。"

黎渊怀疑地看着凌悦汐，然后闭上了眼睛，在心里暗想凌悦汐会不会突然给他一个吻。如果真的吻上来了，那么这个吻到底算给谁的呢？是亲吻苏凉的，还是亲吻他黎渊的？

他真的很想告诉凌悦汐，从头到尾她身边的人都是他，全部都是他！可是他要怎么开口？难道真的要按照闫总监说的，演一出戏？

黎渊脑中混乱成一团，而凌悦汐却说："我要变换模式。"

黎渊：……

黎渊完全没有想到这一出，也没办法完成变装，呆呆地不知道该说什么。凌悦汐看着他，微微一笑："接下来会是谁，我真的好期待啊。明天见啦，我的男朋友。我的，恋爱机器人。"

凌悦汐心情愉快地去睡觉了，把难题就这么交给了黎渊。黎渊根本没有选择，只好扮演起游戏中的人物许律，这也是他最后一个可以扮演的角色。

黎渊这次没有任何飙戏的快感，只觉得对此充满了抗拒。他任由发型师把他的头发染成褐色，突然说："机器人比赛，我不会去参加。到时候，你找个借口把我回收。"

裴秘书一愣，喜悦地说："黎总，你终于想通了！"

"嗯。我要用真正的身份面对凌悦汐，我不要她看我的时候，想着别的男人。"

黎渊终于下了这个决心后，只觉得心中的巨石就这样落地。

他上网翻着机器人大赛的专用页面，发现人气比他想象得还要高。

机器人大赛还是挺少见的，早就吸引了许多人的注意力。大家都没想到，现在的机器人技术已经发展到这个地步，而各式各样的奇葩发明也占据了话题榜。

有人发明了可以发电的自行车机器人——如果可以24小时骑车的话，家里永远不会断电；有人发明了能帮助学习却总是算不清楚数学题的机器人，被人叫成"人工智障"……在众多奇葩机器人中，凌悦汐的美妆机器人显得鹤立鸡群。

虽然喜欢这个机器人的人数量不算多，但是喜欢的人纷纷表示这个太好玩了，可以在早上节约十分钟，妆容再多点就更好了。

这样的议论让黎渊心情很好，有一种自家养的孩子被人表扬的骄傲。

黎渊在看官网的时候，凌悦汐也在翻看。网友的留言给了凌悦汐很大的鼓励，她从没想到她的一个突发奇想会那么受关注！

她必须赢。现在，她不光是为了自己，更是为了那些想要机器人的支持者们。

凌悦汐潜心改造美妆机器人。可是，研发到了后期，她越发觉得头痛——她的美妆机器人只有四种妆容模式，分别是日常妆、欧美装和清新妆，可是每个模式都有缺陷。比如说，日常妆的粉底打得不是很细腻……

凌悦汐是个追求完美的性子，一门心思要把这个做好，对于黎渊变成什么样的人并没有很关注。

黎渊再一次在化妆师的打造下，改变了造型和身份。

回到家时，他还担心凌悦汐发现他不见了起疑心，当他发现凌悦汐在工作室就没有出来过，甚至没有吃饭的时候，心里很不高兴。

黎渊坐在客厅的沙发上生闷气。凌悦汐忙碌到深夜,出来活动的时候,才发现了一旁的黎渊。她没有任何期待地说:"是许律吗?"

"是啊,宝贝。"黎渊说。

许律的人设是一个嘴巴很甜、特别会聊天的心理医生,黎渊其实很烦这样的人,也根本没有心情好好扮演。他把早就准备好的晚饭放在凌悦汐面前,凌悦汐没有吃,而是一直看着黎渊。

"你为什么一直盯着我看?"黎渊只觉得被凌悦汐看得毛骨悚然。

凌悦汐继续看着黎渊,叹息说:"唉,我就知道是你这个坑货。"

"悦汐,你对我不满意吗?"

黎渊说着,想挑起凌悦汐的下巴,而凌悦汐伸个懒腰说:"没什么不满意的——许律,我要正常模式。"

"什么?"

"叫我主人,也别说那么多废话。"凌悦汐面无表情地说,"我现在不需要恋爱机器人,我只需要一个机器人——你能分清楚这之间的差别吗?"

黎渊还真的分不出来。他只觉得精心准备的笑容,就这样凝固在脸上,而凌悦汐继续说:"现在,开始打扫房间吧。"

凌悦汐不给黎渊任何和她交流的机会,真的把他当成扫地机器人一样来用。她看着黎渊把家里扫了一遍又拖了一遍,还是不满意,又盯着他打扫完家里的卫生死角才满意。

"悦汐……"

"叫我主人。"

每当黎渊想说什么的时候,凌悦汐总是这样冰冷地回应,黎渊只觉得有一口气憋在胸口,难受至极。黎渊给凌悦汐家做了个大扫除,心想这样总算可以休息了吧,这时隔壁突然传来了孩子的哭声。

第十一章 演啊，你继续演啊

1

"说,这两个是什么关系?"女人歇斯底里地说,"是互为反数的东西!这个都不会,你还上什么学啊!"

"好可怜的小朋友。要么,你去帮他做作业?"凌悦汐看着黎渊说。

黎渊呆住了。

"不要。比起辅导小孩子来,我更喜欢你。"

黎渊说着,挑起凌悦汐的下巴,可是被凌悦汐面无表情地打掉。凌悦汐说:"我说了,不要个性模式,要正常模式。我最乐于助人了,你快去辅导孩子写作业。"

当凌悦汐和黎渊一起敲门,出现在邻居面前,并且说明来意的时候,孩子妈妈还是一脸怀疑。

她看了一眼孩子,到底觉得身心俱疲,松口说:"你们觉得可以,就来试试看吧。"

"一定可以。对吗,许律?"凌悦汐问。

黎渊走到了房间里,看到一个七八岁的男孩正好奇看着自己,觉得太阳穴都开始疼了。

"小朋友,你哪里不会,我来教你。"黎渊用最温和的声音说。

"我都不会。"孩子把作业往黎渊面前一放,"你来帮我做吧。"

"小强!"

小强妈生气地又要去揍他,凌悦汐把她拦住:"不气不气,小孩子都调皮嘛。你们什么时候搬来的,我怎么没见过?"

"我们一个礼拜前才搬来。我下班时间比较晚,所以只能很晚才辅导孩子功课,给你们添麻烦了,真是抱歉啊。"

"你太客气了。你……"

"啊,你是想问孩子爸爸做什么的,为什么不辅导功课吗?我和他早就离婚了。"小强妈爽气地说。

"对不起,我没想问这个。"凌悦汐忙说。

"没关系,反正大家也早晚知道。"

小强妈打开了话匣子,告诉凌悦汐她都经历了什么。离婚后,她为了赚钱辞了清闲的文员工作,开始做起了销售。她赚的钱比以前多了,但是没什么时间管孩子,日子非常辛苦。

让她头痛的是,小强平时还算乖巧,可是在数学上简直一窍不通。为此,她只能大晚上的辅导孩子功课。

"唉,别的不说,我现在每天化妆的时间都没有。我这一行对形象要求还是挺高的,我又不好意思在公司门口化妆,真是的,唉。"

凌悦汐只觉得灵光一闪:"你的意思是,美妆的最大作用是要节省时间?"

"是啊!说实话,我们都是平常人,哪里会化得多好看,就是想提升下气色罢了。我们对化妆要求也不高,关键就是快,要给我们节省时间,还能多睡一会儿。"

凌悦汐觉得自己抓住了最重要的东西,心脏怦怦跳了起来。这时,黎渊突然问:"你到底为什么要这样?你明明会做,但是故意做错了,这到底是为什么?"

"我才没有。"

小强涨红了脸,说什么都不认,黎渊说:"我和你说,做对三道题就可以睡觉,你就真的做对了三道题。错误率都能把握,你还说你不会做吗?"

"你胡说,我真的不会。"

"而且你会做的都是难的题目,其中包含了之前题目的知识点。"黎渊看着小强的眼睛,"你是到叛逆期了吗?所以这样故意让你妈生气?"

小强妈大吃一惊:"小强,这不是真的吧!你故意做错题?你这孩子,你到底图什么啊?你知不知道,我那么忙还要去学校,给老师赔小心是什么心情!你这孩子怎么那么不懂事!"

小强妈越说越生气,都要哭出来。凌悦汐也没想到事情会这样,看着小强:"小强,你到底为什么要这样?"

小强不肯说话。小强妈气得要去打,黎渊却说:"你一周去几次学校?"

"还能几次啊,一周一次。"小强妈没好气地说。

"那你除此之外,有时间陪伴孩子吗?"

"我下班都很晚了——可我会给他做好晚饭,他回来热一下就可以了。他想要的东西我都尽量满足,你还觉得我不好吗?"

小强妈说着,忍不住流下泪来,小强紧紧咬着嘴唇不说话。黎渊却说:"按照你说的,除了被老师叫到学校,你平时和他单独相处的时间非常少。如果他不是想叛逆,只是想多见你呢?"

小强妈愣住了:"可我一直在陪着他,我也是为了他好……"

"你觉得给他最好的条件就是为了他好,你却不知道他想要的是什么。"黎渊淡淡地说,"小强,你来说。"

小强被推到了妈妈面前,他的眼泪终于掉了下来。他轻声说:"妈妈对不起。我就是很喜欢你辅导功课,我也想多看看你……妈妈,不要生气,我错了。"

小强妈看着儿子，发现他比自己记忆中突然高了很多。她的眼泪也下来了："对不起，是妈陪你时间太少了……"

于是，他们家的励志剧，突然成了苦情剧。凌悦汐和黎渊待着不合适，也就悄悄离开了。

回到家中，凌悦汐问黎渊："你是怎么看出来他是故意做错的？"

"因为我是心理医生啊。"

"喂！"凌悦汐简直想打黎渊。

黎渊到底没有告诉凌悦汐答案，为自己保持一点神秘感。

其实这件事很简单，因为黎渊以前也这么做过。他为了让爸妈多关注他，别说是故意考试不及格了，还装病过，所以一看小强就知道是怎么回事。

他也只是……缺爱罢了。

黎渊想着，是那么想看到凌悦汐崇拜的眼神，可是凌悦汐一直喃喃自语："减少时间，减少时间……对啊，我怎么没想到这个！"

"你到底在说什么？"黎渊疑惑地问。

"我想到怎么改变美妆机器人了！"凌悦汐说着，用力抱了黎渊一下，然后到了工作室里。

黎渊也不知道凌悦汐想到什么了，只知道她一晚上没睡觉，第二天醒来的时候眼眶都是黑的。

凌悦汐虽然看起来很疲惫，但是精神很好："搞定了！我相信，我这个机器人一定会得奖！"

"你要拿着这个去参赛，不是拿着我去吗？"黎渊诧异地问。

"嗯，这才是我自己做的啊。"凌悦汐兴致勃勃，"走吧，陪我去！我要你亲眼看到我走上人生巅峰！记住，不管发生什么事，你都别出来！"

黎渊点点头，跟着凌悦汐到了比赛现场。本场比赛最后有30个人进入了决赛，凌悦汐不知道自己到底会不会赢，紧张至极。

打住，凌悦汐！还没有开始比赛，你怎么就怂了？就算赢不了，那也要笑到最后！

凌悦汐拼命给自己打气，可是上场的时候还是胆战心惊。她紧张到说不出话来，看着台下的观众只觉得脑子里一片空白。

她机械地说："大家好，我叫凌悦汐，这个是我设计的自动化妆机器人。那个，那个我们女性都有着化妆的需求，可是很多人是手残党，也有人，有人没有时间……所以我设计了这个。"

凌悦汐说着，打开了机器人。主持人很给凌悦汐面子："哇，这个机器人在比赛中很特殊，因为是完完全全针对女性群体做的，而且特别特别实用。下面让我们来感受下。凌悦汐选手，你做模特好吗？"

"当然可以。这个就是开关。"

凌悦汐说着，坐了下来，主持人按动开关现场开始化妆。主持人不太会操作这个机器，不知道按了什么按钮，机器飞速旋转起来，把口红涂在了凌悦汐的额头上。

主持人吓了一跳，台下也发出一阵哄笑。

"什么自动化妆机器人啊，我看就是自动毁容机器人。"

"是啊，也太奇葩了吧，这样的都能来参赛？"

那些议论声，让凌悦汐的脸变得通红。她没想到准备了那么久的机器人，会在这里被群嘲，心里苦涩到极点。她张大嘴，但是一句话都说不出来。就在她尴尬到极点的时候，黎渊行动了。

在众目睽睽下，他走到了台上。大家的目光都在黎渊身上，议论声也小了一点。而黎渊已经忘记了凌悦汐对他的命令，说："悦汐，我来给你当模特。"

凌悦汐的眼睛湿了。

除了那些美妆博主，有哪个男人愿意化妆，而且还是当众化妆？更何况，这个人是黎渊，一向最注意自己形象的黎渊！

"快点啊。我最喜欢给可爱的姑娘服务。"

黎渊说着，故意做出放荡不羁的样子，来证明他确实就是许律。凌悦汐真是佩服他到现在都不忘记飙戏，深吸一口气也走到了黎渊的身边。

她对着台下鞠躬："抱歉，刚才出现了一点问题。现在，我们就开始真正的展示。"

当凌悦汐站起身体的时候，目光极其坚毅，和刚才比起来就好像变了一个人一样。她对着台下说："现在，我们展示的是日常妆。"

她说着，按下了机器人的按钮。当机器人朝着黎渊走来的时候，他还是有点紧张的，但是丝毫没有躲闪，任由这个机器人在他的脸上涂抹。

凌悦汐拿着话筒对台下说："这个机器人一共有三种模式，可以分别应对不同的场合。这个是日常妆，最大的特色就是可以让你解放双手。你可以预约定时，在赖床的时候就完成了化妆工作。我们的理念就是，让你多睡十分钟。"

主持人点头说："真是很有趣的机器人啊！那么，除了日常妆还有别的什么吗？"

"还有欧美装和清新妆,分别针对不同需求的女性。"

"凌悦汐,我好奇问问,为什么你会想到研发这个?不得不说,这个和其他机器人比起来,功能确实比较单一啊。"

"嗯,我也知道。我不是最厉害的程序员,我想做的也不是改变世界的事情,只是想让女孩子的幸福感稍稍提升一点。这个可以让大家每天多睡一会儿,也能让那些不会化妆的女孩子,在第一次约会的时候可以方便地化妆,展现最美好的自己。"

"真是很棒的创意啊。现在,美妆机器人化好了,大家一起来看吧。"

美妆机器人给黎渊化好了妆容。这个机器人虽然模式不多,但是足够精细。它根据黎渊的脸型化了淡妆,遮盖了黎渊的英气,让他看起来简直娇嫩欲滴。

"天啊,也太好看了吧。"

"虽然模式比较少,但是比我这个手残党好多了……"

"男人都能化成这样,我们女人不是能化的更好看?"

大家看到漂亮的卖家秀时,都会把自己代入成那个人,看着黎渊的目光火热至极。黎渊按捺住心理的不适,大大方方给大家展示,引来一片尖叫。

凌悦汐知道,她这个产品算是得到了大家的认可,终于松了一口气。

他们下台后,凌悦汐急忙带着黎渊卸妆,无奈地说:"你怎么就上去了?"

"你遇到了麻烦,我不去谁去?"

凌悦汐手一顿:"你就不会有偶像包袱什么的吗?"

"你也知道?我的意思是,你有没有沉浸在我的盛世美颜里?"

黎渊说着，突然凑近了凌悦汐，凌悦汐还真的有点被惊艳到。她看着黎渊红润的唇，突然很想知道那里是什么感觉，拿手轻轻触碰了下。

黎渊只觉得浑身就好像触电了一样。他猛地把凌悦汐搂在了怀里，凌悦汐可以清晰听到他的心跳。

"凌悦汐，你说我为什么，就是那么喜欢你？"

黎渊的声音是那么迷茫，这句话他也不知道是对凌悦汐说的，还是对自己说的。凌悦汐觉得自己的心就好像被羽毛划过，酥麻到极点。

"我也喜欢你呀。"

凌悦汐说着，对黎渊羞涩一笑，黎渊简直不敢相信自己的耳朵。当期盼已久的事情就这样实现的时候，黎渊反而有一种不切实际的虚无感。

凌悦汐表白了。但是，他现在是许律的身份。

她喜欢的人到底是许律，还是他黎渊？

"悦汐，你喜欢的到底是谁？"

"啊？"

"我……"

就在这时，外面评委已经评出了比赛结果。凌悦汐苍白着脸走到外面，只觉得手都在颤抖。

第一名是谁？她又会是第几？她真的可以达到预期的目标吗？

她的美妆机器人，真的可以投产吗？她能实现她的梦想吗？

凌悦汐心中乱成一片，这时评委开始公布获奖名单。凌悦汐听到，一个表现很优秀的选手是第一名，也算是实至名归。

当她听到第十个选手的名字的时候，只觉得心猛地沉了下来。

其实，她早就知道会这样。虽然她的机器人还算新奇，但是有太多的不足，更没办法和那些天才、前辈比。能进入决赛，已经是对她的最大嘉奖，她还苛求别的，实在是太过贪心。

凌悦汐，你已经很好了。你又在伤心难过什么？

凌悦汐想着，却听到评委说："并列第十名，凌悦汐！"

凌悦汐简直不敢相信自己的耳朵！评委解释说："凌悦汐的现场分数没有第十名王路高，但是总分是一样的，所以并列第十。"

凌悦汐只觉得一句话都说不出来。泪水在不知不觉间满了眼眶，眼前都模糊了起来。

她当然很想赢，但她更想得到一种认可。一直以来，她是为了爸爸才坚持的，而她现在清楚地知道，她更是为了自己！

她喜欢程序员这个工作！她真的，真的很喜欢啊……

凌悦汐看着黎渊，黎渊也看着凌悦汐，时间好像在此刻静止了。裴秘书觉得自己的存在简直就是好像电灯泡一样，识趣地想要离开，这时闫总监出现了。

不要过来！

裴秘书用眼神示意，疯狂对裴总监使眼色，而他们显然没有默契。闫总监还以为，裴秘书这是示意他快点行动，沉着脸走了过去。他对凌悦汐说："凌悦汐，现在三个月的时间到了。这个机器人，我们要回收。"

闫总监说着，就示意手下去抓住黎渊。他的手下哪里敢触碰黎渊，装模作样站在黎渊身边，打算和黎渊一起走。

凌悦汐只觉得什么伤感的情绪都没有了。她心想黎渊终于伪装不下去了，脸上却露出了诧异的表情："就是现在吗？可我……我……"

她做出依依不舍的样子，那哀伤的眼神让黎渊看了心碎。黎渊下意识想说那就算了，闫总监看出黎渊又要坏事情，忙严肃地说："对，这是我们之前说好的，你该不会要反悔吧。"

"不，不会。再见了，许律。"

凌悦汐说着，恋恋不舍地看着黎渊，看起来就好像要哭了。虽然只是演戏，黎渊却有一种真的要离开凌悦汐的感觉，心情沉重到极点。他缓慢走到了闫总监身边，对凌悦汐说："我不会忘记你。"

"你还是忘记我吧。"凌悦汐凄然一笑，"再见了，许律。"

"再见了，悦汐。"

见一切都按照计划进行，凌悦汐甚至比预料的还要好说话，闫总监和裴秘书都松了一口气。

上班的时候，凌悦汐想看看黎渊还打算怎么表演，就去黎渊办公室找他，却在门口听到里面传来争吵声。她急忙停下了脚步。

"黎总你到底什么意思？为什么要把和张总、王总的合作都给停了？"

"你是说我们的供应商吗？我有了更好的供应商，比他们便宜20个点，我当然会选择新的供应商。"

"可那家都和我们合作十年了！"吴江再也没办法保持微笑。

他以为，自己什么都不交接就去休假，还让一些高管故意不配合黎渊就可以迫使黎渊低头，却没想到黎渊选择最没有意义也是最艰辛的一条路——釜底抽薪。

黎渊根本不管公司能不能正常运转下去，就把他的人通通辞退，一个都没有留！别说那些员工了，他之前联系好，让他们故意摆姿态的那些供应商和客户，黎渊也一个个解约了！

要知道，这可涉及着上亿的金额啊！他是初生牛犊不怕虎，还是脑子有坑？又或者，他有什么大杀招？

吴江越想越生气，黎渊却还是气定神闲的样子。黎渊微笑说："吴副总，你既然还在休假期，就不要操心那么多事情了，身体第一。我是公司的CEO，我对结果负责，而且就算暂时亏钱，我也亏得起。毕竟，一个干净的环境比肮脏的钱更重要，你觉得呢？"

吴江不想继续这个话题，说："黎总，你突然宣布要推出恋爱机器人，在此之前董事会没有任何消息。你为什么不经过董事会同意，就做这么重大的决定？而且你明知道我们的机器人还有很大的缺陷。到时候，影响我们云上集团的声誉，你知道会给公司造成多大的损失吗？"

"吴副总，你好像忘记了你只是副总，总经理是我。如果做得不好，爷爷自然会找更专业的经理人来，你也不用担心公司是不是会倒闭的问题。说到底，这个公司和你没关系。"

黎渊轻而易举击中了吴江最介意的那一点，他的脸色瞬间狰狞了："你别忘记了，我爸是最早跟着老爷子的人，我也是一毕业就在云上集团上班，我为这里工作了三十年！就算这是你们黎家的公司，我也有苦劳！"

"你确实有苦劳，所以你每年的年薪有那么多，你贪污受贿我也是睁一只眼闭一只眼。你错就错在，不该把手伸得太长。"

"黎总，看来你是铁了心要和我作对了。"吴江不再伪装，而是呵呵一笑，"你不就是想把我逼走吗，那我们看看到底谁会走!"

吴江说着,推开房门,正好看到了凌悦汐。凌悦汐也没想到会目睹这样的一幕,瞬间尴尬了起来,幸好吴江看了她一眼就离开了。看到凌悦汐,黎渊脸上的怒容瞬间消失不见,转为最和煦的笑容:"凌悦汐,你怎么来了?"

黎渊心想,凌悦汐来肯定是为了谢他,说不定还是为了表白什么的。他想着,看凌悦汐的目光越发炽热,听到凌悦汐果然说:"黎总,我得了名次,我想请你吃顿饭。""好。"

凌悦汐只是客气下,却没想到黎渊一口答应了。她目瞪口呆地看着黎渊,而她的表情让黎渊之前很糟糕的心情瞬间好了起来。

黎渊决定今天再一次表白。他相信,凌悦汐对他也是有感觉的,就算是没有感觉……那感觉也是可以培养的。

她一定是不相信,像他这样的男人会爱上她,所以不敢接受这份感情。她说不定也会为以后担心,害怕他们门不当户不对,会没有共同话题,他更会嫌弃她什么的……

唉,为什么她的小脑瓜里就有那么多东西?

那么,再次告白一下吧。认真的,郑重的,让她知道他爱着她。

黎渊想着,拿起外套站起身:"既然你那么有诚意,那就今天去吧。吃贵的也没有关系吗?"

"没,没有。"凌悦汐硬着头皮说。

"好,我知道有家餐馆不错,我带你去。"

黎渊带凌悦汐来了一家私人会所。这家会所在湖边,非常隐蔽,从一片森林走进去后,才会发现别有洞天。凌悦汐坐在湖边看着湖光山色,听到黎渊对服务员熟络地说:"现在有什么推荐菜吗？"

"新到的松茸和三文鱼都不错。"

"嗯，就来这个吧。再来点牛排。悦汐你还要吃什么？"

我什么都不要吃！我只想吃泡面！

凌悦汐想着这顿饭要多少钱啊，努力保持微笑说："不用了，谢谢。"

"那就这么上吧。"

黎渊选的果然是好地方。这家餐厅的菜口味极好，摆盘精致，要不是想起这顿饭要她来买单的话，凌悦汐还是觉得挺幸福的。她觉得她吃下的每一口饭，都是在吃人民币，所以胃口也不太好。

黎渊不知道凌悦汐那么复杂的心情。他准备郑重表白，但凌悦汐看起来好像并不喜欢吃这些。不如换个地方再说？黎渊想着。

看黎渊欲言又止的样子，凌悦汐心想，你到底想干吗。黎渊却想，要怎么表白才能更自然一点。

凌悦汐突然问："黎总，你谈过恋爱吗？"

黎渊轻哼一声："你觉得我会缺女朋友吗？"

"是吗，你可真厉害。"

"那当然。"

凌悦汐简直要笑出来了："所以，恋爱机器人也是根据你做的？有时候我真的分不清楚，你和他们之间的区别。"

"怎么，你想他们了？到底想哪个人？"黎渊不爽地问。

"黎总，你好像很关心这个问题啊。"

"你是机器人的第一个用户，我当然会关心你的使用感受。不然你以为会是什么原因？"

"谁知道呢？"凌悦汐耸肩，"也许你有什么秘密瞒着我也说不定。"

"呵呵。"

"呵呵。"

2

黎渊和凌悦汐话不投机，突然冷场了。

黎渊真不知道，为什么他精心准备的告白，会变成现在这个样子。凌悦汐也是越想越火大。

凌悦汐走到前台准备买单，可是服务员说黎渊已经买过单了。

凌悦汐生气地问黎渊："不是说好我来请客的吗？你这是做什么？"

黎渊说："我从没有要女人买单的习惯。"

"我也没有白占人便宜的习惯。"

"凌悦汐，你非要和我分那么清楚吗？"黎渊皱眉看着她。

"对。"

凌悦汐说着，给黎渊转了账，黎渊没有收，无奈地说："我送你回去。"

这里很不好打车，凌悦汐只能上了黎渊的车子。黎渊把她送回家，习惯性地想跟着她上去，却发现他的身份已经不同了。他现在只是黎渊而已，早就没有陪伴她的资格了。

"再见。"

凌悦汐说着就要下车，可是黎渊一把抓住了她的手腕。黎渊那么迷茫地看着她："凌悦汐，我又惹你生气了吗？悦汐，我真的不知道该怎么办，怎么样才能让你喜欢我。悦汐，我向你坦白一件事——其实我根本没有女朋友。我其实不知道该怎么和女人交往，所以会做出很多让人不高兴的事情——真的很抱歉。请你相信，我很喜欢你——我是真的，真的非常喜欢你。"

黎渊沉静的面容、低沉的嗓音，第一次让凌悦汐有一种羞涩的感觉。她下意识说："你真的喜欢我？"

"嗯。喜欢到，超出自己的那种喜欢。"

黎渊是那么自恋又以自我为中心的人，这样的地步，应该是他能做到的极限了吧。凌悦汐想起黎渊一次次笨拙的表白，陪伴在她身边的场景，还有保护她的场景……

"除了这个，就没有其他要对我说的实话了吗？"

"没有。"

"真的没有？"

"悦汐，你到底怎么了？"黎渊疑惑地看着她。

"没什么。你等等啊，我打个电话。"

凌悦汐说着，拿出手机，当着黎渊的面打了电话。当熟悉的铃声在黎渊的车里响起时，黎渊觉得心脏都要跳出来了！

这是"恋爱机器人"的手机，他怎么就忘记处理这个手机了！黎渊只觉得时间好像停滞了一样，车子里只有手机铃声在不断响起。

"呀，这个铃声怎么和我之前的手机一样？"凌悦汐故作惊讶地问。

"可能是凑巧吧。"

"黎总，有人给你打电话，你不接听吗？"

"可能是推销电话，我不想接。"

"你不接怎么知道是推销电话呢？还是你有什么秘密瞒着我？黎总……又或者是许律？夏子鸣？吕程？安思源？李远？苏凉？"

每当凌悦汐说出一个名字，黎渊就觉得心往下沉一分。他知道凌悦汐很可能知道真相了，但他还是做垂死挣扎："我不知道你在说什么。"

"装恋爱机器人很有意思吧？为了骗我，弄了那么大的手笔，我还是挺意外的。黎渊，你就那么想得到那个芯片啊？你也太能屈能伸了吧。"

"一开始确实是想得到芯片，但以后……我是想要得到你。我爱你，凌悦汐。"

当黎渊亲吻上来的时候，凌悦汐下意识闭上了眼睛。当眼前看不到的时候，触感变得分外分明。她感觉到黎渊柔软的嘴唇，闻到他身上清淡的薄荷的味道，还有他那灼热的呼吸。

他说他爱她……

"我爱你"这三个字，简直是世界上最美妙的音符。凌悦汐觉得就好像浸泡在温泉水里一样，每一寸肌肤都是酥麻的。她睁开眼睛，轻声说："下雪了。"

黎渊看着窗外，发现果然下雪了。现在的温度还没有那么低，雪花还很细碎，在车里看雪花飘落，只觉得窗里窗外好像是两个世界。

凌悦汐打开车门，走到雪中，看着雪花在掌心化为水。她的发间满是雪花，黎渊下意识伸出手，帮她拂去。凌悦汐突然搂住了黎渊，把脸贴在他胸口，轻声说："我也……爱你。"

听到这句话，黎渊的眼中满是光亮，就好像流星划过夜空。他觉得幸福来得太突然，简直不敢相信："你说什么，你说你……"

"我早就知道机器人是你假装的。我也生气过,想狠狠报复你,可是谁让我喜欢你?无论你是黎渊,还是机器人,都是实实在在在我身边保护我、让我心动的人呀。我喜欢你,黎渊。往后余生,你可要对我好一点啊。"

凌悦汐说着,轻轻踮起脚,亲吻黎渊的嘴唇,然后很快就被疯狂回吻。黎渊是那么用力地吻着凌悦汐,就好像要把她按到身体里一样。凌悦汐也那么用力地抱着黎渊。

"我爱你,悦汐。"黎渊在她耳边说。

"我也爱你呀。"

黎渊终于放开凌悦汐的时候,凌悦汐脸红到根本不敢看黎渊。黎渊也没好到哪里去,他是那么庆幸现在在下雪,雪花可以稍微缓解他的燥热。黎渊根本不想离开凌悦汐,想和往常一样陪她到家里,一辈子都不离开就更好了。

"要么来我家?"凌悦汐问。

凌悦汐的话对于黎渊来说,简直是天籁!可是,他们之间的进度真的要那么快吗?是不是着急了一点?

他当然不介意这个,可是据说女孩子很在乎,他还想着要慢慢来不能吓到她。呵,想这些做什么,只要她愿意,那他当然会满足。

黎渊一边在脑子里想着他们未来的孩子叫什么名字,一边跟着凌悦汐到了家。其实,凌悦汐家他不知道来了多少次,但是没有哪次和现在一样紧张。他只觉得呼吸都开始急促了。

凌悦汐倒是不知道黎渊那么复杂的心情,深吸一口气说:"我准备好了。"

"我也准备好了。"黎渊目光火热地看着凌悦汐。

当看到凌悦汐去房间，里面传来流水的声音时，黎渊更是心跳加快。

凌悦汐应该是去洗澡了吧，还真是积极主动的姑娘。

那么，就这么做吧。

黎渊想着，慢条斯理地解开了领带，脱掉了外套。当他打算脱衬衫的时候，凌悦汐进来了。她没有和黎渊想的一样穿着睡衣，或者只是披着浴巾，而是震惊地看着他："黎渊，你在做什么？"

黎渊看着凌悦汐穿得整整齐齐的样子，再看看自己半露春光的模样，下意识挡住了胸口。他压低声音说："你不是去洗澡了吗？"

"我只是去洗个手，为什么要洗澡？你……你脑袋里都是什么啊！"

"那你为什么要让我来你家？你不就是想要和我……那什么吗？"黎渊面红耳赤地说。

凌悦汐反应过来后真是怒了，她抓起沙发垫子就朝黎渊脸上去，黎渊急忙躲闪："那你到底要干什么？"

"我想到芯片的密码了，只是最近一直没有试试看。"凌悦汐深吸一口气，"黎渊，你不想看吗？"

黎渊愣住了。

3

当凌悦汐把芯片插入电脑的时候，整个房间里的空气都好像凝固了。

黎渊也没有了旖旎的心情，认真看着屏幕。凌悦汐的心情也紧张至极，颤抖着手输入密码，没想到还是显示密码错误。

"不，这不可能！"凌悦汐失声说。

要知道，这是最后一次机会了，输入错的话整个芯片就会被覆盖，再也打不开了！凌悦汐简直不敢相信她又猜错了，手开始颤抖，眼前也模糊了起来。

所以说，她自以为明白爸爸的心意，其实都是错误的吗？她还想把解开这个秘密，作为庆祝方式，但一切都好像是一厢情愿。

她永远也不会知道，爸爸到底给她留了什么了！她怎么就那么蠢？

凌悦汐想着，眼泪一下子就掉了下来。黎渊皱眉问："到底出什么事了？"

"我，我把芯片弄砸了，我根本不知道密码！"

凌悦汐抽抽搭搭把这个芯片的事情都说了出来，越想越难过，而黎渊却说："按照你说的，这个芯片完全被覆盖了，就不会再提示密码错误了吧？"

"嗯。"

"可是屏幕上显示还是密码错误。"

"对哦。"

凌悦汐擦擦眼泪，看着电脑屏幕，有点不太理解为什么会这样。她突然想到了什么，拿着芯片仔细看，然后捂住了嘴巴："这不是我爸留给我的芯片。"

"什么？！"

这个问题可就严重了。黎渊拿过芯片，看不出什么不对劲，问凌悦汐："你确定吗？"

"当然确定！虽然都是当初公司的内部芯片，可是爸爸留给我的那个被我不小心摔了下，有个小角有点掉漆，可这个是崭新的。"

凌悦汐不知道看了多少遍芯片，是绝对不会看错的。她只觉得浑身的力气好像被抽干了一样，无助地坐在沙发上，茫然的样子让黎渊心疼至极。

黎渊轻轻抱着凌悦汐："不要着急，事情还没有到那么坏的一步。你仔细想一下，家里是不是来过人，或者你有没有把它给过什么人，或者遗失过？"

"当然没有。要是说起来的话，最大的嫌疑人就是你——你可是天天在我家。"

"我绝不会做这样的事情。"

"我知道。"凌悦汐轻声说，"你虽然也想要，但你不会不择手段。黎渊，我信你。"

黎渊轻轻握住了凌悦汐的手："谢谢。那么，你想起来谁比较可疑了吗？"

"说起来的话，值得怀疑的人太多了吧。"

黎渊抱住凌悦汐："放心，我一定会帮你把芯片找回来。别忘了，我可是黎渊。"

凌悦汐睡着后，黎渊才离开凌悦汐家。今天实在发生了太多事情，黎渊一想到凌悦汐的芯片被人偷了，就觉得好像身处冰水里，而一想到凌悦汐说爱他，又觉得整个身体都充满了火焰。

这样好像坐过山车一样的心情，是他以前从来没有体验过的。而他现在要做的事情，就是帮凌悦汐找到真相，还有好好保护她。

"有些人，已经蹦跶太久了啊。"黎渊轻声说。

虽然芯片的事让人心情郁闷，第二天凌悦汐还是准时上班。为了赶之前参加机器人大赛落下的本职工作的进度，她主动加班，努力不给同事添麻烦。

夜幕降临，看到凌悦汐在座位上加班，黎渊感到无奈至极。他们现在已经是恋人，就算凌悦汐不愿意公开，不愿意得到什么特殊照顾，但是至少可以和其他人一样，而她却让自己那么辛苦。

他就是喜欢这样的她，不是吗？

黎渊想着，静静看着凌悦汐，凌悦汐察觉到的时候真是吓了一跳。她揉揉太阳穴："你怎么来了？"

"这话应该我问你。为什么到现在还不下班？"

"之前还有点工作没做完，不过现在做完了。"凌悦汐合上电脑，"你是特地来接我下班的吗？"

"不然呢？我每天那么忙，你觉得我为什么要出现在这里？"

黎渊看起来是那么傲娇，凌悦汐扑哧一笑："知道啦，那真是谢谢你了。那么，要一起吃饭吗？"

"算是约会吗？"黎渊问。

"当然。"

"好。"黎渊的嘴角微微扬起。

上次是黎渊定的地方，这一次就全权交给凌悦汐做主。凌悦汐带黎渊到了一家烧烤摊，热乎乎的烧烤让凌悦汐觉得整个人都火热了起来。黎渊不爱吃这样的东西，见凌悦汐吃得香甜，自己也尝了一口，发现意外地好吃。

"好吃吧？"凌悦汐期待地看着黎渊。

黎渊点头："好吃。"

凌悦汐的眼睛一下子就亮了："我就知道你会喜欢！"

两个人相视一笑。

凌悦汐接着问道："芯片的事情，你去调查了吗？"

"嗯。我今天安排秘书去查了监控，发现你家三天前有人来过。"

"是谁？"

"那人戴着帽子看不清楚。"

"照片给我看看。"

凌悦汐拿过黎渊的手机，看到一个戴着鸭舌帽的男人撬门进入她家，然后很快出来了。"你认识这个人吗？"黎渊问。

凌悦汐摇头："不认识。"

"他从进去到找到芯片，也不过十分钟，这其实难度系数很高，我总觉得可能是熟人作案。"

"可是我根本不认识他啊！到底会是谁呢？"

凌悦汐陷入了沉思，黎渊安慰说："我已经报警了，警察也会调查，总会找出他来。"

"就好像上次那个打我的人吗？可是他只说是想报复你。黎渊，他们到底想做什么？如果那次就是针对我的呢？如果从头到尾，他们想要的都是芯片呢？"

凌悦汐想着，只觉得豁然开朗。是啊，她一直觉得黎渊这个人四处讨人厌，才会下意识觉得那些人都是针对黎渊。可是，如果一开始的目标就是她，黎渊只是顺带的呢？

黎渊的表情也严肃了："有这个可能性。为了你的安全起见，你不如搬到我家，和我一起住。"

"啊？"凌悦汐心想，这是什么奇葩主意啊。

黎渊越想越觉得这是个好主意："我家有完善的安保系统，还有保安巡逻，进出都有监控，可以说是非常安全。退一万步说，就算他们真的敢对你动手，我也会保护你。公司的黑科技可都在我身上。"

黎渊说着，掀起袖子，凌悦汐在他的手臂上看到了控制装置。黎渊得意地说："还记得我以前打比赛特别厉害吧？就是用了'星芒计划'的黑科技拳套。现在这个装置升级了，除非我自己解开，外力都不能让它失效。"

"真的假的，那么厉害？"

"当然。"

"黎渊，那之前你那些数据库什么的，都是程序员提供给你的吧？"

"嗯。"黎渊点头。

"呵呵。"

凌悦汐原以为自己和黎渊的事情没什么人知道，现在一想怎么可能啊。所以说，黎渊帮她干家务的时候，她回答他问题的时候，甚至他亲吻她的时候，都被一帮人围观吗？而且都是她的同事！

凌悦汐的脸色难看了起来，黎渊顿时知道凌悦汐在想什么，急忙说："当然，所有重要的场合，我都会和他们切断联系。"

"每一次吗？"

"当然。"

4

黎渊看起来是那么值得信任，凌悦汐也看不出什么端倪，只好闷头吃烧烤。黎渊觉得，凌悦汐吃烧烤的样子实在太可爱了。她的面颊鼓鼓的，就好像最鲜嫩的水蜜桃，黎渊忍不住伸出手捏了一下。

凌悦汐顿时瞪了黎渊一眼，黎渊装作什么都没发生的样子收回手："一会儿想去哪里玩？"

"我想去的地方，你都陪我吗？"凌悦汐问。

"当然。"

吃完烧烤，他们二人开车准备去商场。黎渊一边开车，一边伸手，本本想去捏捏凌悦汐的脸蛋，突然神色大变。凌悦汐看着前方，也觉得脑中一片空白。

"啊！"

没有人想到，马路中间突然多了一个人。就算黎渊踩了刹车，那人还是倒在地上。黎渊根本分辨不清，他有没有撞到那个人，便火速下了车，凌悦汐也跟着他下去了。

那人看起来一动不动，凌悦汐的呼吸一下子急促了："他没事儿吧？"

黎渊没有回答。当他翻过那个男人想看看的时候，那个男人突然睁开了眼睛。

看到这个男人没有生命危险，黎渊松了一口气，但那个人却突然一拳打向了黎渊。黎渊下意识躲闪了过去，这时周围有一帮人走了出来。

他们都穿着黑色的衣服，戴着黑色的口罩，一看就是别有用心。黎渊面色凝重，挡在了凌悦汐面前，轻声说："有机会就跑到车子里。"

"嗯。"凌悦汐点头。

现在并不是矫情的时候，凌悦汐知道黎渊身上有机械装置还能和他们拼一下，但是她留下的话只会拖后腿罢了。

他们到底是冲着谁来的？是黎渊，还是她？

凌悦汐紧紧咬着嘴唇，在黎渊和他们打斗的时候，努力往车子的方向跑。可惜车子那里也有几个人，她立马调转方向，还是跑到了黎渊的身边。

照理说，黎渊现在的模式以一当十绝对没问题，可是这帮人的身体好像比一般的练家子还要强很多。

"砰！"

只见一个人一拳打在地上，地上顿时出现了一个坑。凌悦汐觉得头皮发麻——这绝对不是平常人可以做到的啊！难道他们是什么武术冠军吗？

黎渊的表情也凝重了起来。

和他们的打斗，比他想象中要困难。他有设置了格斗程序的机械装置，可他们好像也有机械装置，他们的反应虽然没有他快，但也超过了一般人的水平。

那灵敏的反应、过人的力气、精准的判断……要是一个人，都会很难缠，更别说有那么多人齐心协力。

黎渊的脸色越来越凝重。他的保镖正在赶来的路上，但是每一秒钟都可能有惊变发生，他可不能冒险。

现在已经不可能回到车子上了，那么，只有赌一把了！

"悦汐，你会游泳吗？"

"啊？"

"我喊三二一，我们跳到湖里。"

"啊！"

"三，二，一！"

凌悦汐根本没有时间反对，就被黎渊带着跳到了湖水里。

冰冷的湖水让她打了一个激灵，不小心喝了一口水。她觉得肺部就要炸开了，怎么都控制不住往下沉，幸好有一只手用力抓住了她。

是黎渊！

凌悦汐勉强睁开眼睛，看到黎渊朝自己游过来，把她抱在怀里。

黎渊把凌悦汐带离湖面，凌悦汐拼命呼吸空气，有一种劫后重生的感觉。而他们现在没有时间庆祝。因为，危机在眼前。

黎渊没判断错，之前追杀他们的人当中有一部分不会游泳，跳到湖里的人少了一大半。剩下的人奋力朝着他们的方向游去，但到底需要时间。而黎渊要的，就是这个时间差。

黎渊带着凌悦汐在湖中不断闪躲，眼看就要被抓住的时候，惊变发生了。直升机在天空盘旋，训练有素的保镖从天而降。

接下来，是毫无悬念的碾压。

"黎总，您没事儿吧？"

"没事。"

黎渊和凌悦汐上岸后，裴秘书急忙给他们递干毛巾。黎渊拿过毛巾把凌悦汐包裹了起来。凌悦汐只觉得瞬间温暖，紧张地问："他们到底是谁派来的？"

"问问就知道了。"黎渊呵呵一笑。

"可是上次那个人什么也没有说……"

"所以，这次没必要再送到警察局。"黎渊淡淡地说，"悦汐，这事你就别管了。我会做好的。"

"可是……"

"你不信任我吗？"

看着黎渊湿漉漉的头发、被冻得发白的嘴唇，凌悦汐怎么可能说出反对的话。

"查出来，一定要告诉我。"

"嗯。你快回去休息吧。"

当裴秘书送凌悦汐回家的时候，已经是晚上十一点了。裴秘书看着她上楼才离开。

凌悦汐到家匆匆洗了个澡便躺到床上。今天发生了太多的事情，她觉得她的脑子都不够用了。

他们明明在约会，为什么会遇到那帮追杀他们的人？而且不知道是不是错觉，为什么觉得那帮人比以前更强了？

还有芯片的事情……这帮人到底是冲她来的，还是冲黎渊？

凌悦汐觉得寒冷了起来，一把抱住"包子"，闭上眼睛进入了梦乡。可能是今天的事情让她害怕的关系，她一晚上都在做噩梦。

她先梦到了爸爸。她正想跑过去，爸爸却被人从背后捅了一刀。凌悦汐眼前是漫天的鲜血，她痛苦地捂住了心脏，然后画面变了。

小酒馆里，凌伟正在喝酒，喝完便走到了车子旁。他原本不想开车，一个男人和他说了什么，他只好进了驾驶室。

她看着爸爸走进去，想大声阻止他，但是爸爸根本听不到。再然后，爸爸的车子就出了车祸……

凌悦汐猛地从睡梦中醒来。

汗水浸湿了她的衣服，她的身上黏腻一片，难受至极。她去浴室冲洗，脑子里不断回放着刚才那个梦，觉得心脏跳得快到难受了起来。

"爸……"凌悦汐轻轻说着。

凌悦汐一晚上没睡好，黎渊也是如此。这些人一共十五个，有八个人跑掉了，还有七个人被他们抓住了。黎渊没有把他们送到警察局，而是把他们带到了一个仓库里。

那些人原以为做多被送去警察局，被关个几个月，黎渊这么做倒是让他们紧张了起来。黎渊一连几小时没理他们，他们又冷又困，终于有人忍不住说："我们落水了，不送我们去医院的吗！你们这是草菅人命啊！你们这是犯法的行为"

"对啊，犯法！放我们出去啊！"

无论他们怎么叫嚷，根本没有人出来理会他们，他们倒是紧张了起来。有人低声问："我怎么看着这情况不对啊。为什么和……和我们谈好的不一样？"

"你一个字都别说！还想不想要钱了！"

"我，我就是随口抱怨下，我又没说什么。"

他们说着说着就都沉默了。黎渊在后台看着监控，裴秘书递给他一杯咖啡："黎总，夜里很凉，你快喝杯咖啡暖一暖。"

"不用。"黎渊摇头。裴秘书放下咖啡，也凑上去看监控："黎总，下一步要怎么办？我看，就要把他们关三天，不肯说的话就不给他们饭吃！呵呵，我倒要看看谁的骨头硬！"

"太慢了。"黎渊摇头，"我今天就要结果。"

"那，要不要？"

裴秘书做了一个杀头的动作，黎渊淡淡地说："你以为这是霸道总裁的小说吗？总裁可以滥用私刑？现在可是法治社会。"

"黎总，那我们应该怎么办？"

"再等一会儿。"

5

时间一分一秒过去,他们都不知道到底会发生什么事,对于未知的恐惧让他们开始吵闹起来。

这时,黎渊通过广播说:"你们好,我叫黎渊,是云上集团的 CEO。"

"你他妈到底要干什么?"有人怒吼。

"很简单。我要知道是谁叫你们来的,他的目的是什么。不过呢,我这人很小气,我只会放走第一个说出真相的人,还会给他一笔钱。为了验证他说的是不是真话,我会找第二个人了解情况,也会放他走,只是他得不到这个钱了。其他人就等着坐牢吧。"

没有人开口说话。他们都惊慌地看着对方,表情充满怀疑。黎渊说:"没看出来,你们还挺齐心的。那么,换个方式吧。"

黎渊说着,每隔一小时就带走一个人。剩下的人不知道发生了什么,焦急地等着,谁也不知道被带走的那个人会不会再回来?

终于有人忍不住开口:"我们就是一帮小混混,后来被吴总的人找到。他们把我们关在别墅里,每天给我们吃好的,喝好的,给我们发工资,还找教练来教我们。我们进步很快,力气越来越大,打架也越来越厉害。大家都很高兴,可我觉得不对劲。不管前一天多累,第二天醒来的时候都浑身轻松,这根本不可能啊!而且,每次都睡得特别特别沉……"

那人见黎渊不开口,不知道他是不是知道了这些,咬牙说:"我和其他人说了,他们都说我想多了,没有人信我。后来,后来我有一天晚上故意没有吃饭,到半夜都没有睡着。我没想到,他们把我们推到了医疗室!"

那人的脸上露出了惊慌的表情,黎渊问:"然后呢?"

"我亲眼看到,有一帮穿白大褂的人把姚丹推到手术台上,说什么'星芒'目前在手臂里运转正常,没什么排斥反应。我不知道这是怎么回事,也不敢叫出声,就看到姚丹昏迷着,好像根本没知觉一样!"

那人一脸惶恐地告诉黎渊,第二天他旁敲侧击问姚丹昨天睡得好不好,姚丹果然没察觉出昨晚有任何异样。

此后,他再也不吃晚饭,终于有一天轮到他被送到了医疗室!因为经过了漫长的心理建设,他成功装出熟睡的模样,那帮工作人员没有怀疑。他再次听到他们说"星芒计划",还说起"提高身体机能"这样的话,也知道了他的手臂里有不一样的东西!

从此以后,他总觉得自己身体里有什么东西。他曾经尝试着割开手臂,但是一无所获。到后来,他也觉得自己得了神经病。

"黎总,我的身体情况我是知道的。我跑八百米都会气喘吁吁,现在怎么可能打那么久都不知道累?而且,我根本没用心学打架,怎么会力气那么大?这真的太奇怪了!"

"听起来,和黎总你身上的装置很像,可是不可能会这样啊。"裴秘书还是觉得不可思议,"黎总你身上的装置,是研究了很久才能用的,算得上相对安全。可按照他们的说法,他们的装备都是旧款,安全性并没有保证——最关键是,吴副总怎么可以私下进行人体实验?公司根本不知道他在做什么,甚至没有配备专业的医生,这样会出事的!他又是怎么拿到核心技术的?"

"所以说，技术部里可能有人给他通风报信啊。"黎渊轻声说，"事情真是越来越有趣了啊。"

第二天，凌悦汐去公司上班的时候，发现黎渊没有来。她一上午都心神不宁的，忍不住给黎渊打了电话。

黎渊把昨天发生的事情和凌悦汐简单说了下，凌悦汐惊讶地捂住了嘴巴："天啊，你的意思是吴副总在做非法实验？"

"现在还不好说。记住，这件事谁都不要告诉。"

"嗯，我知道。"凌悦汐忙说。

"还在忙，等我结束了就来找你。悦汐，是不是想我了？"

"想你个大头鬼。"

凌悦汐简直无语了——这么紧张的时候，黎渊居然还不忘和她开玩笑，这是什么心理素质啊！

黎渊在电话那头轻声笑："想我的话，加工资。不想我的话，扣工资。你确定不想我吗？"

凌悦汐立马说："黎总，你这样公私不分，公司的未来会很惨的！"

"这么快就开始操心公司的未来，看来你已经把我当一家人了。悦汐，我真是很感动。"

"你……哼！"

凌悦汐真是说不过黎渊，气愤地挂了电话，紧张的心情也因此好了许多。

中午，小雯和李倩约凌悦汐一起吃饭。

李倩见凌悦汐吃饭的时候一直面上带着笑容，气色也明显好了很多，妒忌地问："你最近是不是谈恋爱了啊？"

"啊？"凌悦汐吓了一跳。

"不然为什么脸色那么好？一看就是少女怀春。小雯，你说是吧？"

小雯看了凌悦汐一眼，说："胖了。"

"哈？"

"胖了皮肤就会饱满，看起来会气色好。"

凌悦汐：……

凌悦汐只觉得她的心脏被扎得千疮百孔，手里的牛排突然不香了。她问李倩最近在忙什么，李倩无奈地说："还能忙什么啊？不是新年要到了吗，我们在做新年约会的特别策划。"

小雯面无表情地说："我最近做那些接吻、拥抱的程序都要做吐了。为什么你们策划部不能出点有新意的点子？"

"我们程序员就没有女孩子。"

"那幸好我在策划部。对了，黎总今天好像没来上班啊？他这样的工作狂不来上班，真是好奇怪哦。你们听说没有，他有女朋友了！"

凌悦汐正在喝水，听到这个一口水险些喷出来，忍不住咳嗽了起来。李倩奇怪地问："悦汐，我们在说黎总，你紧张什么啊？对了，之前还有传言说黎总在追你……"

李倩每说一个字，凌悦汐的脸色就尴尬一分。幸好李倩继续说："不过我们都知道，不可能的啦！"

"为什么不可能啊？"小雯问。

"当然是黎总要求高——悦汐，我不是说你不好，可黎总超级超级势力而且又尖酸刻薄，切。"

"不是这样的。"凌悦汐下意识说。

"啊，悦汐你说什么？"

"我是说，黎总其实也不是我们之前想的那样。他虽然小气，可是给我们的工资在行业里都算高的，更别说那么多福利什么的。"

"这倒也是。不过悦汐,你为什么一直替黎总说话啊?"

因为我喜欢他啊。凌悦汐在心里想,然后平静地说:"我只是实话实说啦。黎总改变也很大,我们要给他鼓励,不然他又回去了怎么办。"

"这倒也是。"

李倩回去后,把凌悦汐说的话跟大家说了,大家也纷纷觉得黎渊的改变确实很大。别的不说,至少没有对人那么严苛,看到员工加班的时候还会叫行政部送宵夜什么的。

凌悦汐也没说错,黎总真的改变很大。可是,是为什么?

第十二章 和霸道总裁恋爱日常

1

黎渊并不知道,他的人气空前高涨。他找凌悦汐一起吃午饭,问:"悦汐,你今天晚上有空吗?"

"啊?"

"我要出席一个投资会,少一个女伴,想让你陪我去。正好可以推介一下你的美妆机器人。"

黎渊快准狠地抓住了凌悦汐的愿望,凌悦汐不好意思地说:"这样算不算潜规则?"

"当然不是。是明规则。你去不去?"

"去去去!"凌悦汐欢快地说。

凌悦汐换上了漂亮的红裙子,带上美妆机器人一起下楼的时候,黎渊的眼中闪过一丝惊艳。这条红裙子的裁剪,完全凸显了凌悦汐姣好的身材,更让她看起来脸色红润,让人想亲一口。

黎渊突然后悔了,说:"去换一身衣服吧。牛仔裤什么的就不错。"

"这可是我新买的裙子,原来想公司年会穿的。"凌悦汐郁闷了,"真的很难看吗?是不是显得腿很粗,肚子很大?"

"不是。"

"啊?"

"非常漂亮,悦汐。你这样,真的非常漂亮。"

黎渊说着,轻轻吻了一下凌悦汐的额头,凌悦汐的脸一下子红了。她轻声抱怨:"你把我的妆都亲花了。"而黎渊笑着揉了揉凌悦汐的额头说:"今天爷爷也会去。"

"啊?董事长也会去?"

"嗯,还有一些叔叔、伯伯也会去。不过,你没必要放在心上,都不是什么重要的人。他们可能会说一些不好听的话,你当没听到就好了。"

凌悦汐觉得有点怂:"我怎么觉得好像鸿门宴一样?"

"某种程度上,算是这样吧。所以,你可要陪着我,保护我啊。"

黎渊说着,拉住了凌悦汐的手,凌悦汐知道他又开始飙戏了,无语地说:"我看是你之前做得太过分了,他们让爷爷来向你讨个人情吧。"

"悦汐,你怎么那么了解。看来我们是天生一对。"

这场派对在酒店的宴会厅举行,他们到达的时候大家差不多也都到了。所有人的目光都在他们身上,这让凌悦汐有点手足无措。

"你怕了?"黎渊在凌悦汐耳边问。

"我才不怕。"

"那你考虑好,要和我一起进去了吗?"

为什么突然问这个?

凌悦汐看着黎渊,突然想明白了——这里有黎渊的亲戚朋友,他们一起进去的话,就等于宣布他们在一起了。

"想好了吗?"黎渊又问。

黎渊紧紧抓住凌悦汐的手,有些用力,凌悦汐也感觉出他的紧张。

她想,他一定是怕她拒绝,才会处心积虑这样安排吧。他又何必这样？他可是黎渊啊！

黎渊全心全意地爱着她，那么她呢？

"想好了。"

凌悦汐说着，对着黎渊微微一笑，主动拉起了黎渊的手。在她微笑的瞬间，黎渊似乎看到了春暖花开的场景。

"好，我们一起进去。"

黎渊拉着凌悦汐的手，和她一起走进宴会厅，大家也忍不住轻声议论了起来。

黎老爷子见到凌悦汐很高兴："丫头，我见过你那个美妆机器人，设计得不错啊。以后可以做个自动给我们老年人搭配衣服的机器人，到时候我们就不必为每天穿什么发愁了。"

"好主意。"凌悦汐笑嘻嘻地说，"不过董事长你穿什么都帅。"

"你这丫头，还真是嘴甜。来，我给你介绍一些叔叔、阿姨。"

黎老爷子这么做，等于承认了凌悦汐的地位，大家看凌悦汐的表情也变得微妙了起来。凌悦汐有礼貌地和大家打招呼，她们问起凌悦汐的家世和学历，然后对视一眼，心照不宣地笑了起来。

黎渊皱眉，要说什么的时候，被凌悦汐一把抓住了。凌悦汐满不在乎地低声说："你说了，这些都是不重要的人。"

"也是。"

凌悦汐的笑容，治愈了黎渊的所有怒气，黎老爷子在一边看着，也笑了起来。从见到凌悦汐的第一面起，他就知道这个女孩会对黎渊产生重要的影响，看来真是这样。

不过，追了那么久才追上人家，还真是笨啊。

黎老爷子看黎渊的眼神充满了鄙视，黎渊总觉得有人在看自己，但回过头的时候却什么也没看到。

　　这时，吴江朝着他们走了过来，主动说："凌悦汐，好久不见。"

　　"吴副总好。"

　　"呵呵，你的记性倒是挺好。我都那么久没去公司了，你还记得我啊。"

　　吴江这话显然别有用意，凌悦汐一时之间不知道该说什么。黎渊呵呵一笑："吴副总现在每天度假带孙子，这样的人生真是让人羡慕啊。"

　　"既然黎总你那么羡慕，就早点结婚，也在家里过这样的日子怎么样？"

　　"那要悦汐答应才行。"

　　黎渊说着，含情脉脉地看着凌悦汐，凌悦汐也回了他一个"含情脉脉"。他们两个人都故意不理吴江的招数，真是让吴江恶心至极。

　　吴江忍不住说："黎总，我还是挺想为公司做点贡献的。你这样对我，黎董事长知道吗？"

　　"我爷爷就在那，要说什么你可以去找他说。"黎渊含笑看着吴江，"你是元老，你们之间一定有很多话题。"

　　吴江撇撇嘴，他哪敢找黎老爷子。

　　这时，有几个女人朝着他们走过来，其中一个是黎渊的表姨梁红，她对于黎渊没有和她介绍的相亲对象在一起，而是选择了凌悦汐，非常不快。

　　梁红上上下下打量了一番凌悦汐，呵呵一笑："黎渊，你什么时候交了女朋友，我们怎么都不知道？"

"因为你不是我妈,我就没有告诉你——表姨,你觉得呢?"

"你怎么和长辈说话呢!真是的,你爸妈去了以后,你就缺少长辈管教,成了现在这个样子。"

听到这话,凌悦汐知道糟糕了。

如果说黎渊平时就是火药桶的话,那么他的父母绝对是他逆鳞中的逆鳞!

黎渊看起来要发火的样子,可这儿有很多人,他当众发火只会让他名声受损。大家才不会管是谁先挑事儿的呢,只会说黎渊不尊重长辈。以前,黎渊就是这么被他们阴的,但是现在不一样了。

"不要生气。"凌悦汐轻轻拉着黎渊的衣袖,用眼神这么说。

黎渊长长吸了一口气,没有和他们计较。梁红偏偏不肯收手,见有人在弹钢琴,便对凌悦汐说:"不知道凌小姐会不会弹钢琴,能不能给我们表演下?"

"啊?"

凌悦汐学过弹钢琴,但那都是小时候的事情了,现在哪里会。梁红知道凌悦汐不会,故意捂住了嘴巴说:"钢琴可是每个人都要学的必修课,你不会这个都没有学吧?"

"也许凌小姐学过别的乐器,还大有所成呢。"

"凌小姐你不要客气啊。"

这时,黎老爷子听到了这里的争执,笑着问:"丫头,你会弹钢琴吗?"

"会是会,但是很久不弹了。"凌悦汐诚实地说。

"那就随便弹弹吧。"

看着黎老爷子期待的样子,凌悦汐有点为难,但还是坐到了钢琴边。她弹了几个音符后，认清楚自己确实是手生了，开始后悔了起来。可是，开弓没有回头箭，她怎么办才好？

这时黎渊朝着她走来，坐到她的身边，问："想弹什么？"

"原来想弹《卡农》的，可是我手生了。"凌悦汐轻声说。

"我们一起。"

"啊？"

"你负责弹和音部分。"

这样对于凌悦汐而言，简单多了。

黎渊开始弹奏，凌悦汐在一边配合。所有的人都看着他们。

聚光灯打在他们身上，他们看起来是那么般配，又好像他们的世界里没有其他人，只有彼此一样。

当一曲结束的时候，全场响起了掌声，黎渊拉着凌悦汐的手对众人轻轻点头示意。梁红只觉得鼻子都要被气歪了，呵呵一笑："凌小姐，你还说你不会弹钢琴，真是太谦虚了。不知道你和我们黎渊是怎么认识的？"

"我和黎总在一家公司。"

"呀，那就是办公室恋情了啊。"

吴江凑上来说："凌悦汐是我们的优秀员工，半年里已经换了三个部门，在每个部门表现都非常出色。"

"呀，半年里就换了三个部门，好像公司是她家一样。"

"公司是黎总说了算，说是她家其实也差不多了吧。"吴江意味深长地说，"我们这把老骨头是没用了，只希望黎总不要把我们赶走就好了。"

"你这话就不对了。"梁红忙说，"对公司元老这样，就是卸磨杀驴，我们黎渊可不会做这样的事情。"

"希望吧。毕竟，现在是年轻人的世界啊。"

2

他们就这样一唱一和了起来，凌悦汐听得心里难受，她明白了，为什么黎渊会养成那么毒舌的个性，像刺猬一样，因为只有这样才能保护自己。

为什么黎老爷子就任由别人欺负他？凌悦汐想着，瞪了黎老爷子一眼，黎老爷子不知道发生了什么事，突然觉得好像被人记恨了。

在黎渊开口前，凌悦汐说："吴副总说得对。黎总非常关心每个员工的职业发展，我通过考核后去了自己喜欢的部门。谢谢黎总，也感谢云上集团给我这个机会。"

"你会做研发？真的是你研发出来的，还是你挂个名啊？"梁红问。

"梁女士，你为什么会觉得我是挂名的呢？"

"那还不简单。你是女人啊！"

凌悦汐等的就是这句话，呵呵一笑："我确实是女人，也在职场受到过性别歧视。我那么努力，就是想证明女人可以和男人有一样的能力，也可以得到一样的就业机会。我真的没想到，怀疑女性的，居然会是我们女性自己。为什么一定要给自己一个限定？为什么还没开始做什么，就要告诉自己，肯定做不到？就好像我研发的这个美妆机器人一样。我们化妆不是为了取悦男人，而是为了取悦自己啊。"

凌悦汐说着，四周一片安静。大家都看着她，让她不安了起来，而很多人眼中分明有着她看不懂的东西。

这时，黎老爷子出来说："凌悦汐说得没错。所以说啊，年轻人的思想和做事方法都和我们不一样，我们呢，该服老的也要服老。凌悦汐，大家都对你的美妆机器人很感兴趣，你就给大家看看吧。"

"好的，董事长。"

凌悦汐再一次向大家展示了美妆机器人。这一次，她不再紧张，而是侃侃而谈，也收获了一片掌声。

黎渊看着凌悦汐在聚光灯下光彩照人的模样，唇角勾起，黎老爷子到他身边问："准备什么时候结婚啊？"

"爷爷你说什么啊，我们才刚交往。"

"难道你只恋爱不结婚？看不出来，你小子是这样的人啊！"

"爷爷！"

"好了，不和你开玩笑了。黎渊，你最近对公司的动作我都看到了。我知道，我劝你缓缓来也是没用的，那么你就要承担起这个风险和后果。"

"我能承担。"

"嗯，那就好。"黎老爷子拍拍黎渊的肩膀，"这样的事情，你爸肯定不会这么处理，你一点都不像你爸——你像我。"

"爷爷？"

"所以说，不要让我失望啊。"

黎老爷子说着就离开了，黎渊看着黎老爷子离开的背影，突然发现爷爷真的老了。

他看着爷爷花白的头发、有些佝偻的身体，想起在父母去世后，爷爷是怎么强势地把他带走的。爷爷从不会告诉他该怎么做，也不会阻止他，只是说："我信你，不要让我失望。"

其实，爷爷比谁都难过吧。

黎渊想着，只觉得心里柔软了起来。

这时，凌悦汐结束宣讲走到了台下，黎渊给了她一个拥抱。黎渊想亲吻凌悦汐的时候，手机突然响了。

"等等，我接个电话。"黎渊说。

黎渊接听了一会儿，脸色逐渐变得阴沉。凌悦汐担心地问："是公司出事了吗？"

"不是。比公司出事还要糟糕。"

"到底怎么了？"凌悦汐紧张极了。

黎渊轻轻一叹，说："之前追杀我们那帮人，我送他们去医院检查，结果检查出东西了。他们的身上都有和我一样的装置，更可怕的是，刚才医院告诉我，这些装置都不能拆卸。"

"这是什么意思？"凌悦汐只觉得心惊肉跳。

"他们的身体已经部分机械化。幸好只是初期，还不算严重，但是已经不可逆了。"

"等等，你说的是机器人吗？把人变成机器人？这又不是科幻片！"

"很久之前，就有心脏搭桥、金属肢体这样的技术，其实金属嵌入人体已经有很长的历史了。我这个装置，也是把金属和人体结合，只是最大限度保留人体的自由度。他们这样的情况，是更彻底的机械化，也是我们'星芒计划'中被禁止的东西——毕竟，这样虽然可以提高人体机能，但是面临着伦理问题。"

"你的意思是，有人拿着你们的技术，偷偷做实验，做改造？会是吴副总做的吗？"

"有很大概率是这样。"

"如果真的是这样……"

"那就麻烦了。所以,这样的事情不能让任何人知道,必须在小范围里解决。一旦传出去,让其他人效仿,后果不堪设想……"

凌悦汐很快就意识到了事情的严重性,脸色一变:"黎渊,我以前看到了吴江不对劲的地方。"

"哪里?"

"手臂上的金属色!和你说的一样!"凌悦汐越说越激动。

黎渊皱眉:"你确定?"

"我当然确定!黎渊,我们一定要抓住吴江,让他说实话!"

"悦汐,冷静点。我会想一个完美的方案。"

黎渊说着,轻轻抱住了凌悦汐,凌悦汐只觉得温暖了起来。她含泪看着黎渊:"我总觉得,我爸当年的死也和吴江有关系。黎渊,你一定要帮我。"

"嗯。悦汐,相信我。"

这件事实在太大,黎渊必须尽快解决,也没有那么多时间陪伴凌悦汐。黎渊给了凌悦汐一个报警装置,就装在她的手表上,遇到危险按那个装置,自然会有保镖赶到。此外,还给她配备了一个耳机,可以随时随地联系到他。凌悦汐虽然觉得没必要这样,但还是接受了黎渊的好意。

黎渊对凌悦汐的别样关心,早就引起了大家的注意。他们没有刻意隐瞒,黎渊和凌悦汐交往的消息,很快就被大家知道了。

起初的几天,大家她的眼神让她难受,但很快大家就又像往常一样了。他们觉得凌悦汐和以前没什么不同,照常和她吃饭聊天，凌悦汐也舒了一口气。

凌悦汐却没想到，她突然收到一条短信，说是他知道芯片的事情，要求她一个人去，不能带任何人！

凌悦汐当然满口答应。她想去找黎渊，但她知道黎渊今天有一个重要会议，所以她咬牙自己一个人去了。

他们约好的地方是一间偏僻的咖啡厅，凌悦汐进去发现除了店员之外，只有吴江一个人。

怎么回事？吴江不是披着马甲做幕后大佬了吗？这样突然以本尊示人是什么意思？

凌悦汐想着，装出疑惑的样子："呀，吴副总？怎么会是你呀？"

她不太擅长装傻，语气生硬，表情夸张，她都觉得自己的演技极为浮夸。幸好，吴江倒是很受用，呵呵一笑："凌悦汐，没想到是我找你吧。"

"没想到！吴副总，你说什么芯片的事情，那芯片是在你那吗？"

吴江没有回答，而是轻叹说："我是最近才知道，你是凌伟的女儿。唉，凌工一直是我最佩服的人，他当初的事情真是没想到。我也是后来才知道，他给你留了芯片，可你一直没有打开。所以，我就想帮帮你，你不会介意这个吧。"

明明是偷走了芯片，说得可真好听！

凌悦汐愤怒地看着吴江，吴江却没有一点不好意思，厚颜无耻地说："我知道，其他人肯定也给你开价钱了，但是你不肯让步。现在不一样了，芯片在我手里，你光知道密码也没有用。所以，我给你五千万，你把密码给我。不然，你这辈子都别想知道，你爸在芯片里留了什么。"

凌悦汐低下头，做出思考的样子说："真的给我五千万？一次性给我吗？"

"当然！我是说话不算数的人吗？"

"好，我可以给你芯片密码。但是，我要知道关于我爸死亡的所有事情。绝对，不能骗我。"

其实，吴江也想到了凌悦汐会提这个要求。他想过该怎么回答，可是在看到凌悦汐乌漆漆的眼睛时，心还是猛地一颤。

他呵呵一笑，回避和凌悦汐眼神接触："我说过，我很尊重你的父亲，当初也是意外……"

"不是意外。我爸出事的时候，你在他身边，不是吗？"

吴江的笑容终于凝固了。

3

"我找到了那个酒馆的老板。他说当时你和我爸在一起喝酒，后来你提前走了，然后我爸就出事了。"

"你胡说，我根本没有和他在那家酒馆喝酒！"

"那你们是在哪里喝酒的？"

凌悦汐敏锐地抓住了吴江话语中的漏洞，吴江沉默半晌后，突然叹息。

他轻声说："是的，我和你爸确实私交不错，但这件事没有什么人知道。我知道你父亲的理想，我想帮他实现理想，还帮他找到了国外的团队和实验室，可是你爸都拒绝了。我真的没想到，他会突然离开，我是真的很想帮他实现梦想……"

"你是想帮他实现梦想，还是想杀了他？"凌悦汐冷笑，

"为了得到芯片，一次次找人追杀我，这就是你对你'好朋友'的女儿的态度？别搞笑了。"

"凌悦汐，这么说你是不愿意合作了？"吴江的声音冷了，"你可别敬酒不吃吃罚酒。"

"哦，怎么吃罚酒？"

凌悦汐无所畏惧的态度，让吴江皱眉——他特地选择了黎渊有会议分身乏术的一天，可凌悦汐到底为什么有恃无恐？她的底牌在哪里？

吴江的眼神阴沉了："凌悦汐，我最后和你说一次，密码给我。"

"如果我不给呢？"

"那么，我只能请你去国外待一阵子了。等你什么时候愿意告诉我，我再放你回来。"

"原来是绑架啊。"凌悦汐呵呵一笑，"可是我来之前已经报警了。我不回去的话，警察就会来找你，你当我那么傻吗？"

吴江也笑了："可'我'现在在国外度假，还在赌场里输了一把，我怎么会绑架你？"

凌悦汐只觉得呼吸急促了："你怎么可能会在那里？你真以为你可以一手遮天吗？"

"呵呵，真是天真啊。来，我给你看个东西。"

吴江说着，对服务员招手，服务员走了过来。他们打通了一个人的电话，电话那头的"吴江"正拿着手机视频，甚至能和凌悦汐对答！

凌悦汐知道，这不是事先录制好的视频，那到底是怎么回事？难道吴江早就找了替身？

凌悦汐迷茫的眼神，极大取悦了吴江。吴江呵呵一笑："你觉得警察会信你,还是会信我?就算黎渊是你的后台,那又怎么样?凌悦汐,我不想事情弄得那么难看,也相信你是个聪明人。说句难听的,只有千日做贼的,没有千日防贼的。难道你能一辈子防着我吗?"

"你在威胁我?"凌悦汐咬牙切齿地说。

"你说呢?这样的事情,难道黎渊没对我做过吗?你既然是他的女朋友,也该帮他承担这个报应!"

吴江说着,用力一拍桌子,那桌子居然碎了。凌悦汐吓了一跳,

凌悦汐来不及辩解,吴江已经一把抓过了她藏在发间的耳机。吴江把耳机捏碎,冷笑说:"这点雕虫小技,还想骗我?"

他对服务生说:"动手。"

"是!"

"你们想干什么?!放开我!"

凌悦汐拼命挣扎,但是对方拿一块布捂在她的鼻子上,她很快就失去了意识。

凌悦汐再次清醒过来的时候,发现自己在一个陌生的房间里。凌悦汐的心一下子就沉了下来。

"醒了?"吴江推门进来,"你在找那些联络装置吧。很可惜,都被我解决了,不会有人知道你在这里。"

"吴江,你到底想怎么样?"凌悦汐惊恐地问。

"别紧张,我对你这样的小丫头没兴趣,我只是想知道密码。告诉我密码,或者,去死啊。"

吴江说着,叫手下拿着刀对准了凌悦汐的面颊。凌悦汐呼吸急促了起来。他的手下说:"凌小姐,不要动。这刀子很快,碰到你的脸你就破相了,碰到你的手指你就会成残疾了。呵呵,

你也不想这样吧。"

"你可以选择现在告诉我密码,或者半死不活的时候告诉我密码。"吴江面无表情地说,"你选择哪个呢?"

"我现在……告诉你密码。"凌悦汐咬牙说。

吴江笑了起来:"这才聪明。"

吴江带着凌悦汐到电脑前。吴江并不知道凌悦汐之前已经输错了7次密码,听到凌悦汐报了一组密码后,激动地按下了键盘。

在他准备按最后一个字母的时候,凌悦汐把手放在了键盘上,然后对他微微一笑。她的笑容是那么奇异,吴江心里有了不好的预感,接着就听到凌悦汐说:"啊呀,我刚才好像报了错误的密码呢。"

"你说什么?!"

"这个芯片一共有8次被打开的机会,现在是最后一次机会了哦。如果我再按下去的话,这个芯片就会被彻底锁定,里面的一切都会被抹杀。"

吴江大叫:"你不敢的!这里面是凌伟给你留下的东西,你怎么会不想看?!"

"我当然敢。比起知道我爸给我留下了什么,我更想让凶手绳之以法!你告诉我,我爸到底是怎么死的?不然,我就按下去,我们玉石俱焚。"

凌悦汐的眼中满是火焰,吴江一时之间愣住了。他知道凌悦汐真的很可能这样做,情急之下说:"你别激动,我说,我什么都说!"

"我爸出事那天到底发生了什么?!"

吴江看着凌悦汐许久,终于说:"我……确实是去找你父亲了。我们谈得很不愉快，他喝了酒。我上了他的车，非要和他再说一会儿……没想到，出车祸了。"

"然后呢？然后你就跑了吗？"

"凌悦汐，我真的没想到会这样。我怎么会想让你爸死，我还想和他合作呢！"

"可是你当时没有叫救护车，而是跑了！如果你当时叫了救护车，又或者你看我爸喝了酒，让他找代驾，一切就会不一样了。不对，我爸每次都叫代驾的，一定是你们争吵的时候他忘记了！是不是这样？！"

"不是……"

"你告诉我，不然我按下去了！"

凌悦汐是那么激动，吴江大喊："对，就是这样，你满意了吗？凌悦汐，虽然我不是故意的，但是我确实让你爸死了！这个答案你满意了吗？"

"那些来追杀黎渊的人……"

"当然也是我干的！我为公司工作了那么多年，凭什么被一个毛头小伙子呼来喝去的？我才是公司的元老！他就要吃教训，你也是！公司是我的，芯片是我的，一切都会是我的！"

"你，真的是你……"

凌悦汐只觉得浑身无力，而吴江抓住这个时间，猛地把凌悦汐推开。他想抢走芯片，凌悦汐用最快的速度按下了回车键，于是芯片被彻底锁住了！

"你，你居然敢！"

吴江没想到，所有的希望就在瞬间破灭，一下子暴怒到极点。

凌悦汐趁机给了吴江一个飞脚。她用了最大的力气，没想到就好像踢到了金属一样，觉得腿都要断了。

"你，你……"凌悦汐抱着腿，疼得说不出话来。

吴江轻轻一叹，脸上是悲悯的表情："原来还想放你走，现在看来不可能了啊。虽然很可惜，还是再见了，凌悦汐。"

当吴江的手触碰到她脖子的时候，凌悦汐闭上了眼睛，然后猛地睁开。吴江诧异地看着凌悦汐，只见凌悦汐拿出一个口红对准他就按了下去。

他似乎看到了天堂的大门。巨大的电流让他浑身颤抖，他的身体发出奇怪的声音。

吴江趴在地上，特别不甘心地看着凌悦汐。凌悦汐一脚踩在他的胸口上："你在黎渊身边有眼线，知道我戴着耳机，手表也被改造过，你怎么会想到女人的口红也被改造了？呵，你刚才说的话我都录下来了，你等着进监狱吧！"

4

黎渊赶到的时候，正好看到凌悦汐大杀四方的样子。

而见到黎渊的瞬间，凌悦汐昏厥了过去，闭上了眼睛。

这一次，她没有做噩梦，只是昏昏沉沉睡着。醒来的时候，发现天都黑了，连自己的手掌都看不清。唯一的光源从门缝里透进来，暖暖的黄色光芒在漆黑的屋子里显得格外温馨，也让她下意识推开门。

她看到有人坐在餐桌前，桌上摆着她喜欢吃的皮蛋瘦肉粥，那皮蛋粥正散发着她最熟悉的香味。

是黎渊——她深爱的男人。

可是，她瞒着黎渊去见了吴江……条条死罪啊！

凌悦汐想着，翻了白眼打算假装跌倒在地上。黎渊一把抱住了她，冷冷地说："头晕了是吗？那就要去看医生，扎几针才会好。"

"那倒也不用。"凌悦汐觍着脸睁开眼睛，"我突然又不晕了。"

"凌悦汐，你都做了什么！你明知道吴江在盘算什么，你为什么还去？你脑子里装着什么东西啊？你是不是电视剧看多了，觉得你可以拯救世界？你晃晃脑袋，那里面都是海浪的声音！"

"什么啊，我去之前做了充足的准备。"凌悦汐心虚地反驳，"报警了，还准备了好几个撒手锏……除了那个口红外，我的耳环也有录音功能！我的戒指也有定位系统！"

看到凌悦汐一脸骄傲的样子，黎渊简直气笑了："我是不是还要表扬你？"

"那倒也不用……"

"凌悦汐，你知不知道，我险些就再也看不到你了！如果你真的出事了，你让我怎么办？你让我一个人怎么办……"

黎渊紧紧抱着凌悦汐，身体颤抖了起来，凌悦汐也觉得心中一酸。她确实知道会有多危险，抱着黎渊说："对不起。"

凌悦汐紧紧抱住了黎渊，一滴眼泪就这样落了下来。那滴眼泪流到了黎渊的心里，冷却了他的怒气。他用力揉乱凌悦汐的头发："以后不能这样了。"

"我发誓。"凌悦汐忙说，"啊呀，我好饿……"

"你还知道饿？"黎渊冷哼，到底不忍心，"快来吃吧。"

凌悦汐喝了一碗皮蛋粥，觉得整个人都温暖了起来。

"你什么时候去学的？你说最近你很忙，就是在做这个吧？

你怎么对我那么好啊！"

凌悦汐眼泪汪汪地看着黎渊，黎渊皱眉："我去学烧粥？是什么给了你这样的错觉？我知道你喜欢吃，当然是找大厨来帮你做的。"

"黎渊，我能不能和你商量个事情？"凌悦汐扭扭捏捏地说。

"什么事？"

"就是……比如说，我喜欢什么，你为了让我高兴要花好多钱。其实你可以直接把钱给我，我保证和收到东西一样喜欢，而且特别特别记得你的好！"

望着凌悦汐神采奕奕的眼眸，黎渊轻哼："不行。而且，要是你下次再犯错，我就要开始扣工资了。"

"啊？"

"惹我生气一千，欺骗我一万，欺骗加惹我生气就是两万。"

"不应该是一万一吗？"凌悦汐弱弱地说。

"数罪并罚。"黎渊冷漠地说。

凌悦汐痛苦了起来："不要啊！黎总，千万不要！我本来就没多少工资了，你这样公报私仇可不好。"

"那么，不要惹我生气。"黎渊捏了一下凌悦汐的脸蛋，"永远不要有下次了。"

"都说别提了，你怎么还说我啊。"凌悦汐郁闷了，"你可以想点更有意思的，比如说……"

凌悦汐说了一半，踮起脚尖，轻轻吻了一下黎渊的嘴唇，然后笑吟吟看着他。看着凌悦汐的笑靥，黎渊只觉得天大的怒气都发不出来了。

"亲我一下就能解决问题了吗？"黎渊冷哼，"起码十次。"

5

公司传闻吴江辞职后,就去美国定居再也不回来了,众人议论纷纷。大家都猜测,吴江明明很想争权夺势,为什么会突然放弃?

有人说,是吴江知道自己斗不过黎渊,见好就收;也有人说,黎渊手里有吴江的致命证据,吴江没办法只能放弃。

只有凌悦汐知道,这一切都是假的。吴江确实去了美国,但是他不是去度假,而是去了美国的精神病医院。

是的,吴江疯了。

凌悦汐手里的证据,足够让吴江下半辈子在监狱里蹲个十年,但是他疯了。他突然疯了一样要割掉自己身上的金属物质,就算切割到皮肉也不在乎。

凌悦汐和黎渊也曾怀疑过他是装疯,但是黎渊请的专业医生表示吴江的神经确实出现了问题。而且,他不是杀人犯,最多被关几年罢了,实在没必要采取这么激烈的自残方式。

"他的身体被改造后,可能对他的意识也产生了一定的影响。他总是说自己高于人类之类的话,其实他的内心应该是觉得自己人不人鬼不鬼的吧。"办公室里,黎渊淡定地看着窗外,"所以,在被揭穿后他就受不了了,也想剔除身上的机械部分。这个也是报应。"

凌悦汐点点头:"不管怎么样,这件事终于解决了。以后,再也不会有人跟踪我们、算计我们。只是那个芯片……真的好可惜啊。"

凌悦汐想起自己和吴江对峙的时候，浪费了最后一次输入密码的机会，芯片怕是很难打开了，心里郁闷不已。

黎渊喝了一口咖啡，说："没事，技术部的人会想办法修复的。"

"嗯。不过，其实能不能打开也不重要了。因为，就算再厉害的技术，也会在发展中被取代。比起打开芯片，爸爸应该更希望，我能成为和他一样优秀的程序员。"

一想到爸爸当初的意外和吴江有关，而吴江现在变成这个样子，凌悦汐也不知道是解气还是唏嘘。

她低垂着脑袋，看起来有点郁闷，黎渊微微一笑："你准备一下美妆机器人的事情，最近要和其他机器人进行一系列的推广。"

"啊，哪些机器人？"

"我们的恋爱机器人，就要上线了。"

"太棒了，这是跨时代的产品！"

黎渊想着那个容貌和自己极为相似的机器人，好像看到大笔的钱在朝自己招手，心情也愉快了起来。

凌悦汐感慨地说："爸爸看到这一天的话，一定会很高兴。"

"是啊，他一定会很高兴。"

黎渊轻轻拍拍凌悦汐，把她搂在了怀里。凌悦汐看着窗外的夜色说："以前奶奶说，人死了都会变成星星，我就想爸爸会是哪颗星星。反正不会是最大最亮的那种，因为爸爸不是高调的性子。他很可能就是……就是那样的小星星，虽然不起眼，但是温柔地看着我。"

"我觉得是那颗。"黎渊指着天空说。

"哈，为什么呀？"

"因为这颗星星旁边有两颗很亮的星星,很可能就是我爸妈啊。我爸是一个特别温柔的人,我妈很爱漂亮,他们一定可以和你爸爸愉快相处的。"

"是啊。这样的话,他们就都不寂寞了吧。"

黎渊说着,紧紧抱住了凌悦汐,凌悦汐也用力抱住了黎渊。

凌悦汐想,也许每个人都是缺了一块的圆,只有找到缺失的那块,才能完整。

她是黎渊的另一半,黎渊也是她的另一半。

(全文完)